MONTE-CARLO

Le Prince
rouge et noir

ET SA COUR

Rouge de sang !

Noir de crimes !!

Illustré de quinze Portraits

TRADUCTION EN ANGLAIS, ALLEMAND, ITALIEN, ESPAGNOL ET RUSSE

Droits de reproduction et de traduction formellement interdits

EN VENTE PARTOUT ET CHEZ L'AUTEUR

19, RUE DE CHOISEUL, 19

PARIS

Nouvelle édition

P. Dumont

MONTE-CARLO

Le Prince
rouge et noir

ET SA COUR

Illustré de quinze Portraits

TRADUCTION EN ANGLAIS, ALLEMAND, ITALIEN, ESPAGNOL ET RUSSE

Droits de reproduction et de traduction formellement interdits

EN VENTE PARTOUT ET CHEZ L'AUTEUR

19, RUE DE CHOISEUL, 19

PARIS

LE

PRINCE ROUGE ET NOIR

ET

SA COUR

IMP. DU PROGRÈS, — VIAU, 7, RUE DU BOIS, ASNIÈRES

PRÉFACE

Ma condamnation. — Six mois de prison. — Deux mille francs d'amende. — Un franc de dommages-intérêts

A bas le tripot de Monte-Carlo !

Le souvenir est encore présent dans toutes les mémoires de ce duel moral engagé entre un ministre de l'intérieur, qui vainquit le Boulangisme, et le maître pamphlétaire de notre temps qui fit choir l'Empire.

Le ministre, malgré sa puissance — puissance d'homme et puissance de ministre — a été vaincu.

Pourquoi ?

Parce qu'il a été accusé, soupçonné — pas même convaincu — d'avoir des intérêts financiers dans certain tripot toulousain.

Il a suffi de cette accusation, de ce soupçon, de cette présomption non confirmée par d'irréfutables preuves, pour détacher de ce ministre des alliés, pour affoler ses amis, pour faire triompher ses ennemis.

Il a suffi de dire : Cet homme est associé à un croupier pour que le public réponde : « Il est indigne. »

Et, encore une fois, je le répète, en toute impartialité, aucune preuve irréfutable ne confirmait ce demi-racontar dont un écrivain de talent s'était servi comme d'une arme de bataille.

La chûte du ministre, la retraite voulue dans laquelle il a vécu depuis, prouvent surabondamment le mépris en lequel le Français tient l'homme qui vit du jeu, le dégoût qu'il lui inspire......

Moi, je n'ai rien insinué. J'ai écrit et publié ce qu'on savait — et ce qu'on ne savait pas — de Monte-Carlo, de la famille Blanc et de la bande d'hommes malhonnêtes qui la suit comme une meute.

J'ai appuyé mes dires de documents officiels ; j'ai assis mes arguments sur des preuves, mes preuves sur des faits ; ces faits, dix témoins pour un les affirmeront.

J'ai dit ce que, dans toutes les langues, on appelle *la vérité*.

Mais cette vérité gêne des ambitions, déjoue des calculs, nuit à des intérêts. Cette vérité est, dans la plupart des journaux, noyée au fond d'un puits que garde la *Réclame* et qu'alimente la *Mauvaise foi*.

J'ai osé toucher à l'arche sacro-sainte de Monte-Carlo.

J'ai osé dire que ces commerçants de jeux étaient des misérables.

M. Edmond Blanc, maire de la Celle-Saint-Cloud, champion de la famille a prétendu que je le diffamais, ainsi que ses père et mère.

Pour ce motif, la justice de mon pays m'a condamné à 6 mois de prison, 2,000 francs d'amende et 1 franc de dommages intérêts. Inclinons-nous !

Mais une remarque à faire, c'est que M. Edmond Blanc, maire de la Celle-Saint-Cloud, organisateur des jeux, est le premier qui ait osé, depuis que l'abject tripot existe, faire juger en France le procès de la Roulette.

Il a osé revendiquer le droit à l'honneur sous le fallacieux prétexte que la maison de commerce inavouable, dont il est le patron, s'élève au delà de la frontière française.

Mais, de ce qu'il habite la France, s'en suit-il qu'il ne soit pas tenancier d'une maison de jeux ? S'en suit-il qu'il soit honorable ? S'en suit-il qu'il ne tomberait pas sous le coup de la loi, s'il pratiquait son industrie en France ?

Ne vous gênez donc plus. Passez au crible l'épargne publique ; gonflez-en vos poches, édifiez votre fortune déjà scandaleuse sur cent autres fortunes fondues dans la Roulette !

Faites comme votre père et votre oncle firent dans leur jeunesse. Gagnez de l'argent par n'importe quel moyen. Eux ils ont volé l'Etat, vous pouvez bien saigner le joueur !

Quant à vous, pauvres femmes qui pleurez un mari, un fils ruiné par ces mêmes gens; pleurez en silence et que nul ne se doute que tout là-bas, sous l'herbe folle, dort son dernier sommeil celui sur le bras de qui, toute confiante, vous vous appuyiez en songeant à l'avenir.

Pleurez en silence, car si votre plainte venait jusqu'à lui, M. Edmond Blanc, maire de la Celle-Saint-Cloud, chevalier de la légion d'honneur, vous accuserait de diffamation en disant que sa famille est la plus honorable de France.

Telle est en notre fin de siècle la répartition des joies et des peines, des droits et des devoirs.

Mais, cependant, j'ai foi en l'avenir.

Tôt ou tard, la lumière se fera et, ce jour là, l'heure du châtiment sera prochaine.

P. DUMONT.

INTRODUCTION

PÉTITION INTERNATIONALE

La fermeture des Jeux

Sur Monte-Carlo on a écrit, en France, une dizaine de volumes, et un millier d'articles de journaux.

Il en est, parmi les uns et les autres, qui furent publiés dans l'intérêt du public ; la plupart furent écrits dans l'intérêt des propriétaires du tripot, ou des journaux.

Jusqu'à présent, grâce à l'indolence de nos compatriotes, indolence coupable qui confine à la complicité, les tenanciers du tripot de Monte-Carlo se sont fort peu souciés de ce qu'on pouvait dire ou écrire contre leur industrieux commerce.

Les successeurs, enfants et gendres du père François Blanc, savent bien qu'on ne prend rien au sérieux dans ce beau pays de France, comme dit la chanson.

Et c'est de notre légèreté que les enfants, après le père, profitent pour drainer dans leurs coffres les capitaux des deux mondes.

1.

Ils savent bien que, trop crédule quand il s'agit de vétilles, le Français n'ajoute foi à rien lorsqu'il est question de péril national ; s'il s'en occupe, c'est pour hausser les épaules et dire : « Bah ! » ou bien : « C'est amusant. »

Et c'est tout. L'article du journal est jeté, le volume remis en place et vous pouvez crier : « Casse-cou ! » On ne vous entend plus ; bien mieux, on n'écoute plus.

Sans compter les communiqués officieux à nombre de journaux achetés fort cher, qui ont pour mission, par des démentis adroits, de jeter le trouble et le doute dans l'esprit du public.

Peu à peu même, la classe de la société la plus sensée, en vient sincèrement à se demander dans quel but fut réellement écrit l'article ou le volume qui l'a inquiété.

Quelques jours plus tard, les mots : *Diffamation et Chantage* sont habilement placés, et... la farce est jouée.

Le voleur est salué chapeau bas, et celui qui l'a signalé est perdu dans l'estime de ses concitoyens.

Ainsi va le monde, dans les dernières années du siècle.

Au fond, il s'agit plus que jamais de la vieille pièce de Ponsard : *L'Honneur et l'Argent*.

Plus que jamais, l'intelligence et la loyauté, ces deux puissances, sont en lutte ouverte avec l'or, la suprême puissance de notre temps, où tout est à l'encan.

Pour ne pas divulguer les infamies dont on a pu

être témoin à Monte-Carlo, l'administration des jeux vous payera.

Que si vous êtes insensible à l'appât des bank-notes, et si vous repoussez avec mépris les propositions dont vous êtes l'objet, on répandra habilement le bruit que vous agissez dans un but de *chantage*, et une fois encore l'or aura vaincu l'honnêteté.

On ne fera jamais croire au public que vous pouvez avoir raison à vous seul, quand vingt feuilles réputées honnêtes vous donnent tort.

Et il est si facile de faire croire à la foule que des vessies sont des lanternes, et les successeurs du père Blanc d'honnêtes gens !

Il suffit pour cela de les montrer tels qu'ils sont.

On crie au viol de la vie privée.

Pourtant, il faudrait s'entendre une fois pour toutes.

Louis XIV disait : l'État, c'est moi.

Je dis moi : Monte-Carlo, c'est eux.

Il m'est impossible de faire une étude sérieuse et complète de cette maison de jeux trop célèbre sans dire : Voici l'homme qui l'a créée, voici comment il vécut, tels sont les enfants de cet homme.

Le fabuliste a dit :

A l'œuvre on connaît l'artisan.

Eh bien ! j'en fais le public juge :

Quels peuvent être les artisans de cette œuvre infernale, et au suprême degré malsaine, qui ruine et désole les familles et qui amène avec son cortège de faux, d'escroqueries et de vols, le suicide ou la mort du malheureux joueur dépouillé ?

Des gens qui vivent de la ruine d'autrui *sont-ils honnêtes ?*

Sont-ils intéressants au point qu'un honnête homme dise même :

« Laissez-les en repos, ne vous inquiétez pas d'eux, ils n'en valent pas la peine ? » Si, vraiment, ils en valent la peine. Le Comité de l'hygiène publique s'occupe des maladies contagieuses. S'il est une œuvre d'assainissement nécessaire, n'est-ce pas celle-là ?

L'hygiène nationale est en jeu. Que le Parlement français se mette à l'œuvre et supprime l'épidémie en supprimant ceux qui la propagent.

N'oublions pas qu'à l'étranger le Français n'est pas aimé.

N'oublions pas qu'à l'étranger on se dit, avec une apparence de raison, que la principauté de Monaco n'est que théorique, mais qu'en réalité elle est terre française.

N'oublions pas que, de tous les Etats civilisés, le gouvernement français est le seul qui tolère chez lui, — oui, chez lui — les jeux de hasard : la *Roulette* et le *Trente et Quarante.*

Le jour où Monte-Carlo n'existera plus, le monde entier applaudira.

C'est la honte de notre siècle et de notre pays, ce tripot, où chaque année fondent au creuset du jeu, pour enrichir quelques forbans sans scrupules, plusieurs centaines de millions de l'épargne publique.

Il est temps que cette honte nous soit épargnée.

La principauté de Monaco est encore actuellement

— comme jadis — un repaire de bandits. Aucun pays du monde ne voulut donner l'hospitalité au tripot. Il était réservé au règne de Napoléon III d'accepter cette honte. Les voleurs de grands chemins qui firent au siècles passés la réputation de la principauté monégasque, sont devenus par la suite, la civilisation aidant, des filous du grand monde.

Nous osons, nous, prêcher la croisade contre ces « sans patrie », épaves de la société qui les réprouve, d'un pays qui les renie, du monde qui les hait.....

Leur seule force à ces gens c'est l'or. Nous méprisons cette force.

A l'avance, nous nous engageons à ne rien annoncer qui ne soit scrupuleusement vrai, et à prouver la véracité de notre dire.

Si après avoir lu ce qui suit ; si après avoir montré les infamies qui se commettent à Monte-Carlo, en plein dix-neuvième siècle ; si après avoir dit : « Voici ce qu'est cette famille de bandits qui exploite le monde civilisé », le lecteur conserve encore quelque illusion ou quelque doute, malheur sur lui et les siens.

C'est un malhonnête homme.

Il est digne de s'associer à la famille Blanc. S'il perd sa fortune à la *Roulette*, nous ne le plaindrons pas.

Il a perdu ; il aurait volé s'il en eût eu l'occasion ; qui se ressemble s'assemble.

Mais, grâce à Dieu, les honnêtes gens sont encore en majorité dans le monde, et il est certain que notre brochure, publiée en six langues et répandue dans

le monde entier, produira un effet salutaire. La cla-
meur des peuples sera entendue des gouvernements.
Nous voulons, par voie de pétition internationale,
obtenir la fermeture des salles de jeux de Monte-
Carlo (1) ; nous l'obtiendrons.

---

1. Prière de détacher la dernière feuille de la brochure, de la
signer et de la retourner affranchie à P. Dumont, publiciste,
19, rue de Choiseul, Paris.

CHARLES III. DE MONACO

LE

PRINCE ROUGE ET NOIR

ET SA COUR

> Il peut y avoir des gens d'honneur
> parmi les voleurs. Il n'y en a pas
> parmi les joueurs,
>
> L'ÉVÊQUE DE DURHAM.

ALBERT-HONORÉ-CHARLES GRIMALDI

Prince de Monaco

D'abord, est-ce bien un prince que ce lieutenant
de vaisseau espagnol vassal de la Société des jeux
de Monte-Carlo ?

En notre pays républicain, Albert-Honoré-Charles,
avec les chamarrures de son costume, le passé de sa
Maison, les origines de sa fortune, ses prétentions à
la science infuse, — sous prétexte sans doute qu'elle
porte sur les infusoires, — le roman de sa vie entre-
mêlé de deux mariages, d'un divorce, d'un projet
d'enlèvement, d'amours dans un orphelinat, nous

apparaît plutôt comme un souverain d'opérette que comme un contemporain né sur un escabeau princier.

Pour désigner un chien de race indécise chez lequel cependant on retrouve, mélangé, le sang pur, on dit : « C'est un mâtin. »

J'en dirai autant du prince Rouge et Noir.

C'est un mâtin, sang mêlé de prince et de cabotin.

En vain il me fera sonner ses titres longs comme un sermon de l'évêque Theuret. En vain il me dira :

Monsieur, je suis : - Albert-Honoré-Charles, prince de Monaco, duc de Valentinois, marquis de Baux, comte de Carladez, baron de Buis, baron de Saint-Lô, seigneur de Saint-Remy, sire de Matignon, comte de Thorigny, baron de la Luthumière, duc d'Estouteville, duc de Mazarin, duc de la Milleraye, duc de Mayenne, prince de Château-Porcien, comte de Ferrette, de Belfort, de Thann et de Rosemond, baron d'Altkirch, seigneur d'Isenheim, marquis de Chilly, comte de Longjumeau, baron de Massy, marquis de Guischard, etc., etc.

Cette énumération fastidieuse n'aura guère pour effet que de me faire songer qu'un homme qui prend tant de noms n'est qu'un malfaiteur qui dépiste la police ou un acteur qui sollicite les bravos du public.

Albert-Honoré incarne excellemment ces deux personnages.

Malfaiteur, il l'est, puisqu'il préside aux destinées de Monte-Carlo, le maelström des fortunes des deux mondes.

Cabotin, il l'est aussi, puisqu'il joue au souverain et au savant, alors qu'il rendrait des points, comme ignorance, aux plus ignares de ses aïeux, et qu'il sait fort bien que s'il s'agite, c'est l'administration des jeux de Monte-Carlo qui le mène.

Comment revendiquerait-il d'ailleurs la pureté de son sang ?

Sa grand'mère Marie-Louise Gilbert n'était-elle pas absolument roturière ?

Les gouttes de sang qu'il tient d'elle sont peut-être les seules pures qui coulent dans ses veines.

Comment se défendrait-il de cabotinage ?

Son gran-père Florestan I⁵ʳ ne fut-il pas acteur à l'Ambigu ?

Et quand bien même, par un hasard exceptionnel, le bourgeon de cet arbre pourri depuis des siècles qui prend racine dans la famille Grimaldi, eût été enclin à ne pas être malhonnête homme, comment eût-il pu au contact de ceux qui l'élevèrent et de ceux qui l'entourent, de sa cour en un mot, ne se pas gâter, comme un fruit sain serré par deux fruits pourris, comme une dent intacte avoisinée par deux racines cariées.

La contamination fut d'autant plus rapide que Albert-Honoré était lui-même un ferment malsain. Sa vie tout entière nous le prouve. Son père lui-même, Charles III, qui n'était guère sentimental et que la postérité attachera sans aucun doute au pilori, fut épouvanté parfois des instincts mauvais de son fils.

Les princes de Monaco crient: « Vive le Roi ! »

à qui les paye. Peu importe le drapeau à l'ombre duquel ils s'abritent.

Le mot « Patrie » n'existe pas dans la langue monégasque.

Les princes de Monaco ne sont guère que des meurt-de-faim.

C'est ainsi qu'en 1861 le gouvernement impérial acheta Roquebrune et Menton à Charles III qui manquait de pain.

C'est le casino de Monaco, c'est François Blanc, par conséquent, qui fit la fortune de Charles III et de son fils, le prince régnant actuel, Albert-Honoré Ier.

Nous examinerons ultérieurement et en détail l'œuvre néfaste du père Blanc.

Il est cependant nécessaire, au moins une fois dans ce chapitre, d'atteler en paire le croupier célèbre et le prince qui s'est vendu à lui.

François Blanc, en prévision d'une expulsion de Hombourg toujours possible, s'était assuré, dès l'année 1860, la ferme des jeux de Monaco fort peu rémunératrice d'ailleurs à cette époque.

Après la guerre, quand l'empereur allemand Guillaume Ier interdit les jeux dans tout l'empire, François Blanc émigra à Monaco avec son armée de croupiers.

Il avait pensé avec raison qu'un prince tel que Charles III qui, en 1856, avait accordé la concession de jeux modestes à quelques misérables tenanciers de tripot, ne résisterait pas longtemps aux offres brillantes qu'il lui ferait en vue de remplacer Hombourg par Monte-Carlo.

Charles III était pauvre, il suffisait de l'acheter.

Charles III était un misérable, François Blanc l'acheta.

Mais il ne l'acheta qu'à la condition qu'il serait dans la principauté le maître absolu, le vrai souverain.

Le prince régnant n'était qu'un prête-nom. Le pavillon couvrait la marchandise.

Pour cela, il suffisait entre les deux hommes d'un traité.

Le traité fut vite écrit et vite signé.

En voici les grandes lignes.

Les tenanciers du tripot de Monte-Carlo s'obligent :

1° A supporter les frais de tous les travaux d'entretien et d'embellissement de la principauté, voies de communication, routes, jardins et promenades ;

2° *A payer la police, la gendarmerie ;*

3° *A rémunérer les magistrats,* l'évêque et son clergé ;

4° A entretenir la garde du prince — cent hommes — son état-major et le gouverneur.

Enfin, il est attribué au prince, pour prix de sa complaisance, la **moitié des bénéfices faits par la Société des jeux,** soit, pour l'année 1891, par exemple, une somme de **dix millions.**

Quant aux appointements officiels du prince, — sa liste civile, — ils sont de cinq cent mille francs, tous ses frais payés en outre, tous, absolument tous. Aux termes de cette convention Charles III se rendait à la merci de François Blanc. Il lui avait vendu le droit de faire sur son territoire ce que bon lui semblerait voire même les infamies les moins déguisées.

On dit que, plus tard, Charles III fut dévoré de remords en apprenant que sa principauté était un repaire de bandits et qu'il s'y commettait quotidiennement des crimes.

Peut-être, et si cela est, tant mieux. Je ne m'apitoierai cependant pas sur le triste sort du prince, et ne mêlerai point mes larmes aux pleurs de ce vieux crocodile qui s'enrichit de la ruine des joueurs sans jamais songer que l'or qu'il touchait aurait peut-être servi, s'il n'eût signé un acte d'association avec François Blanc, à acheter du pain à des enfants ruinés par lui et pour lui. Au moins Charles III eut-il une excuse.

Comme si la main de Dieu se fût apesantie sur sa tête, il devint aveugle.

Il fut donc deux fois un jouet aux mains de François Blanc, parce qu'il s'était enchaîné à lui d'abord ; parce qu'ensuite, il ne voyait pas les infamies qui se commettaient autour de lui et en son nom.

Mettons que ce fut un pantin, un pantin à la fois malheureux et néfaste.

Mais son fils, Albert-Honoré ?

Est-ce aussi un pantin, lui ? Est-il aveugle aussi, lui ? Sait-il, voit-il ce qui se passe autour de lui, lui ? S'il ne se rend compte de rien, s'il encaisse l'argent qu'on lui verse, de la Société des jeux, sans deviner sa provenance, s'il n'entend rien, s'il ne voit

ALBERT HONORÉ Iᵉʳ

PRINCE DE MONACO

rien, s'il affirme être de bonne foi en jouant le rôle qu'on lui serine, c'est le Roi des Idiots et le dernier des imbéciles.

Or, comme il n'est ni imbécile, ni idiot, il faut conclure qu'il est de mauvaise foi en jouant le rôle du martyr et qu'il préfère à la bonne renommée la ceinture dorée. La cause est donc entendue, dès avant les plaidoiries.

Mais comme il ne serait pas correct de m'en tenir à des considérations basées sur de pures hypothèses, il est de mon devoir de montrer au public quel est, en réalité, cet homme qui joue au souverain et au savant.

Albert-Honoré — prénom ironique ! — ne démentira pas, et pour cause, les renseignements précis que je vais donner sur lui, et qu'il espère sans doute être seul à connaître.

Au surplus, s'agit-il pour moi d'être l'historiographe d'un prince qui n'a marqué sa place dans le livre d'or de l'histoire que par des infamies ou peu s'en faut ?

Il ne saurait en bonne justice me demander de chanter des vertus qu'il n'a pas et de glorifier des actes que l'honnêteté réprouve.

L'historien prend son bien où il peut, et parfois sa tâche est pénible quand il s'agit, comme dans le cas présent, de repêcher son personnage dans un cloaque, et de le laver de la vase qui le couvre pour apercevoir la couleur primitive de sa peau...

Voici la biographie du prince Albert-Honoré Ier.

Au public de conclure.

2

Charles III, père du prince régnant actuel, est mort au château de Marchais le 12 septembre 1889.

De son mariage avec la comtesse Antoinette de Mérode était né, le 13 novembre 1848, Albert-Honoré-Charles, notre héros.

Ce fut un enfant comme tant d'autres, d'intelligence ordinaire, paresseux comme un loir. A ce signe on reconnaissait le sang des Grimaldi.

De bonne heure il fit preuve d'instincts peu nobles, et son père qui craignait des accrocs n'eut plus dès lors qu'une idée : le marier aussitôt que possible.

Mais, pour se marier, il faut être deux, et Charles III se trouvait face à face avec ce problème difficile : découvrir une famille princière et *riche* qui accepterait pour sa fille le nom taré des Grimaldi. Charles III eut la chance inespérée de rencontrer cette famille mal instruite des qualités de son fils et des vices rédhibitoires de cette race. Lady Mary-Victoria Douglas-Hamilton, fille du duc Carlo d'Hamilton, fut immolée, innocente victime d'un pacte criminel.

Le 21 septembre 1869, à neuf heures du matin, Jean-Baptiste-Amédée Soyer, maire de la commune de Marchais (Aisne), procéda, dans le grand salon du château, à la célébration du mariage de la jeune fille et du prince héritier de Monaco.

Lady Mary-Victoria Douglas-Hamilton, née le 11 décembre 1850, n'avait pas encore dix-neuf ans.

Albert-Honoré Ier avait vingt ans et dix mois.

Étaient présents en qualité de témoins à ce mariage, qui devait avoir de si déplorables conséquences : le baron Imberty, gouverneur général de la principauté de Monaco ; le comte Avigdor, duc d'Aquaviva, chargé d'affaires ; Etienne de Douglas et Clydesdale, duc d'Hamilton et Brandon ; comte de Rantzau Beitenbourg-Rohlstroff. Ont en outre signé l'acte de mariage : Charles III, prince de Monaco ; Caroline, princesse douairière ; Marie, princesse de Bade ; duchesse d'Hamilton ; duc de Bassano ; Joseph Ferrand, préfet de l'Aisne.

La jeune femme apportait au prince héritier une belle fortune.

Le couple partit pour Monaco.

La princesse, encore que le caractère de son mari ne lui inspirât pas grande confiance pour l'avenir, espérait en la jeunesse du prince. Elle comptait sur sa tendresse et son dévouement pour régénérer ce prince dégénéré.

Ses illusions durèrent peu. Elle s'aperçut vite que son jeune mari, vicieux comme un octogénaire, n'avait eu en vue, en l'épousant, que sa fortune.

En même temps, elle constata que ce fils de prince n'était guère moins grossier que le dernier des cochers de sa principauté.

Pas une heure, pas une minute même, ce rustre couronné ne songea à ménager la délicatesse de sa jeune femme.

Dès son arrivée à Monaco, il lui fit sentir son autorité maritale. Elle espérait y trouver un palais, y entrer en souveraine. On la jeta en prison et on la traita en esclave.

On la mura, pour ainsi dire, dans la partie du château de Monaco la plus sévère et la plus triste.

Pour compagnie, son mari — qui ne la visitait presque jamais — lui donna sa tante Florestine, veuve depuis deux mois du duc d'Urach, comte de Wurtemberg.

Elle avait alors trente-six ans et aurait dû, par son âge même, devenir l'amie de la jeune femme, la conseiller, la soutenir, la consoler, servir entre elle et son mari de trait d'union.

Mais le sang des Grimaldi ne ment pas.

Du jour où la duchesse d'Urach vit sa nièce, elle lui voua une haine sans merci.

C'était un moyen comme un autre de faire sa cour à son bellâtre de neveu.

Une ligue se forma qui avait pour but d'obliger la jeune princesse à faire donation de ses biens à son mari.

Tout le monde au château s'y acharna ; chacun prit à cœur la cause du prince. On fit le siège de l'Anglaise, comme on appelait Mary d'Hamilton.

Pour cette tâche malpropre, la tante Florestine rechercha tous les aides.

Elle fit notamment appel à l'aumônier, jésuite patelin, sorte d'éminence grise, doublé de major-dome, qui dirigeait le palais.

Elle excita surtout contre la pauvre jeune femme le grand aumônier Theuret, qui n'était pas encore évêque.

L'abbé Theuret usa de toutes ses ruses pour fatiguer la princesse et lui arracher une signature.

Chaque jour on la traînait à confesse et on l'obligeait à communier quotidiennement.

L'abbé Theuret ne lui ménagea ni les sermons insultants ni les humiliations, sous prétexte de vie future et de sauvetage de son âme.

On lui représenta que son mari, indifférent d'abord, ensuite infidèle, s'écartait d'elle par la seule raison qu'elle lui témoignait de la méfiance en ne se dépouillant pas de sa fortune à son profit.

Ni les menaces, ni les prières, ni les sermons, ni les insultes n'eurent de prise sur la princesse.

Elle supporta les assauts de ces courtisans sans honneur avec une patience angélique, avec un mépris tout royal.

Elle ne signa aucune donation en faveur du misérable que le sort lui avait donné pour mari. Aux naïfs qui s'étonneront qu'un prêtre, aujourd'hui évêque, ait eu l'âme assez noire et les sentiments assez bas pour agir ainsi envers une pauvre jeune femme de dix-neuf ans, sans conseils, sans soutien, sans affection, jetée dans ce milieu de hontes et de vices, par une famille imprévoyante, je répondrai seulement ceci : l'évêque Theuret est un vulgaire misérable et sa vie tout entière le prouve.

Il a agi comme il l'a fait, parce qu'il n'a pas de conscience et aussi parce qu'il y fut poussé par la tante Florestine, duchesse d'Urach, veuve du comte de Wurtemberg, qui était sa maîtresse. Et qu'on ne vienne pas m'opposer des démentis officieux. L'évêque Theuret a bien été aux vu et su de la principauté l'amant de B... la belle napolitaine.

Pour plus de précision — c'est mon principe — je vais rappeler des faits : les relations entre le prêtre et la tante du prince héritier de Monaco avaient lieu dans le palais même.

Un valet du nom d'Antoine surprit un jour l'abbé dans la chambre de la duchesse, dans une position qui ne laissait aucun doute.

Il fut congédié sur le champ, mais on acheta son silence pour un bon prix.

Plus tard il voulut fonder un hôtel dans la principauté. Il n'en obtint pas l'autorisation.

Il possédait un secret trop important pour pouvoir vivre auprès de l'évêque.

Il y a quelques années, l'ancien domestique du prince, Antoine, était employé au cercle, au coin de la rue Laffite.

Jolie société, n'est-il pas vrai, que celle qu'Albert-Honoré imposait à sa jeune femme !

Cependant, si délaissée qu'eût été la pauvre princesse, elle n'avait pu empêcher son mari d'exercer ses droits sur elle.

Le 12 juillet 1870, à Baden-Baden, elle donnait le jour à un fils, Louis-Honoré-Charles-Antoine.

Elle avait essayé d'aimer son mari et de se faire aimer de lui.

Elle reporta sur son fils tout ce qu'elle avait d'amour dans le cœur et fut une mère admirable.

Abandonnée par son mari, trahie dans ses affections et ses espérances, écœurée des discours que lui tenaient l'abbé Theuret et la duchesse d'Urach, prisonnière en son château, elle, souveraine ; tenue d'assister aux orgies auxquelles se livraient les courtisans du prince, le prince lui-même ou, au moins, d'en entendre les échos, elle se réfugia dans l'amour de son fils, et sa femme de chambre la trouva souvent, le matin, qui avait passé la nuit en pleurant près du berceau de l'enfant.

. .

Cependant, le jeune Albert-Honoré jetait sa gourme.

La ville qu'il avait choisie pour vivre en liesse et y faire ses farces était San-Remo. Les habitants de la jolie station italienne se souviennent encore de la conduite scandaleuse du jeune prince et l'estiment à sa juste valeur.

Je n'ai pas la prétention de suivre les multiples intrigues amoureuses du prince Albert-Honoré de Monaco.

Le récit en serait à la fois fastidieux et écœurant.

Il suffira, pour édifier pleinement le lecteur sur la moralité du sire, de détacher deux ou trois chapitres du livre de sa vie galante.

J'ai dit que San-Remo était d'habitude sa *ville d'amour*. Il ne l'avait pas choisie sans raison.

Albert-Honoré 1er pouvait s'y rendre sans que ses sujets pussent s'en douter, par mer, dans son yacht l'*Hirondelle* qui faisait la navette entre Toulon et San-Remo.

On peut se rendre facilement compte des voyages sans raison du prince en feuilletant le livre du port de Toulon.

On y voit :

L'*Hirondelle*, yacht du prince Albert.

Parti de Toulon le 26 mars 1874.

Arrivé à Toulon le 11 août 1874.

Harti de Toulon le 9 mars 1875.

Arrivé à Toulon le 29 juin 1875.

Parti de Toulon le 13 juin 1876.

Chacun de ces voyages concordait avec une entreprise amoureuse.

Les visites du prince à San-Remo eurent, entre autres, pour objet, pendant un certain temps, la femme d'un ancien ministre bavarois qui ne se montrait pas envers lui cruelle.

Je ne puis pas, par une discrétion bien compréhensible, livrer à la publicité les noms de toutes les maîtresses que le prince aima le plus longtemps.

Mais ce que je puis dire c'est qu'à San-Remo le prince descendait habituellement à l'hôtel Victoria. A Toulon, ses hôtels de prédilection étaient : le Grand-Hôtel, la Croix de Malte et la Croix d'Or.

Je puis ajouter, pour plus de précision et, au besoin, pour rafraîchir la mémoire du prince Albert-Honoré Ier, que chaque fois qu'il est descendu au Grand-Hôtel il a occupé les chambres portant les nos 17 et 32 et qu'il s'est fait inscrire plusieurs fois ainsi : Prince de Monaco et sa famille.

En répondant ainsi à la question du livre de police, le prince *a menti*.

La femme qui l'accompagnait, tenant par la main, non un garçon mais une fille, n'était pas la princesse de Monaco, séquestrée dans son château.

C'était Mme X...

Parlons donc de cette relation qui dura plusieurs années ; elle en vaut la peine.

Pendant la *season*, en 1873, le prince Albert-Honoré Ier fut convié à rehausser de sa royale présence l'éclat d'une fête donnée à Nice par l'un des membres de l'aristocratie.

C'est au cours de cette fête qu'il fit la connaissance de Mme X... C'était une femme d'environ trente-cinq ans, grande, élégante, jolie de traits, coiffée d'une opulente et blonde chevelure.

Elle était mariée et mère de trois jeunes filles.

On la disait riche. Albert-Honoré loucha vers son coffre-fort.

M. X... habitait avec sa femme, sur la hauteur, l'une des plus fastueuses villas de Nice, le château de Cimier.

Tous les hommes qui la virent s'amourachèrent de la belle jeune femme et la chronique scandaleuse rapporte qu'elle ne leur fut pas inhumaine.

Mais, du jour où elle connut le prince Albert-Honoré, son parti fut vite pris. Tous les goûts sont dans la nature.

Elle devint sa maîtresse, dès le mois de janvier 1873. Nous en avons la preuve.

En janvier, puis en mars de cette année, elle part avec le prince dans son yacht l'*Hirondelle*, accompagnée de sa plus jeune fille alors tout enfant.

Le couple, à ces deux reprises, passe quelques jours à San-Remo à l'hôtel Victoria où le prince se fait inscrire sous son nom.

Elle, Mme X... qui doit ménager sa situation, donne un nom quelconque.

Pourtant le prince et sa compagne ne se gênent nullement pour se montrer en public, elle à son bras, sur les promenades.

Et les langues d'aller leur train, et les suppositions de se donner libre cours, et les rapports de police de se confectionner.

Le couple regagne le yacht l'*Hirondelle*, reprend la mer et pendant quelque temps San-Remo ne le revoit plus.

C'est alors que le prince se sent repris de prédilection pour Toulon.

Mais ses amours ne sont pas fidèles.

Les garçons du Grand-Hôtel furent un soir assez surpris de voir l'honorable Honoré Ier en compagnie d'une autre maîtresse. La première était blonde, la seconde était brune. Il variait ses plaisiars, le joli garçon, mais qu'il fût avec l'une ou avec l'autre, sa générosité pour le personnel ne variait pas. L'avarice fut de tout temps, et est encore l'un des moindres défauts du prince Rouge et Noir.

Cependant M. X..., mari de la belle amie d'Albert-Honoré Ier, avait été prévenu des infidélités de sa femme. Pendant une soirée qu'il donna dans son château de Cimier, il acquit la certitude que le prince était l'amant de Mme X...

Sa résolution fut rapidement prise.

Il attendit le départ du dernier invité, s'arma d'un revolver, fit feu par deux fois sur sa femme sans l'atteindre, et crut, en entendant ses cris, l'avoir blessée mortellement.

Le lendemain matin les Niçois purent voir flotter sur la tour du château un drapeau noir en signe de deuil.

M. X... avait brûlé ses vaisseaux. Nice et Monaco connaissaient son infortune. Le scandale était complet.

Il ne put, même pour l'honneur de ses enfants, rouvrir sa porte à l'infidèle qui quitta définitivement le domicile conjugal et vécut dès lors ouvertement avec le prince Albert-Honoré 1er.

Celui-ci, peut-être parce qu'il est officier dans la marine espagnole, eut toujours le goût des voyages.

Je crois pourtant qu'à cette époque il n'eût pas désiré se trouver à trente pas du revolver de M. X...

Quoi qu'il en soit, et si féru d'amour qu'il fût, il n'hésita pas à faire une assez longue absence et à laisser ici sa femme, là sa maîtresse, seules avec leurs pensées.

En mai 1875, Mme X... apprend le retour à Monaco de son amant. Elle l'y rejoint.

Grand émoi du prince. Le mari n'a pas désarmé. S'il apprend que sa femme est à Monaco, que n'est-il pas capable de faire, et alors quel scandale !

La bravoure n'est pas la qualité dominante d'Albert-Honoré 1er.

Mme X... était à Monaco avec deux de ses filles. On les cacha dans un orphelinat situé près du vieux château, dirigé par une dame de X... et dont Mme François Blanc était la présidente.

C'est dans cet orphelinat, sous la protection des lois monégasques, et avec la complicité de Mme Blanc que les tourtereaux épuisèrent un nouveau quartier de lune de miel.

En ce moment, le prince était si énamouré de son Adélaïde qu'il élabora le plan suivant, digne d'un tacticien de race.

On laisserait à l'orphelinat les deux jeunes filles et *on* irait attendre à Tunis des temps meilleurs.

Le fameux yacht l'*Hirondelle* était là pour un coup, n'est-ce pas ?

Le hasard voulut que Charles III fût avisé des projets de son fils.

Il se fâcha.

Que son digne fils fasse dans sa principauté tout ce que bon lui semblait, rien de mieux. Monaco a toujours été une ville *de tolérance*. Mais enlever une femme mariée dont le mari n'est pas accommodant, présentait trop de risques.

Voyez-vous un prince héritier traduit devant la justice française et bel et bien condamné à la prison pour adultère.

Albert-Honoré 1er se rangea aux judicieux conseils de papa.

Mais comme, décemment, il ne pouvait pour son féal et fidèle peuple héberger dans la même ville à la fois sa femme et sa maîtresse, il invita le directeur de la police à accompagner Mme X... et ses deux enfants jusqu'à Cannes, en prenant les précautions nécessaires pour éviter le mari dont le seul souvenir l'empêchait de dormir.

La maîtresse du prince parvint à Cannes sans encombre et, de là, gagna Paris où elle demeura, 4, rue de Balzac, chez une certaine dame X..., pour aller, de là, habiter, 139, boulevard Malesherbes.

L'honorable Albert-Honoré Ier se souvient encore probablement de la chambre bleue de la rue Balzac où, régulièrement, il passait la nuit, chaque fois qu'il honorait la capitale de sa présence.

Dieu sait cependant qu'il prit de sérieuses précautions — inutiles d'ailleurs — pour que nul ne se doutât de ses visites rue Balzac.

Peut-être ne se souvient-il plus que c'est lui qui recommanda sa maîtresse à M. l'avocat B..., quai Voltaire; c'est pourtant M. B... qui, lors du procès en séparation de corps prononcé par le tribunal de Nice, obtint, grâce aux intrigues de Charles III, de faire donner gain de cause à Mme X... contre toute justice et toute vraisemblance...

Pauvre Mme X... Son amant en a joui tant qu'elle fut belle, jeune et riche.

A partir du jour où elle fut ruinée, où les larmes commencèrent à rider ses joues, il ne la reconnut plus.

D'ailleurs l'aima-t-il jamais? Ce n'est guère probable si l'on s'en rapporte à sa fidélité pendant sa liaison.

Ses serments d'amour à sa belle maîtresse dont il brisa la vie, ne l'empêchèrent pas, à Toulon, d'entrer en relations avec la mère Françoise que les fêtards dévoyés connaissaient bien.

3

La spécialité de la brave femme consistait à procurer aux amateurs des jeunes filles très peu farouches.

Le titre d'Albert-Honoré Ier l'éblouit.

Elle lui servit ce qu'elle avait de mieux dans son officine sans faire de prix à l'avance, sans même réclamer d'argent, certaine qu'un prince héritier avait une bourse royale.

Albert-Honoré Ier consomma et s'en fut, sans jamais songer à payer son dû.

D'où réclamations de la bonne femme qui eût pu mettre sur ses lettres : Fournisseur du prince Albert-Honoré Ier.

Il va de soi que l'héritier présomptif de Charles III ne répondit à aucune lettre.

La mère Françoise prit son courage à deux mains, sauta dans le train, arriva à Monaco et se rendit au château.

Albert-Honoré Ier était présent.

Françoise écrivit une lettre à Charles III pour l'instruire de la conduite du dauphin — je dis dauphin pour être poli.

Fureur du prince régnant qui par télégraphe donna l'ordre à la police d'expulser de la principauté la mère Françoise.

Ce fut fait dès le jour même.

Deux argousins la reconduisirent à la frontière. Le seul cadeau qu'on lui fit c'est de ne pas lui réclamer le paiement de son retour jusqu'à la Turbie.

Mais sa démarche avait fait du bruit. On connaissait la cause de sa réclamation.

Et la ville s'amusait. Et les courtisans, Theuret et la duchesse d'Urach en tête, faisaient de l'aventure des gorges chaudes en songeant à la duchesse d'Hamilton, toujours cloîtrée dans le château.

Mais il n'est patience qui n'ait des bornes.

Par raison d'Etat, pour l'honneur de son fils, pour le nom de son mari, par respect des traditions et de l'histoire, la jeune princesse de Monaco avait accepté sans se plaindre toutes les humiliations. Mais, quand elle vit son mari s'afficher publiquement à Monaco même avec des maîtresses, quand l'écho de ses orgies fut répercuté par les murs mêmes de son palais et qu'elle put lire sur les visages de tous les pleutres qui l'entouraient qu'on jouissait de ses chagrins et qu'on s'épanouissait de ses larmes, la princesse jugea pleine la coupe d'amertume que le sort lui avait versée.

Sans que nul de son entourage pût s'en douter, elle combina un plan d'évasion. Car la pauvre jeune femme était bel et bien prisonnière; la valetaille — titrée ou roturière — du château la surveillait.

Elle avait pour coutume, à l'heure où le soleil moins chaud engage à la promenade, d'aller dans les jardins respirer librement, accompagnée de son fils.

Longtemps elle attendit l'occasion favorable pour tromper la surveillance de ses geôliers.

Enfin, un jour, le hasard voulut qu'on la laissât seule.

Elle courut vers la gare, portant son enfant dans ses bras, prit le premier train en partance pour l'Italie et ne s'arrêta qu'à Florence.

A Monaco, la nouvelle de la fuite de la princesse se propagea avec la rapidité d'une traînée de poudre.

Albert-Honoré Ier, penaud comme un voleur pris la main dans le sac, fit prier la princesse de repasser la frontière. Elle ne répondit pas.

Pour l'encourager à capituler, il se fit petit devant elle, lui promit son amour même.

Lady d'Hamilton repoussa ses propositions avec mépris.

Alors Albert-Honoré Ier eut recours aux menaces.

Quand je disais que ce petit-fils de Florestan, le cabotin, était cabotin !

Il s'essaya dans les trois rôles avec aussi peu de succès. La princesse était réfugiée à l'étranger avec son fils.

Elle se croyait en sûreté ; elle ne céda ni aux prières ni aux menaces...

Mais elle avait un fils, le prince héritier.

De quel droit l'enlevait-elle à son père ?

Alors on vit ce spectacle écœurant d'un tribunal complaisant qui se prêta à cette infâme comédie, d'arracher l'enfant à la mère digne de tous les respects pour le confier aux mains de son père, et quel père !

Par voie diplomatique, la cour monégasque demanda à l'Italie l'extradition du prince héritier.

Et l'Italie, qui ne pouvait s'y refuser, prêta les mains à cet enlèvement odieux.

Voilà ce que savent seules quelques rares personnes.

Ce qu'on ne sait pas, ce que le digne Albert-

Honoré, le voleur d'enfants, croit être seul à savoir, c'est la façon dont fut effectué l'enlèvement de son fils, et les péripéties qui enjolivèrent ce drame intime.

Voici un chapitre inédit de l'histoire des Grimaldi :

Lady d'Hamilton, arrivée à Florence sans bagages, après sa fuite précipitée, était descendue à l'hôtel.

Un matin, un commissaire de police, muni de pleins pouvoirs, heurta à la porte de son appartement.

Il lut à la princesse l'ordre de remettre son fils aux mains des autorités italiennes.

La princesse qui tenait son enfant serré contre elle, écouta la sentence que le policier lui lisait sans l'interrompre.

Ensuite, elle se leva et toute pâle, mais très calme et très résolue, répondit :

— Vous direz au roi que malgré mon respect pour sa personne et mon obéissance à ses ordres, je refuse de me séparer de mon fils. Je ne céderai qu'à la force.

— Votre altesse me pardonnera d'employer la force, dit le commissaire, mes ordres sont formels.

Et en même temps il saisit l'enfant par le bras.

Lady d'Hamilton qui jusqu'alors était restée calme, perdit tout sang-froid.

Quand elle vit qu'on lui arrachait son enfant par la violence, elle sentit son cœur se déchirer, et révoltée, défendant son fils, elle cria :

— Au secours ! on me vole mon enfant.

Le commissaire interloqué lâcha prise et pendant quelques secondes n'osa avancer.

Tout à coup la porte s'ouvrit, une jeune femme se jeta dans le salon, enleva l'enfant des bras de lady d'Hamilton, écarta d'une poussée le commissaire, passa en courant dans un appartement contigu, et, l'enfant toujours dans ses bras, se campant fièrement sur le seuil de la porte, toute frémissante encore, s'écria :

— Je suis la princesse X*** de Russie. Malheur à vous si vous franchissez cette porte.

Le commissaire tout confus s'inclina et quitta l'hôtel.

Une heure plus tard, la princesse de Monaco avait fui Florence et faisait route vers Baden où elle rejoignait sa famille au palais d'Hamilton.

Ce ne fut qu'après le divorce du prince et de lady d'Hamilton, prononcé par le pape et le prince de Monaco — nous en reparlerons — que la pauvre mère se vit forcée de se séparer de son enfant...

*
* *

Le marin espagnol pour quelque temps fut guéri des liaisons amoureuses.

Dans le monde où, par étiquette, on était obligé de le recevoir, on ne cacha pas la piètre estime en laquelle on le tenait.

Il dut, sous peine de se voir ouvertement et publiquement méprisé, se conduire officiellement de façon moins répréhensible.

ALICE, DUCHESSE DE RICHELIEU
Princesse de Monaco

Albert-Honoré Ier comprit d'autant plus facilement quelle opinion professait à son égard le monde, qu'il projetait — sa femme l'ayant quitté de dégoût — de la remplacer par une autre, au moyen d'un divorce préalable.

Mais, pour cela, il lui fallait rencontrer la dame de ses rêves, celle qu'il pourrait, son père mort, produire comme souveraine à sa cour, celle aussi qui aurait assez de fortune et assez peu de dignité, le connaissant, pour l'épouser. Car, maintenant, on le connaissait, le triste sire.

On n'était plus à l'époque où la duchesse d'Hamilton devenait sa femme. Le temps avait marché.

Le hasard voulut qu'Albert-Honoré Ier fît la connaissance de la duchesse de Richelieu. Alice, duchesse douairière de Richelieu, était née le 10 février 1857 à la Nouvelle-Orléans (Etats-Unis d'Amérique) — Le Gotha dit 1858 par erreur. — Elle est la fille du fameux banquier Heine de Hambourg, et la nièce du célèbre poète Heine, qui depuis a dû bien souvent tressaillir dans son sépulcre, s'il peut voir la vie toute d'infamie de la princesse.

Mlle Alice Heine, dont la beauté est discutable, plut cependant au duc de Richelieu, qui l'épousa.

Elle était riche. Elle devint veuve. Sa fortune jointe à celle de son mari dépassait cinquante millions.

D'origine israélite, d'un tempérament ardent sans doute, et d'une moralité incontestablement douteuse, la duchesse de Richelieu ne ferma pas l'oreille aux propos galants du prince héritier de Monaco.

3.

Celui-ci avait jeté son dévolu sur elle.

Mais comment devenir son mari ?

En devenant son amant.

Il le fut, et pour être plus sûr de lier la duchesse à sa royale personne, la rendit successivement mère de deux enfants.

Ces enfants n'ont pas été reconnus depuis par le prince.

S'ils l'étaient, ils figuraient dans le Gotha et ils n'y figurent pas.

Il était indiqué d'ailleurs qu'Albert-Honoré prît la suite du duc de Richelieu. N'est-il pas duc de Mazarin ? Mazarin succède à Richelieu pour respecter l'histoire, et la princesse Alice a trouvé cela fort naturel.

Quand Albert-Honoré Ier s'ouvrit à son père Charles III de ses projets de mariage, le prince régnant de Monaco se récria et signifia nettement à son fils que ce mariage n'aurait jamais lieu, lui vivant.

Mais, dès sa mort, Albert-Honoré Ier échangea son titre contre la fortune des Richelieu-Heine. Au surplus, le prince de Monaco ne pouvait-il décemment faire dans ses États une entrée triomphale sans être accompagné d'une *légitime*, quelle qu'elle fût. Son père était mort le 12 septembre 1889. Son mariage eut lieu à Paris le 30 octobre 1889, à trois heures du soir, en la mairie du VIIIe arrondissement.

Les signataires de l'acte de mariage furent : Marie-Anatole de Véron, baron de Farincourt ; Lucien Bellando de Castro ; Jean-François-Albert du Poujet, marquis de Nadaillac et Victor Masséna, duc de Rivoli.

Mais voici où l'histoire s'étonne.

Albert-Honoré s'était marié la première fois en France, à Marchais.

Le 30 octobre 1889 était-il encore marié ou était-il divorcé ?

Cherchons.

Le 28 juillet 1880, sur les sollicitations de son fils, Charles III de Monaco déclarait dissous son mariage avec la duchesse d'Hamilton.

J'admets parfaitement que Charles III ait eu le droit de dissoudre le mariage à *Monaco*.

Mais..... il y a un mais, le mariage n'avait pas été célébré à Monaco où nul acte de l'état civil ne l'enregistre, *mais à Marchais, en France*.

Par conséquent, Charles III *n'avait pas le droit*, si souverain qu'il fût, de rompre un mariage célébré *hors de son État*.

Le mariage religieux a pu être rompu par le pape. La cérémonie religieuse est la même partout, et le pape est maître de toute l'Eglise.

Quant au mariage civil, je le répète, Charles III était sans pouvoir pour l'annuler.

Il le pouvait d'autant moins, qu'à cette époque, le *divorce n'existait pas en France, n'était pas permis par les lois françaises*.

Albert-Honoré a bien compris cet abus de pouvoir, cette irrégularité. Aussi a-t-il pris un biais pour faire ratifier en France la décision paternelle.

Le prince de Monaco demanda aux tribunaux français de déclarer exécutoire en France la décision du 28 juillet 1880 qui dissolvait le mariage antérieur.

L'avoué du prince était Mᵉ Mouillefarine. L'avoué de la duchesse d'Hamilton, Mᵉ Paul Roche.

Eh bien ! chose incroyable, il se trouva un tribunal pour déclarer par jugement du 27 août 1880 (1ʳᵉ Chambre) « que cette décision rendue en con- « formité des lois qui régissent l'Etat de Monaco, « ne renferme aucune disposition contraire à la loi « française ! ni à l'ordre public en France !!! ».

Le jugement concluait ainsi.

« Par ces motifs, ordonne que la décision du « prince souverain de Monaco du 28 juillet 1880, « sera exécutée en France selon sa forme et teneur, etc., etc.....

« Et condamne le défendeur aux dépens dont il « est fait distraction au profit de Paul Roche, « avoué ».

Eh bien ! n'en déplaise à la 1ʳᵉ Chambre du tribunal civil, qui rendit cet étrange jugement, il me paraît parfaitement attaquable.

J'en fais juge les jurisconsultes de tous les pays.

J'admets cependant que la loi française ait eu le droit de ratifier la décision de Charles III.

Quand le divorce fut devenu légal en France, Albert-Honoré eût dû se mettre en règle avec la législation française, en faisant transformer ce jugement de rectification en jugement de divorce.

Autrement il risquait, en contractant un second mariage en France, de n'être pas réellement et valablement marié.

Il ne l'a pas fait.

Et M. Beurdeley, maire du VIIIe arrondissement, s'est contenté du jugement du 27 août 1880, et a célébré le second mariage du prince sans exiger d'acte de divorce.

Le mot divorce même n'est pas prononcé dans le second acte de mariage.

On y dit seulement que le prince fut *précedemment marié* à la duchesse d'Hamilton.

Qu'est-ce que ces chinoiseries-là ? Sommes-nous oui ou non en France et en République, et le prince de Monaco est-il notre souverain ?

Je ne discuterai pas davantage. Tous ceux qui me font l'honneur de me lire estimeront avec moi :

1º Qu'Albert-Honoré Ier est encore bel et bien marié à lady d'Hamilton ;

2º Qu'en épousant la duchesse de Richelieu, il est tout simplement devenu bigame.

Au fond, peu nous importe.

Ne fut-elle pas sa maîtresse, la chaste Alice, pendant plusieurs années ! Un mot encore. Le prince Rouge et Noir voudrait-il me dire pourquoi il se marie en France, et non dans sa principauté ?

Il y entretient pourtant un évêque et il y possède une cathédrale toute neuve, qui a coûté plusieurs millions payés par Mme Blanc. Peut-être pour faire honneur à la France.

Albert-Honoré est assez fat pour espérer qu'un maire français est — comme lui — *honoré* de célébrer son mariage ?

Quand elle épousa le beau jeune homme, voici le

portrait qu'on fit de la princesse, *la princesse de la Roulette* comme on l'appelle en Italie.

« Une grâce indicible, une subtilité d'intelligence remarquable, une conversation pleine de verve, beaucoup d'esprit et du meilleur, telle est la nouvelle princesse de Monaco. Qualité suprême, elle sait écouter, a la charité rare de chercher à faire valoir et apprécier ce que les autres disent. D'une nature droite et fière, immuable en ses amitiés fidèles, elle est passionnément éprise d'art : elle est élégante par-dessus tout. »

Voyons si ce portrait est juste.

L'historien est implacable : et avant tout nous prétendons écrire un chapitre d'histoire.

Mettons que la princesse soit spirituelle, intelligente et femme du monde accompli.

Est-elle droite et fière ?

Fière ? Non.

Une femme fière, ne se donne pas au prince héritier de Monaco. La veuve d'un Richelieu ne devient pas la maîtresse, puis la femme d'un Grimaldi, d'un croupier.

Droite ? Pas davantage.

Une femme droite ne vit pas de la ruine des joueurs, et ne paye pas ses toilettes avec l'or des suicidés.

Peut-être est-elle élégante, et sa nature est-elle celle d'une artiste.

Mais je doute qu'elle soit *immuable en ses amitiés fidèles*.

Raisonnons un peu.

Je la vois duchesse de Richelieu.

Bien.

Elle devient veuve, sa santé s'ébranle. Son père, sur le conseil des médecins, l'envoie à Madère, dont le climat est doux.

Elle s'y éprend d'un médecin israélite dont elle devient la maîtresse, et qu'elle eût épousé sans l'énergique intervention de son père qui la ramène en France.

Elle passe l'hiver sur la *Côté d'Usure*, là où maintenant elle règne en souveraine.

De nouveau, elle s'amourache de son médecin, le docteur d'A... et devient sa maîtresse.

Albert-Honoré Ier se présente. Elle se donne à lui et l'épouse...

Est-ce bien là ce qu'on peut appeler « amitiés fidèles ? »

Je ne crois pas utile d'insister davantage. La « dame de trèfle » d'Albert-Honoré Ier, princesse de Monaco, me semble suffisamment photographiée.

Voyons maintenant comment le clergé monégasque — ô! fidèle et honnête clergé! — la juge.

Voici ce que déclamait l'an dernier à la princesse Alice le curé de Pierrefeu, le jour de Sainte-Dévote, fête patronale de Monaco.

Lisez ; vous jugerez ensuite s'il est possible d'être plus plat et plus jésuite.

« Madame,

« Appelé à l'honneur de recevoir la première fois Votre Altesse à la porte de cette église dont la divine Providence a bien voulu me confier la garde, qu'il me soit permis de Lui souhaiter la bienvenue.

« Entrez donc, Madame, entrez donc dans ce sanctuaire vénéré de cette population monégasque, tout entière. Vous la voyez se presser en rangs serrés aux abords de ce temple. Elle vient, sans doute, adresser ses hommages à celle qui veille sur ses foyers, mais elle vient aussi lui rendre de ferventes actions de grâces pour le don inestimable qu'elle lui a fait en lui envoyant une princesse *aussi accomplie* et qui sera toujours la Souveraine bien-aimée. Entrez, et que de ces restes sacrés que vous venez vénérer, dans quelques instants découlent les grâces les plus abondantes sur Vous, sur votre Auguste Epoux, notre vénéré Souverain, sur votre Famille, sur cette principauté dont vous êtes déjà la joie et l'*orgueil* et dont vous ferez toujours le bonheur. »

Un autre curé, le directeur du collège de la Visitation, lors de la distribution des prix, le 3 juillet 1890, prononçait ces phrases :

« Lui aussi, comme son Auguste père, il vous couvrira de sa protection et de ses bienfaits. N'en est-ce déjà pas un très grand, que l'exemple de sa vie, consacrée tout entière au travail, à l'acquisition de cette valeur personnelle dont je faisais tout à l'heure votre idéal, et qui est la plus belle auréole dont les princes puissent relever l'éclat de leur couronne.

« A ses côtés vous revient une jeune souveraine qui n'est pour vous ni une étrangère, ni une inconnue. Elle parle votre langue avec la même perfection que toutes les autres langues de l'Europe, et les plus anciens d'entre vous se rappelleront tous l'avoir vue il y a quatre ans, alors qu'elle mettait pour la première fois le pied sur cette terre, qui devait être la sienne, venir visiter votre collège, s'enquérir de votre système d'éducation, s'inté- resser à tous les détails de votre vie d'écolier, tout cela avec quelle grâce ! vous vous en souvenez. »

Que pensez-vous de l'orateur qui exalte la vie toute de travail du prince et qui, pour chanter les vertus de la douce Alice, prend soin de rappeler discrètement que quatre ans plus tôt, elle était déjà la maîtresse du souverain-croupier.

Le 13 janvier 1890, l'évêque Theuret recevait au seuil de la cathédrale le prince Albert-Honoré et son Alice, faisant leur entrée solennelle dans la princi- pauté.

Il y allait, le digne compagnon de la douce B..., de son petit discours où l'on sent quelques inexactes réminiscences de Bossuet :

« Monseigneur,

« En pensant à tout ce que Vous êtes et au peu que je suis, je me sens profondément ému *et fier aussi* de l'honneur qui me revient de Vous recevoir aujourd'hui.

« Ici, à son tour, sinon dans la même enceinte sacrée, du moins sur le même sol, est venu s'agenouiller et prier Votre illustre et regretté père, au jour de son avènement, et Dieu sait, Vous savez et nous savons tous, combien glorieux fut son règne ; et je ne répondrais pas aux sen- timents de Votre pitié filiale si je ne disais *qu'il a relevé le prestige de la principauté.*

« *Qu'il est beau l'héritage qui Vous est échu !* Je crois, est-ce un rêve ? est-ce une ambition immodérée pour le pays que j'aime et que je sers depuis trente ans ? je crois qu'une nouvelle ère va commencer et qu'aux neuf siècles qu'il a vécu jusqu'à ce jour, un avenir de neuf autres siècles lui est réservé, siècles aussi pacifiques que les autres ont été agités ; et quand je vois le lustre que Vous avez déjà répandu sur la principauté, *quand je pense à tous les progrès que Vous méditez*, quand je sens l'amour que Vous portez à ce peuple qui vous le rend avec passion, mon rêve touche presque la réalité.

« Madame,

« *Vous êtes aussi la femme chrétienne. Vous en avez les vertus, la charité, la bienfaisance, la générosité ; Vous avez le culte saint de l'enfance, de l'humble et du pauvre.*

« Venez donc, princesse, venez prendre place à côté de celui qui, *après Vous avoir si bien appréciée*, Vous présente aujourd'hui à la principauté comme don de joyeux avènement. »

Tel est l'homme à surplis, mais sans scrupules, dont le pape a fait un évêque.

Plat valet du maître de la Roulette, il lèche ses bottes pour ne pas perdre sa place ; il s'emballe sur les hautes vertus de Madame, sa charité et sa générosité.

Il n'a pas un mot, pas une phrase à double entente, pas un soupir pour flétrir le jeu dont il s'engraisse. Acheté au rabais, comme un figurant de féerie, il joue son rôle, intéressé seulement de toucher son dû. En voyant de telles palinodies, on se demande en vérité si ces gens-là sont devenus fous ou bien s'ils se croient indéfiniment à l'abri des châtiments de ce monde... à défaut de l'autre.

Si encore la femme pour laquelle Albert-Honoré Ier a répudié la duchesse d'Hamilton, la mère du prince héritier, justifiait les faux compliments et les ridicules éloges que les hommes de ses États, et à sa solde, font d'elle !

Un exemple, entre mille, de la générosité de ce couple princier, qui encaisse par an des millions, mouture abjecte du casino de Monte-Carlo.

Lors du célèbre voyage que M. X... offrit sur l'un de ses bâtiments aux notabilités de la presse et des lettres, on fit escale, au retour, à Monaco, et le Prince organisa un banquet à leur intention. Mais le personnel des larbins princiers étant insuffisant, Honoré Ier engagea comme extras les garçons des principaux hôtels et donna à chacun *5 francs de pourboire !*

Grâce à Dieu, tout ce qui se sent au cœur un peu de sang tient ce couple à l'écart.

Nous avons cependant des compatriotes qui... se trompent.

Je lis, dans l'*Éclaireur de Nice* du mois d'avril 1891, des articles que je me fais un devoir de livrer au public sans commentaires :

« On a fort remarqué le court séjour de notre escadre de la Méditerranée dans la rade de Villefranche.

« L'amiral Duperré n'a passé que quelques jours dans ces parages, mais il les a mis largement à profit pour abattre le pavillon français aux pieds de son Altesse Sérénissime le prince de Monaco. L'ancien aide de camp de l'impératrice Eugénie s'est fort à propos souvenu qu'il avait conquis tous ses grades en dirigeant les cotillons aux bals de la cour des Tuileries et de Compiègne, et il a fait mouiller son escadre dans les eaux monégasques *juste à temps* pour permettre à ses officiers d'assister à un grand bal donné par le prince Albert-Honoré. »

Les deux Amiraux.

« Vendredi dernier, en effet, l'amiral Duperré, escorté par son état-major et suivi de presque tous les officiers de l'escadre, esquissait sa plus belle révérence devant le prince Honoré et lui présentait les hommages de la République française.

« Or, jamais son prédécesseur, l'amiral Dupetit-Thouars, ce vaillant officier dont le souvenir est si vivace et si profond parmi les marins, n'avait consenti à mettre les pieds dans le palais de ce souverain biscauté.

« Evidemment feu Dupetit-Thouars n'avait pas le même idéal ni le même sentiment de la dignité personnelle et de l'honneur du drapeau français que l'amiral Duperré.

A bord du « Hoche. »

« Le dimanche matin suivant, Leurs Altesses Sérénissimes le prince et la princesse Albert-Honoré Ier, accompagnés de tous les grands dignitaires de Monaco : le baron de Farincourt, ex-préfet de l'Empire ; le lieutenant-colonel de Castro, commandant les carabiniers (?) monégasques ; le capitaine Gastaldi, l'aumônier de Leurs Altesses, etc., rendaient à l'amiral Duperré sa visite, et l'amiral les recevait à bord du *Hoche* avec le cérémonial réservé aux chefs d'Etat.

« L'*Eclaireur de Nice* donne des détails intéressants sur cette cérémonie :

« Une salve de vingt et un coups de canon a salué les Altesses ; toute l'escadre a été pavoisée et la musique du *Formidable* a exécuté la *Marche nationale* (?) de la principauté. Les marins des douze bâtiments de l'escadre, rangés sur les bastingages, ont poussé des hourras ; enfin le drapeau princier a été hissé au grand mât du *Hoche.*

« Il est à noter que M. Henry, préfet des Alpes-Maritimes, s'était joint à l'escorte du prince Albert-Honoré 1er.

« A bord, une grand'messe a été célébrée... on pourrait presque dire en l'honneur du prince ; Leurs Altesses se sont agenouillées, **l'amiral s'est agenouillé, et le préfet de la République s'est agenouillé côte à côte avec l'ex-préfet de l'Empire.**

« Rarement spectacle plus édifiant fut offert à des regards plus réactionnaires. »

Le pont de nos cuirassés est-il fait pour servir de chapelle à des préfets de l'empire et à des monégasques officiers espagnols, voleurs de nos fortunes et bigames en France ?

Epilogue : le prince de Monaco a nommé grand'-croix de l'ordre de Saint-Charles le vice-amiral Duperré, commandant en chef de l'escadre de la Méditerranée. (Je le regrette pour l'amiral).

Chacun sait d'ailleurs que le prince Albert-Honoré 1er a pour la France une prédilection marquée.

Je n'en veux d'autre preuve que cette information laconique publiée dans le *Temps,* du 8 septembre 1891 :

« Un incident pénible s'est produit récemment dans

les salons du casino de Monte-Carlo. L'orchestre ayant
joué l'hymne russe et l'air national anglais, on a demandé la *Marseillaise*; l'orchestre a refusé de l'exécuter, ce qui a produit sur les personnes présentes une
impression d'autant plus fâcheuse qu'un certain nombre
d'officiers français et étrangers étaient présents. »

Sans commentaires, n'est-ce pas ?

Pourtant le prince ne se dérobe pas aux réceptions que lui font les populations françaises.

L'an dernier, en juillet, le yacht *Princesse Alice*
est entré dans le bassin à flot de Boulogne, avec le
prince Albert-Honoré et la princesse de Monaco. Une
réception chaleureuse leur était préparée.

MM. Baudelocque, maire ; le docteur Hamy,
membre de l'Institut ; Dislère, conseiller d'État,
Dautzenberg, délégué de la Société de zoologie de
Paris ; Hurel-Lagache, Jules Petit, président et vice-
président de la Société de géographie et de la Société
académique ; Sagnier-Christol, président de la bi-
bliothèque populaire ; les présidents et les membres de diverses sociétés savantes, étaient présents.

Une foule extraordinaire se tenait sur les quais.

Conférence au théâtre par le docteur Regnard, sur
les travaux scientifiques du prince de Monaco, le
soir de son arrivée.

Oh ! les travaux du prince ! Oh ! ses découvertes
sous-marines !

Parlons-en.

La vérité est que ce n'est pas l'Altesse *Sérénissime* qui explora et qui découvrit quoi que ce fût,

mais bien un Français de la plus haute valeur :
M. Georges P.

Que diable M. Georges P... était-il allé faire dans
cette galère ? C'est le cas de le dire.

Le prince lui avait laissé croire qu'il mettait son
yacht à sa disposition dans l'intérêt de la science.
Le professeur accepta, partit, travailla, fit des
découvertes, etc... Albert-Honoré 1er, l'intègre! se
les appropria tout simplement. Ce que c'est que
l'habitude de mettre sa main dans la poche de son
voisin !

Et puis, on prend ce qu'on peut, n'est-ce pas ?

Le principal est de ne pas finir mal.

Pourtant l'aventure ne fit pas grand tort à Albert-
Honoré 1er. Il est vrai que l'indélicatesse n'étonna
personne. M. Georges P. osa seulement démasquer
le plagiaire et lui dire son fait vertement.

Si quelque membre de l'Académie des sciences
me fait l'honneur de me lire, je le prie humblement
de suggérer à ses collègues l'idée de faire subir un
examen au prince de Monaco. En cinq minutes, ils
auront acquis la certitude que leur illustrissime
correspondant ne connaît pas le premier mot des
questions qui font l'objet de ses communications à
l'Académie.

A ce propos il n'est pas sans intérêt de faire connaître
au lecteur l'appréciation d'un savant contemporain : (1).

« De même qu'on voyait jadis un riche et puissant
« seigneur, renonçant à des biens d'une origine dou-

(1) Alfred Giard — Bulletin scientifique 1889 — Tome XX.

« teuse, se retirer dans un cloître et achever sa vie dans
« la pratique d'une austère piété, de même nous voyons
« aujourd'hui l'héritier d'une famille princière s'enfer-
« mer bravement dans un yacht et consacrer ses loisirs
« à l'exploration des régions sous-marines. Certes,
« quelques litres d'eau de mer, fussent-ils recueillis avec
« toutes les précautions de la technique moderne dans
« les profondeurs de l'Océan, ne suffisent pas à effacer
« les traces du sang de ceux qui se sont tués autour
« d'une table de jeu. C'est de pareilles taches que le
« poète a dit :

    « La mer y peut passer sans laver la souillure

« Mais on ne peut refuser le bénéfice des circonstances
« atténuantes à qui dépense noblement une fortune mal
« acquise, et au point de vue scientifique, chacun applau-
« dirait à un pareil exemple, s'il était donné avec un peu
« plus de modestie.

Que si, au préalable, l'Académie des sciences le
préfère, qu'il demande à M. Georges P. ce qu'il pense
de l'Altesse *Sérénissime*. Il leur répondra tout simplement ce qu'il lui a dit à lui-même et il ajoutera
qu'au cours d'un voyage en yacht, *il l'a vu un jour
se dresser devant lui comme un forban* (sic).

En poursuivant cette étude, nous aurons l'occasion
de reparler du prince régnant de Monaco et de son
œuvre.

Quant à présent, nous nous sommes bornés à présenter l'homme dans les principales étapes de sa vie,
et nous n'avons voulu qu'esquisser à grands traits,
en serrant de près la vérité, le portrait du prince
Albert-Honoré Ier.

La ressemblance nous paraît frappante. Si jamais jusqu'à ce jour on ne publia de lui une biographie aussi complète, aussi détaillée au point de vue historique, c'est que nul ne possédait les documents lui permettant d'écrire ce chapitre d'histoire.

On disait bien que le prince de Monaco n'était pas l'un des hommes les plus honnêtes de son siècle, mais pas un fait incontesté ne donnait de corps aux hypothèses sur lesquelles on bâtissait le roman de sa vie.

Maintenant il ne s'agit plus d'hypothèses ni de roman.

La page laissée blanche au livre d'or de l'histoire des Grimaldi est remplie...

Vous figurez-vous, lecteurs, quelle doit être la Cour d'un tel Prince et quels doivent être ses sujets ?

Tout ce que vous pouvez rêver à cet égard est encore au-dessous de la réalité, vous allez le voir en feuilletant ce volume.

La Cour d'Albert-Honoré 1er est la Cour des Miracles modernes ; on y vole, on y tue sous la protection du nouveau roi de Thunes.

La France républicaine n'a pas encore compris qu'il était de son devoir de balayer le territoire monégasque.

Elle s'y décidera un jour prochain, elle y sera d'ailleurs forcée par la pression de l'opinion publique et des gouvernements étrangers.

Il est temps d'anéantir la bande de forbans qui, à l'abri du pavillon monégasque — rouge et blanc — s'engraissent de la ruine des joueurs, qu'ils dépouillent, comme autrefois les voleurs de grands chemins.

4.

FRANÇOIS BLANC

Fondateur des Jeux

FRANÇOIS BLANC

Le fondateur des Jeux

De tous temps, on a pour coutume — et je ne sache pas qu'elle soit mauvaise — de s'inquiéter de l'honorabilité de son voisin, avant d'être son hôte ou de lui tendre la main.

Lors même qu'il ne s'agit pas de relations mondaines ou d'affaires, quand il est seulement question de porter un jugement sur un homme, on regarde comment il vit, et quels sont ses moyens d'existence.

S'il vit honnêtement, si son travail est avouable on dit : « C'est un honnête homme. » Dans le cas contraire, on fait des réserves.

Les timorés se taisent, les autres disent tout crûment : « Cet homme est une canaille. »

Je ne sais pas d'épithète qui convienne mieux à ceux qui profitent pour s'enrichir de la passion de leurs semblables. Tenanciers de tripots ou de lupanars c'est, à mon sens, tout un, les uns sont aussi honorables que les autres.

François Blanc, le chef de la dynastie actuelle qui brille à la cour du Prince Rouge et Noir, aide à son

4

éclat, et dont le membre le plus considérable est un personnage officiel, puisqu'il est maire de sa commune et chevalier de Légion d'honneur; François Blanc fut un des hommes les plus néfastes de notre temps, et, à coup sûr, un des filous les plus habiles du siècle.

C'est lui qui fit du jeu une institution, l'organisa avec ordre et l'érigea en véritable administration.

Il avait — pour les autres plus que pour lui — la vocation du jeu.

Comment lui vint cette vocation, nul ne le sut, et ne le saura jamais.

François Blanc n'était pas en effet d'une malhonnête famille ; et pour lui inculquer d'honnêtes principes, ses parents ne négligèrent ni leurs peines ni leur argent.

Mais il était sans doute écrit au livre de la destinée, que François Blanc devait mourir dans la peau d'un forban.

La destinée n'a pas menti.

On connaît assez mal jusqu'à présent la vie du célèbre Croupier ; nulle part je n'ai lu la date et le lieu de sa naissance, la date de son mariage, et ce ne sont pas ses enfants qui contribueront à la rédaction de l'histoire de leur famille.

Passons-nous donc de leur aide filiale, et continuons notre rôle d'historien.

L'an 1806, le 12 décembre, à une heure du soir, naissaient à Courthezon (Vaucluse), deux enfants jumeaux du sexe masculin :

Louis-Joseph et François Blanc.

EXTRAIT

Des registres des actes de l'Etat Civil de la com-
mune de Courthezon (Vaucluse) déposés au
Greffe du Tribunal Civil de la ville d'Avignon.

L'an mil huit cent six, le treize décembre, à quatre
heures du soir, par-devant nous, Maire officier de l'Etat
civil de la commune de Courthezon, canton de Bédar-
rides, département de Vaucluse, est comparu le sieur
Claude Agricol Blanc, receveur de cette commune, âgé
de trente-quatre ans, domicilié à Courthezon, lequel
nous a présenté deux enfants jumeaux du sexe masculin
nés le jour d'hier à une heure du soir de lui déclarant et
de dame Marie, Thérèse, Alexandrine Janin, son épouse,
et à l'aîné desquels il a déclaré vouloir donner les prénoms de *Louis-Joseph* et à l'autre le prénom de *Fran-*
çois ; les dites déclarations et présentations faites en présence des sieurs François Tavernier, faiseur de bas, âgé
de cinquante-sept ans, et Antoine Ducloux, cordonnier,
âgé de vingt-huit ans, domiciliés à Courtezon, et après
que lecture du présent acte a été faite au père et aux
témoins, ils l'ont signé avec nous.

Signé : Blanc, Tavernier, Ducloux, Bruchet, *maire*,
certifié conforme par le soussigné,

Avignon, le 13 août 1891

LE GREFFIER

Signé : J. SAUNAIS

Vu par nous Izac, juge au Tribunal civil d'Avignon
(Vaucluse), pour légalisation de la signature de M. J
Saunais Cⁱ Greffier.

Avignon, le 13 août 1891

Pour le Président empêché

Signé : IZAC.

La jeunesse de François Blanc ne présente pas d'intérêt.

Vers l'âge de 20 ans, nous le retrouvons vagabondant dans les foires publiques où il tient des jeux de hasard, bonneteur avant l'invention du bonneteau.

Quand il eut amassé quelque pécule, il courut les salles de jeux, puis les cercles, ici croupier, plus loin joueur, selon les soubresauts de la fortune.

Il se faisait la main.

Quand il crut son éducation parfaite, il essaya des filouteries. Ses essais furent mal récompensés.

On s'est toujours demandé comment François Blanc, sans fortune personnelle provenant ou d'héritage ou de commerce avouable, avait pu parvenir à créer et à organiser les jeux à Hombourg.

Voici comment il s'y prit.

M. Edmond Blanc, maire de la Celle-St-Cloud et chevalier de la Légion d'honneur prétend m'écraser sous le poids de l'honorabilité paternelle, force m'est donc de lui prouver pièces en mains comme toujours, que la fortune de sa famille provient **du jeu, de vols, de ruines et de suicides.**

C'est ainsi et je n'y puis rien.

Voici à l'appui de mon dire, des extraits de la *Gazette des Tribunaux* de décembre 1836, janvier et mars 1837, donnant le compte-rendu d'un procès de Cour d'Assises où François Blanc son père et Louis Joseph Blanc son oncle, étaient inculpés d'avoir VOLÉ l'Etat — et par suite les particuliers — 121 FOIS SEULEMENT.

M. le maire de la Celle-Saint-Cloud affirmera

peut-être moins haut dorénavant l'honorabilité de sa famille.

Voici les faits :

Supplément à la *Gazette des Tribunaux* du samedi 10 décembre 1836

COUR ROYALE D'ORLÉANS (Chambre d'accusation

(Correspondance particulière)

Audience du 6 décembre 1836

Affaire des Télégraphes. — Nouvelles sur le cours de la Bourse

---

Un négociant qui, pour se procurer des nouvelles de Bourse, afin de jouer sur les fonds publics, obtient à prix d'argent certains signaux d'un employé de l'administration des télégraphes, se rend-il coupable du crime de corruption?

Les joueurs de Bourse des principales villes de France et de l'étranger sont depuis longtemps à la recherche d'un moyen pour bien connaître le cours de Paris avant l'arrivée de la poste : on a essayé des estaffettes, des pigeons, des moulins à vent. Dernièrement, on découvrit dans les départements de Seine-et-Oise et de Seine-et-Marne, sur les hauteurs de Corbeil et de Villeneuve-Saint-Georges, des télégraphes en calicot, qui, placés de telle et telle manière, devaient indiquer à Lyon le cours de la Bourse. Il y avait hausse ou baisse selon que l'homme qui tenait la bande de calicot l'agitait horizontalement ou verticalement. L'opération n'eût pas de suite parce que la police surveilla de trop près les spéculateurs.

Deux banquiers de Bordeaux furent beaucoup plus adroits que leurs confrères de Lyon; ils parvinrent, en 1834, à persuader à deux employés des télégraphes de Tours, qu'ils pouvaient faire d'excellentes affaires s'ils voulaient s'associer à leur bonne fortune.

Ceux-ci y consentirent.

Voici comment l'opération était combinée :

Un agent de Paris transmettait à Tours, poste restante, des effets, tels que gants etc, et la couleur de ces objets indiquait la hausse ou la baisse. Sur le vu de ces objets, l'employé du télégraphe donnait un signal convenu; ce signal, répété sur toute la ligne, arrivait à Bordeaux et, par l'entremise d'un troisième agent, les banquiers de cette ville pouvaient jouer à coup sûr.

Après avoir donné le signal *convenu*, l'employé de Tours donnait le signal indicatif du mot *erreur*, lequel se répétait sur toute la ligne, et ne figurait pas, par conséqùent, dans les dépêches officielles (1).

Les énormes bénéfices réalisés par ce moyen permettaient aux joueurs de gratifier largement les agents qui assuraient leurs succès; aussi découvrit-on bientôt que celui de Tours avait un traitement de 300 francs par mois et 25 ou 50 francs par signal, selon qu'ils étaient plus ou moins avantageux. L'agent de Bordeaux, homme de confiance, était encore mieux payé; celui de Paris avait 120 francs par mois quand il était en activité, et 60 francs seulement lorsque son service était suspendu.

---

1 Il arrive parfois que les employés d'un télégraphe se trompent sur la transmission d'un signe, alors il y a un autre signe convenu pour indiquer l'erreur de telle ou telle indication, laquelle alors est réputée non transmise.

Les opérations ont commencé en août 1834; elles allaient à merveille. Mais en 1836 l'administration des télégraphes fut informée de nombreuses erreurs *commises exprès;* elle découvrit aussi qu'un employé, aujourd'hui décédé, avait parlé d'affaires faites avec des négociants de Bordeaux, au moyen de signes transmis par le télégraphe; elle apprit enfin qu'un de ses employés avait résisté à une tentative de corruption.

Une information fut commencée; l'employé Guibout fut arrêté à Tours; l'ex-employé Renaud fut arrêté à Lyon et les frères Louis et François Blanc ne tardèrent pas à rejoindre les deux autres. Le premier était poursuivi comme agent corrompu, les trois autres comme corrupteurs.

Les détails de cette procédure sont très considérables; nous ne pouvons, quant à présent, les mettre sous les yeux du public, puisque l'acte d'accusation n'est pas encore rédigé; mais nous pouvons annoncer, dès à présent, que la Cour royale d'Orléans, par arrêt du 6 de ce mois, a mis en état d'accusation l'employé Guibout, comme suffisamment prévenu de s'être laissé corrompre; les sieurs Blanc, comme auteurs de la corruption, et Renaud, comme complice de ces derniers.

Un journal de la localité a dit, il y a quelques jours, et beaucoup de journaux de la capitale ont répété que le fait imputé aux accusés n'est prévu qu'indirectement par le Code pénal, et que les accusés, fussent-ils déclarés coupables, n'avaient à craindre que la dégradation civique, sans amende et sans prison. C'est une erreur : la Cour les met en accusation pour crime prévu par les articles 6, 34, 35, 177 et 179 du Code pénal, en vertu desquels le corrupteur et l'agent corrompu peuvent encourir, indépendamment de la dégradation civique, une amende double de la valeur des promesses agréées ou des choses reçues, et d'un emprisonnement qui peut être porté jusqu'à cinq ans.

Nous aurons soin de tenir nos lecteurs au courant des débats de cette affaire, qui ne pourra pas être jugée à la prochaine session d'Indre-et-Loire, attendu qu'elle s'ouvre le 13 courant, et qu'à cette époque la procédure ne sera pas encore en état.

Gazette des Tribunaux du samedi 28 janvier 1837

COUR D'ASSISES D'INDRE-ET-LOIRE (Tours)
(Correspondance particulière)

Affaire des télégraphes. — Nouvelles sur le cours de la Bourse. — Curieux détails

Dans notre numéro du 10 décembre, nous avions fait connaître l'arrêt de mise en accusation rendu par la Cour royale d'Orléans sur cette affaire qui a si vivement préoccupé l'attention publique, et dans laquelle se trouvent compromis plusieurs banquiers de Bordeaux.

Les accusés, au nombre desquels figurent Renaud et Guibout anciens employés aux télégraphes, et les sieurs Blanc frères, doivent comparaître devant la Cour d'assises de Tours et dans les premiers jours de la session de février.

Voici un extrait de l'acte d'accusation :

« M. Bourgoing, directeur du thélégraphe, à Tours, fut informé, dans le courant du mois de mai de l'année 1836, de l'usage clandestin qu'avaient fait depuis plus d'un an du télégraphe n° 4, placé sur l'hôtel de la mairie, les stationnaires Guibout et Lucas, à qui ce poste était confié.

« Cette infidélité paraissait avoir été pour eux la source de gains considérables, eu égard à leur position ; en effet, leur état de stationnaire ne leur rapportait que 1 fr. 50 par jour et Lucas, qui avait commencé par être garçon d'écurie dans un hôtel garni de Tours, avait laissé le 21 janvier 1836, époque de sa mort, un pécule évalué de 6 ou 7,000 francs. — Quant à Guibout, qui avait une femme et deux enfants, il joignait à ses modiques appointements les faibles produits d'un seul métier à bas dont il ne pouvait s'occuper que de deux jour l'un, et cependant il était parvenu à un degré d'aisance que ses camarades ne peuvent expliquer que par la supposition d'un commerce qu'il cachait soigneusement aux yeux de tout le monde.

« Mais ce mystère fut bientôt dévoilé. Cailleteau, l'un des amis de Lucas, l'avait soigné pendant sa dernière maladie, et celui-ci lui avait confié, en mourant, que deux bourgeois étaient convenus avec lui et Guibout, qu'ils feraient passer par le télégraphe qu'ils dirigeaient des signaux particuliers ; que chacun d'eux reçut d'abord une somme de 1,500 francs ; qu'ils touchaient de plus de Paris 150 francs par mois et 20 francs par nouvelle favorable ; que la malle apportait à Guibout des paquets de gants ou de foulards dont la couleur indiquait la nouvelle. Lucas, en donnant ces détails à Cailleteau, lui dit :
« Tu es mon camarade, tu n'as qu'à dire à Guibout que
« je t'ai appris les rapports qui existaient entre lui moi
« et une Société de bourgeois, et il te fera probablemen
« participer aux avantages que nous en retirons. »

« Cailleteau et le stationnaire Tayeel firent, d'après cette donnée, des ouvertures à Guibout, mais elles furent repoussées avec beaucoup d'énergie.

5

« L'Administration informée que des nouvelles étaient clandestinement transmises par le télégraphe, ignorait qu'elle en était la nature et le but; on pensa d'abord qu'il était question de loteries étrangères, mais cette idée fut bientôt détruite. M. Bourgoing, qui procédait secrètement à une enquête, apprit de M. le directeur de la poste de Tours que Guibout recevait fréquemment des paquets des courriers de la malle de Paris, moyennant 1 fr. 60 de port. Le 5 juin, un de ces paquets fut ouvert par M. le directeur. Il renfermait une seule paire de gants jaunes, ce qui donna de suite à penser qu'il y avait là bien plutôt transmission d'une nouvelle quelconque, que spéculation commerciale.

« Quelque temps s'écoula sans que l'Administration des télégraphes pût obtenir de nouvelles lumières. Un autre essai de transmission de signes télégraphiques dans les départements de la Charente, de la Charente-Inférieure et de la Gironde fut la cause occasionnelle de nouvelles recherches cette fois couronnées de succès. M. le ministre de l'Intérieur fut informé qu'on avait essayé de faire parvenir le cours des fonds publics à Bordeaux au moyen de moulins à vent, et M. Allard, administrateur adjoint fut envoyé à Tours, le 17 août 1836, pour reprendre les recherches commencées par M. Bourgoing à l'égard de Guibout.

« Le lendemain une réunion eut lieu chez M. le Préfet d'Indre-et-Loire à laquelle assistaient MM. Allard, Bourgoing, Coubard, inspecteur du télégraphe, et Bedouet directeur de la poste de Tours. Guibout y fut mandé et on apporta en sa présence un petit paquet à son adresse, arrivé le jour même par la malle et renfermant une paire de bas d'une qualité inférieure; sur l'enveloppe, on lisait : *Echantillon de bas de couleur. — Première qualité. — M. Guibout, fabricant de bas,*

rue Monfumier 27, à Tours — Bureau Restant — Puis
ces lettres et chiffres *D D. 17.*

« Guibout ne répondit que d'une manière évasive aux
questions qui lui furent adressées, notamment sur la
contradiction que l'on remarquait entre la qualité inférieure des bas et la suscription de première qualité. Il
avoua pourtant tenir le paquet d'un sieur Franck, invalide à Paris et avoir eu pour correspondant un sieur
Formont ou Forment.

« Toutes les personnnes qui assistaient à cette réunion
conclurent de ces circonstances, en les rapprochant de
celles précédemment recueillies, que ce paquet était une
indication de la *hausse* ou de la *baisse* des fonds publics
que Guibout faisait passer sur la ligne télégraphique de
Bordeaux.

Ces faits furent immédiatement dénoncés au procureur du Roi de Tours et l'instruction commença le jour
même par une perquisition au domicile de Guibout.

« On trouva : 1° 5 lettres datées d'Ax ou de Bordeaux,
à l'adresse de Guibout ; 2° trois brouillons de lettres de
sa main ; 3° un carnet portant : *Notes télégraphiques.*
Dans ce carnet se trouvait un papier contenant des
signes télégraphiques correspondant à tous les jours de
la semaine, excepté au lundi, avec les indications de
gants blancs ou de *gants de couleurs,* 1re qualité ; 4° Un
autre carnet plus petit, intitulé : *Visites ;* 5° Douze gants
sales de différentes couleurs ; 6° des reçus de la Caisse
d'épargne pour 2,800 francs. Deux billets de 100 francs
chacun, 160 francs en or ; un mobilier évalué par Guibout environ 1.500 francs.

« Au moment où la perquisition commençait, Guibout
s'efforça de faire disparaître des papiers qu'il prit dans
son armoire et qu'il mit dans sa poche où ils furent
retrouvés par les gendarmes présents à la perquisition.

« Les lettres, les paquets, les notes télégraphiques firent de suite comprendre comment le cours des fonds publics étaient envoyés de Paris à Guibout et comment celui-ci le transmettait par la voie du télégraphe à Bordeaux où les frères Blanc, banquiers, s'en servaient pour jouer à coup sûr, à la Bourse.

« L'instruction est, du reste, venue jeter la plus grande clarté sur tous ces points. En effet, les envois de paquets à Guibout par la malle de Paris ont commencé, de son propre aveu, au mois d'août 1834. C'était d'abord le nommé Gormand, ancien employé des télégraphes, correspondant des frères Blanc à Paris et en Belgique, qui était chargé de ce soin. Les paquets qui devaient amener la hausse ou la baisse de la rente, étaient remis par lui au bureau des courriers, rue Montmartre. Le 6 avril 1835, ce fut Franck, sous-officier invalide, qui remplaça Gormand dans ce service; ces paquets furent transmis par la même voie. Deux états du sieur Chauliac, chargeur de la malle, certifiés par un inspecteur des postes, attestent que depuis le 22 août 1834 jusqu'au 25 août 1836 121 paquets ont été envoyés à Guibout, soit par Gormand, soit par Franck. Suivant Chauliac, ces paquets toujours ouverts en sa présence, avant d'être expédiés, ne contenaient que des gants ou des bas; leur enveloppe portait quelques lettres initiales suivies de deux chiffres, que le porteur y inscrivait quelquefois en sa présence.

« Gormand s'étant, depuis le commencement de l'instruction, réfugié en Belgique, sur l'ordre des frères Blanc, c'est Franck qui a expliqué, avec les plus minutieux détails, l'intérêt et le but de ces envois. Bien que ce témoin ait été inculpé au commencement de l'information, il n'en doit pas moins être considéré comme irréprochable ; il a été constaté que, d'après l'assurance qui lui fut donnée par Gormand, il croyait faire des opérations parfaitement licites. D'ailleurs, outre ses chefs à l'hôtel des invalides, dont il est pensionnaire comme sous-officier, les hommes les plus honorables se sont en quelque sorte, rendu ses garants.

« Franck, lié depuis vingt-cinq ans avec le nommé Keller, courrier des frères Blanc, avec qui il avait été prisonnier en Russie, fut mis en rapport par lui avec Gormand, qui était obligé d'aller en Belgique, où les frères Blanc voulaient faire construire une ligne télégraphique de Bruxelles à Anvers.

« Le 31 mars 1835, Gormand alla trouver Franck avec une lettre signée Blanc, dont il prit lecture, et dans laquelle on disait à Gormand d'offrir sa place à Franck avec 100 francs d'honoraires par mois et la promesse d'un autre emploi lorsqu'il ne serait plus occupé. Cette place consistait à aller à la Bourse prendre la cote des fonds du trois pour cent. Le 6 avril, Gormand, ayant reçu une nouvelle lettre des frères Blanc, vint annoncer à Franck son départ pour la Belgique et lui donna les instructions suivantes :

« Lorsque, sur le 3 pour cent, fin courant, il y aurait une hausse de 0 fr. 25, Franck devait envoyer des *gants* à un nommé Guibout, fabricant de bas, rue *Monfumier*, 27, à Tours, S'il y avait une baisse de 0 fr. 25, il fallait envoyer des bas ou des cravates. Franck devait ajouter 0 fr. 25 au cours du dernier jour du mois, pour pouvoir calculer le lendemain la différence entre le cours du jour et celui de la veille, à cause de la liquidation. Le 7 juin et le 7 décembre, il ajoutait 1 fr. 50 au cours et s'il y avait après cette addition une différence de 0 fr. 25, avec le cours de la veille, en hausse ou en baisse Franck envoyait, suivant le cas, des gants ou des bas, etc.

« Le 29 Avril 1835, une lettre de Bordeaux, signée

Blanc, ordonna à Franck de suspendre les envois. Il ne les reprit qu'au mois d'août suivant. Un voyage des frères Blanc en Belgique et à Aix-la-Chapelle, à cette époque, était la cause de cette suspension. Dans l'intervalle, le 22 mai, Franck vit à l'hôtel des Princes, à Paris, un des frères Blanc, qui l'avait envoyé chercher par Keller et qui lui dit qu'il aurait 120 francs par mois lorsqu'il serait occupé et 60 francs lorsqu'il ne le serait pas. Au mois d'août 1835, Franck recommença ses envois. Les deux frères Blanc ayant passé par Paris, l'un d'eux lui dit que, s'il y avait une baisse de 0 fr. 25 ou 0 fr. 45, il envoyât des *gants de couleur*, et s'il y avait 0 fr. 50 au plus, des *gants blancs*.

« Franck reçut encore, de la part des frères Blanc diverses instructions dont il s'acquitta toujours avec la même exactitude, et des relevés du cours des fonds publics, remis à la justice par le syndicat des agents de change de Paris, s'accordent parfaitement, pour les variations qu'ils présentent, avec les indications données par Franck sur le chiffre de la hausse ou de la baisse qui, d'après les instructions des frères Blanc, devait déterminer ses envois.

« Au dos de chaque paquet, Franck ajoutait les lettres D.D, avec la date du départ. Ainsi D .D. 17, signifiait départ du 17. Les gants envoyés, dans le principe, étaient sales et avaient été remis à Franck par les frères Blanc. Ils portaient dans leur intérieur, d'après le témoignage de Franck, l'adresse de Boivin, rue de la Paix, à Paris ; or les douze gants sales saisis chez Guibout portent la même adresse.

« Ainsi se trouve vérifiée la déposition de Franck.

« Les paquets, à leur arrivée à Tours, étaient remis par le sieur Gallais, garçon de la poste, à Guibout, à sa femme ou à Lucas, qui se trouvaient toujours là pour les recevoir.

« L'emploi de la malle de Paris jusqu'à Tours, pour faire parvenir le cours des fonds, de préférence au télégraphe, qui servait ensuite de Tours à Bordeaux, s'explique par l'existence d'un directeur à Tours. Ce fonctionnaire, investi du pouvoir de lire les dépêches, les corrige à leur arrivée dans cette ville et les purge des faux signaux qui peuvent s'y être glissés, avant de les transmettre à Bordeaux. Ainsi, un signal de convention, parti de Paris, se serait nécessairement arrêté à Tours, tandis qu'à Poitiers et Angoulême, les simples inspecteurs qui s'y trouvent, ne pouvant lire les dépêches, ni par conséquent les corriger, un faux signal fait à Tours devait être répété sur la ligne jusqu'à Bordeaux.

Maintenant lorsque Guibout, d'après les paquets reçus de Paris, voulait faire passer la cote de la Bourse à Bordeaux, il introduisait un faux signal dans une dépêche qu'il avait à transmettre; il le corrigeait ensuite à l'aide d'un signe réglementaire nommé *erreur*. Ce signe est employé pour indiquer que l'on s'est trompé et que le signe précédent doit être considéré comme non avenu; or, d'après ce qui vient d'être dit, ce faux signal et le signe *erreur* qui le suivait arrivant jusqu'à Bordeaux, rien n'était plus facile au correspondant, au fait de cette manœuvre et qui observait les télégraphes de cette ville, de recueillir le signe erroné et de le transmettre ensuite à qui de droit, c'est-à-dire aux frères Blanc.

« Maintenant voici comment les signaux étaient recueillis à Bordeaux.

« Pierre Renaud, ancien employé stationnaire des télégraphes, à Lyon, auxquels il a été attaché pendant près de douze ans, quitta cette ville, le 19 août 1834, pour aller à Bordeaux, avec un congé d'un mois. Il n'en revint pas, ayant donné sa démission le 17 septembre. Dès ce moment il eut des relations très suivies avec les frères Blanc, de Bordeaux.

Ici l'acte d'accusation explique quelles démarches ont été faites par Renaud pour corrompre Guibout et le nommé Chevreuil.

Il continue ainsi :

« Une fois l'usage clandestin du télégraphe par Lucas et Guibout établi on a dû rechercher si cet abus n'avait pas été obtenu par la corruption et quels étaient les auteurs de cette corruption.

« Guibout, dans son premier interrogatoire fit connaître leurs noms. Louis-Joseph et Louis-François Blanc furent arrêtés ; ils sont frères jumeaux et d'une ressemblance frappante, ce qui a fourvoyé plus d'un témoin pendant l'instruction. Ils sont nés en 1806 à Courthezon, département de Vaucluse, et une partie de leur famille habite encore Avignon. Fixés seulement depuis quelques années à Bordeaux, comme banquiers, ou plutôt comme joueurs de Bourse, ils ont mené longtemps une existence vagabonde en France et à l'étranger; et, il faut le dire, ils n'ont pas laissé, dans toutes les villes qu'ils ont habitées, les souvenirs d'une vie probe et occupée.

« Ainsi à Marseille, d'anciens joueurs ont cru se rappeler que deux frères Blanc, jumeaux, originaires d'Avignon, avaient été, autrefois expulsés d'une partie dite *le Salon*, qui n'existe plus dans cette ville. A Avignon, où ils étaient en 1830 et où ils n'ont plus reparu depuis, leur réputation était assez bonne, mais ils fréquentèrent pendant deux jours le café de la Paume où on les vit jouer à l'écarté et où l'on s'aperçut qu'ils gagnaient constamment. A Lyon, il y a quelques années, on disait qu'ils avaient gagné des sommes considérables au jeu, ou de toute autre manière illicite. Ils passaient pour les plus fins fileurs de cartes et pour faire une étude de la prestidigitation qui servait à leur industrie. Leur réputation était très mauvaise. Un agent de change de Lyon rapporte que les deux frères Blanc étaient venus de Bordeaux pour acheter une charge d'agent de change, mais que leur moralité n'étant pas assez bien établie, la Compagnie avait cru ne pas devoir les admettre. A Paris, où ils faisaient partie du cercle de « l'Union », rue de Grammont, ils avaient gagné, mais sans qu'on leur reprochât de moyens frauduleux, d'assez fortes sommes à l'écarté.

A Anvers, l'un d'eux, en mai 1835, avait fait des spéculations de Bourse, mais l'on se défiait de ses opérations qui paraissaient toujours sûres. A Bruxelles, l'un d'eux était connu sous le nom de Leblanc et s'était occupé, outre les spéculations de Bourse, à construire des télégraphes. Enfin, à Bordeaux, les frères Blanc sont connus comme des joueurs heureux, qui paraissent avoir gagné beaucoup d'argent. Ils sont, dit-on, adroits joueurs, mais sans doute, ajoute-t-on, avec loyauté.

« Dans leurs opérations de Bourse, les frères Blanc faisaient rarement les premières propositions pour les achats ou pour les ventes, et leurs opérations paraissaient naturelles et ne point tenir à des avis reçus secrètement.

Cependant plusieurs agents de change, tout en rendant sur leur compte un témoignage favorable, avouent avoir perdu contre eux des sommes qui s'élèvent à 174,741 francs. M. Déban, agent de change, évalue même à 250,000 francs les gains que les frères Blanc ont fait depuis deux ans. On peut même ajouter que l'instruction n'ayant pas encore été complète sur ce point, tout porte à penser que les frères Blanc ont gagné à la Bourse de Bordeaux des sommes beaucoup plus considérables.

« Une chose à remarquer encore, c'est que toutes ces

5.

opérations ont précisément eu lieu à partir du mois d'août 1834, époque à laquelle Guibout avait commencé à leur transmettre des signaux de télégraphe. »

Suivent quelques détails sur la preuve des moyens de corruption employés. Cette corruption est prouvée par l'aisance qui s'est manifestée presque tout à coup chez les époux Guibout dès qu'ils furent en relations avec les frères Blanc.

« Il semble que, d'après tous ces faits, l'accusation pourrait s'arrêter ici, cependant il existe des charges plus fortes peut-être qui résultent de la correspondance saisie entre les mains de Guibout et dont il est indispensable de dire quelques mots.

« Le 18 août, parmi les pièces saisies chez Guibout, se trouvaient cinq lettres datées et timbrées d'Ax ou de Bordeaux, trois brouillons de la main de Guibout lui-même, et un papier renfermant des signes télégraphiques aussi de sa main.

« La première lettre est datée d'Ax, du 15 juillet 1836, et timbrée du 16. Elle porte pour adresse : « M. M. Guibout, fabricant de bas rue *Monfumier*, 27, Putange, près Argentan (Orne). » Les timbres de Tours et d'Argentan indiquent que, de la première ville, elle avait été renvoyée à la seconde, où elle n'était arrivée que le 24 juillet, le cachet en cire rouge porte *un oiseau tenant dans son bec une lettre.*

On y lit ces passages : « J'ai envoyé Renaud sur la
« route de Paris, pour voir s'il y avait un service de pi-
« geons et il n'y en avait pas. J'ai su qu'à Bordeaux quel-
« qu'un recevait le cours de la rente comme moi ; puis-
« que ce n'est pas par des pigeons, c'est donc par le
« même moyen que moi. Il est facile de voir à Tours
« quelles personnes expédient de semblables dépêches.

« L'individu qui les exploite à Bordeaux, n'ayant pas
« l'habitude, n'a pas su opérer comme il fallait. S'il
« reçoit encore cinq ou six dépêches, l'affaire sera tout
« à fait perdue, car on aura la certitude que l'on con-
« naît le cours un jour plus tôt. Tant que j'ai été seul,
« j'ai tellement ménagé ce genre d'affaires, j'ai résolu
« de faire venir Gormand, à Tours, pour recevoir les
« échantillons, inspecter les postes, vérifier les cahiers.
« Si à mon retour l'individu reçoit encore des dépê-
« ches, je ne vous donnerai plus que 150 francs par
« mois et que 25 francs par signal, au lieu de 300 et de
« 50. Si je suis seul, vous recevrez vos mêmes appointe-
« ments. Répondez-moi à Ax, département de l'Ariège,
« hôtel d'Espagne. »

« Le sens de cette lettre, quoique non signée ne saurait être plus clair. Le voyage de Renaud, dont il est
question, avait eu lieu récemment dans les premiers
jours de juillet. Gormand était l'homme de confiance
des frères Blanc. Le reste s'entend et comme si Guibout eût voulu lever tous les doutes sur l'auteur de la
lettre il a écrit dans un coin de la troisième page : *A
MM. Louis Blanc, à Ax, département de l'Ariège,
hôtel d'Espagne.*

« Le brouillon de sa réponse est daté de Putange, du
24 juillet, on y remarque ces passages :

« Messieurs, c'est pour répondre à la lettre que j'ai
« reçue ce matin même. Il est impossible qu'il y ait à
« Tours quelqu'un qui fasse les mêmes affaires que
« moi. Depuis que M. Renaud est venu à Tours, j'ai
« pris toutes les mesures. Je lui ai dit que pour éviter
« les soupçons, je prendrais un logement vers la poste
« aux lettres, de manière que personne ne s'apercevra
« que l'on va à la poste recevoir des paquets. M. Gor-
« mand, que vous voulez envoyer à Tours, n'y peut

« être que suspect. Je pars pour Tours où je serai le
« 1er août. »

« Lorsqu'après l'analyse des lettres et brouillons qui
précèdent, nous dirons que Louis Blanc et François
Blanc ont logé du 3 au 31 juillet 1836, à Ax, hôtel d'Espagne, tenu par le sieur Sicre, nous pourrons nous dispenser de tout commentaire sur le contenu de ces pièces
importantes.

« Le 23 août, autre lettre de Bordeaux adressée à la
femme Guibout, cachetée en cire rouge avec l'empreinte
d'un oiseau portant une lettre à son bec; (Renaud a
reconnu avoir écrit cette lettre) on y lit ces mots :

« Madame, ces messieurs ont été fort étonnés et fort
« contrariés de votre malheur. Il faut aller trouver un
« bon avocat. Cette affaire ne peut avoir de suites fâ-
« cheuses ; on ne peut prouver à Guibout ce qu'il n'a
« pas fait, etc.»

« Cette lettre reçue, on le voit, après le commencement des poursuites, est en quelque sorte le complément des autres. Le cachet n'est autre que celui de la
lettre d'Ax, du 15 juillet, c'est-à-dire celui des frères
Blanc qui n'a pas été retrouvé, comme on le pense
bien.

« Des experts en écriture ont été appelés et surabondamment ont déclaré que plusieurs des lettres avait été
écrites par les frères Blanc.

« Aujourd'hui, tous les accusés se renferment dans
des dénégations absolues. Guibout, sa femme et Renaud avaient, au commencement de l'instruction, fait
des demi-aveux, mais, depuis l'arrivée des frères Blanc
dans la prison de Tours ils sont revenus sur leurs
premières réponses et ont persisté à méconnaître les
circonstances les plus avérées.

Ce concert vient encore, s'il est possible ajouter à la
gravité des présomptions de culpabilité.

Le crime imputé aux accusés comporte la peine de la dégradation civique une amende double de la valeur des promesses agréées ou des choses reçues, et un emprisonnement. (Article 177 et 179 du code pénal).

Gazette des Tribunaux, n° 5.390 du 14 mars 1837

COUR D'ASSISES D'INDRE-ET-LOIRE (Tours)
(Correspondance particulière)

Présidence de M. Beyne. — Audience du 11 mars 1837

Affaire des Télégraphes. — Nouvelles sur le cours de la Bourse. — Curieuses révélations

---

Dès neuf heures du matin, la foule encombre les abords du palais-de-justice. Les portes ne sont ouvertes qu'à dix heures et on ne laisse pénétrer dans l'enceinte du tribunal que les personnes munies de billets. Avant l'ouverture de l'audience, la conversation générale roule sur les incidents curieux qu'on s'attend à voir surgir durant le cours des débats.

Mes Julien, Robin et Chaix-d'Est-Ange sont au banc des défenseurs.

Avant le tirage au sort de MM. les jurés, sur les conclusions de M. le procureur du roi, attendu la longueur et l'importance présumée des débats qui vont s'ouvrir, et en vertu de l'art. 394 du Code d'instruction criminelle et de la loi du 25 brumaire an VIII, la Cour s'adjoint un de Messieurs du tribunal en qualité d'assesseur et ordonne qu'il soit immédiatement procédé au tirage au sort de deux jurés supplémentaires. On apporte en ce moment sur le bureau des pièces à conviction, un petit télégraphe en bois-blanc.

A onze heures, la Cour entre en séance ; les accusés sont introduits et prennent place sur leurs bancs, dans l'ordre suivant :

1º Pierre Guibout, âgé de trente-quatre ans, employé au télégraphe, né à Putange (Orne), domicilié à Tours, accusé d'avoir, en sa qualité de stationnaire, reçu des dons pour faire des actes de son emploi, et d'avoir aidé avec connaissance de cause Pierre Renaud dans la tentative de corruption faite auprès de plusieurs autres employés du télégraphe ;

2º Louis-Joseph Blanc, âgé de 30 ans, banquier à Bordeaux, né à Courthezon ;

3º Louis-François Blanc, âgé de 30 ans, né à Courthezon, banquier à Bordeaux ; tous les deux accusés d'avoir corrompu par dons et promesses des employés du télégraphe et d'avoir donné à Renaud les moyens de sa tentative de corruption faite auprès d'un autre employé ;

4º Zélie Morion, âgée de trente-six ans, née à Montbazon, lingère à Tours, accusée d'avoir assisté Renaud dans la tentative de corruption faite auprès d'un employé du télégraphe ;

Et 5º Pierre Renaud, âgé de trente-et-un ans, né à Verzé, commis-voyageur, demeurant à Bordeaux, accusé d'avoir tenté de corrompre un employé du télégraphe et d'avoir aidé avec connaissance les frères Blanc dans les actes qui ont suscité ou consommé la corruption de l'employé Guibout.

La ressemblance des frères Blanc est surprenante et principalement de face. On pourrait facilement les prendre l'un pour l'autre. Même taille, mêmes traits,

même costume ; Louis-Joseph porte des lunettes à ver-
res bleus ; ceux des lunettes de François sont blancs :
voilà la seule différence qu'il y ait entre eux. Ils sont
vêtus de noir, avec goût, mais sans trop de recherche ;
leur attitude assurée et dédaigneuse contraste singuliè-
rement avec la tenue plus que modeste et même un peu
honteuse de leurs co-accusés qui, du reste, n'ont rien de
remarquable.

Le greffier donne lecture de l'arrêt de renvoi et de
l'acte d'accusation que nous avons déjà publié dans
notre numéro du 28 janvier.

On procède à l'appel des témoins qui sont au nombre
de soixante-dix-neuf ; quelques-uns sont absents.

M. le Président. — Accusé Guibout, vous avez entendu la lecture de l'acte d'accusation et vous voyez ce
dont on vous accuse. Ne receviez-vous pas souvent de
Paris des paquets de gants et de bas qui, pour vous,
avaient une signification plus importante qu'on n'aurait
pu le supposer ?

Guibout. — Oui, Monsieur le président.

M. le Président. — Qui vous les envoyait ?

Guibout. — M. Gormand et ensuite M. Franck ; j'ai
aussi souvent reçu des cravates.

D. — Qui allait chercher ces paquets ?

R. — Moi, Lucas ou ma femme.

D. — N'y avait-il pas sur ces paquets certains signes
à vous connus et que vous traduisiez ?

R. — Oui, Monsieur le président ; je prenais l'inscription et je passais un signal à Bordeaux.

D. — Quel était le but de ce signal ?

R. — J'annonçais la hausse ou la baisse des fonds à
la Bourse de Paris.

D. — Qui vous avait donné mission de transmettre
ces signaux ?

R. — MM. Blanc, de Bordeaux.

D. — Etiez-vous salarié par eux, et combien avez-vous reçu ?

R. —Lucas et moi avons reçu de 6 à 7.000 francs à partir du mois d'août 1834 jusqu'à la fin du même mois 1836.

D. — Les réglements de votre administration vous autorisent-ils à introduire de faux signaux dans les dépêches du gouvernement ?

R. — Non, Monsieur le président, mais ils ne le défendent pas non plus. Il n'était point permis de transmettre d'autres dépêches que celles du gouvernement, mais ce n'était pas sur le règlement.

M. le Président à Joseph Blanc. — Vous avez entendu les aveux de votre co-accusé, n'est-ce pas vous qui l'avez corrompu ?

Joseph Blanc avec assurance. — C'est moi ou mon frère ; je sais que l'un de nous a fait, en 1834, des propositions à Guibout ; il les a acceptées. On lui a d'abord donné 100 francs par mois et 25 francs par signal. Plus tard, il lui a été donné 50 francs par signal et 250 francs par mois. Renaud était notre agent correspondant à Bordeaux ; c'était lui qui recevait les dépêches.

D. — Quel usage faisiez-vous de ces dépêches ?

R. — Celui de nous qui en recevait communication opérait à Bordeaux sur le cours que la rente pouvait avoir à Paris.

D. — Cette prescience que vous aviez du cours des fonds ne vous donnait-elle pas un avantage immense sur tous les autres spéculateurs ?

R. — Ça dépend, Monsieur le président ; tantôt il y en avait, tantôt il n'y en avait pas

M. le Président. — Expliquez-vous.

R. — Il arrivait souvent que le cours des fonds à Paris n'influençait pas seul celui de la rente à Bordeaux. Une nouvelle reçue d'Espagne par un courrier extraordinaire ou par toute autre voie, pouvait quelquefois changer les prévisions de celui de nous qui spéculait sur les nouvelles télégraphiques qu'on lui transmettait de Paris. Du reste, mon frère, plus versé que moi dans les affaires de Bourse, vous donnera à cet égard des explications plus étendues.

D. — Quel était votre agent à Paris ?

R. — Franck. Il expédiait les paquets.

D. — A quelle heure Renaud vous faisait-il la transmission des signaux ?

R. — Depuis deux jusqu'à six heures du soir.

D. — Vous n'opériez pas qu'à la Bourse. Il y a, je crois, à Bordeaux, une autre réunion du soir où l'on spécule sur les fonds après la fermeture de la Bourse ?

R. — On faisait des opérations à la Bourse et le soir dans un autre lieu.

D. — Pourquoi, devant M. le juge d'instruction, avez-vous nié que vous connaissiez Franck ?

R. — Parce que j'avais d'abord pris un système complet de dénégation, ne voulant compromettre aucun de mes co-accusés.

D. — N'avez-vous jamais pensé aux spéculateurs confiants que vous dépouilliez au moyens des informations frauduleuses et criminelles que vous vous procuriez ?

Joseph Blanc, avec une sorte de dignité. — Monsieur le président, on n'a dépouillé personne. Nous ne faisions que combattre nos adversaires à armes égales. Chacun des spéculateurs avec lesquels nous faisions des affaires avaient comme nous leurs informations clandestines, cela se voit partout. On emploie tous les moyens possibles, des courriers extraordinaires, des moulins à vent, des lanternes.

M. le Président. — Mais toutes les tentatives de transmission de signes télégraphiques auxquels vous faites allusion n'ont pas réussi, à Angoulème, par exemple.

R. — Elles n'en ont pas moins été faites.

D. — Qu'importe à votre affaire que ces tentatives aient été faites ou non. Leurs auteurs n'ont corrompu personne pour arriver à leur but, et c'est précisément là que gît la différence qui existe entre le délit qui vous est reproché et tous ceux que vous invoquez comme exemple.

L'accusé se contente de sourire dédaigneusement.

D. — A combien se montaient les bénéfices que vous avez faits ?

R. — Il a été gagné, je crois, une centaine de mille francs.

M. le Président. — L'instruction constate qu'ils doivent se monter à plus de cent soixante mille francs, et vous dites que vous n'en avez gagné que cent mille.

L'accusé, vivement. — Je ne dis pas que j'ai gagné ; j'ai dit qu'il avait été gagné. C'est moi et mon frère qui avons eu les bénéfices. Ce que je vous dis aujourd'hui est la pure vérité.

M. le Président, à François Blanc. — Avez-vous participé aux moyens employés pour corrompre Guibout ?

R. — Guibout a été corrompu par mon frère ou par moi.

D. — Quel est celui de vous deux qui lui a fait les propositions ?

R. — Je ne puis m'expliquer là-dessus.

D. — N'étiez-vous pas associé avec votre frère pour profiter des nouvelles télégraphiques que vous transmettait Guibout sur le cours des fonds ?

R. — Il n'a jamais existé d'association entre nous à cet égard. Un seul profitait des renseignements qu'on lui envoyait de Paris ; l'autre n'a jamais voulu prendre part aux spéculations, à cause des dangers que présentait cette sorte de commerce.

D. — De quels dangers voulez-vous parler ?

R. — Il y en a beaucoup ; d'abord, les concurrences ; puis, les combinaisons mal calculées; ensuite, le peu d'étendue qu'on est forcé de leur donner à cause du petit nombre de spéculateurs qui exploitent la place de Bordeaux.

Ici s'engage, entre M. le président et l'accusé une discussion assez aride sur les divers modes de spéculations à la Bourse.

D. — Combien avez-vous gagné à ces spéculations ?

R. — De quatorze personnes avec lesquelles j'ai eu des affaires, six ont gagné, et huit ont perdu de façon que j'estime mes bénéfices à cent ou cent dix mille francs.

M. le Président. — Cependant la voix publique vous attribue des gains beaucoup plus considérables.

R. — Il s'agit d'entendre les personnes qui ont eu affaire à moi, et non la voix publique.

D. — Pourquoi avez-vous, d'abord, nié formellement les faits que vous nous rapportez aujourd'hui ?

R. — J'ai toujours cru que le fait qu'on me reprochait était *très honorable.* C'est un moyen que j'ai pris parmi les mille qu'on emploie journellement pour se procurer des avantages afin de jouer à la Bourse. Vous n'êtes pas sans avoir entendu parler des services de pigeons et de beaucoup d'autres. Du reste je n'ai jamais

eu l'intention de faire une action criminelle. Je ne
croyais certainement pas que la loi pût m'atteindre ; et
cela est si vrai, qu'ayant su l'arrestation de Guibout
par les journaux, je ne me suis point sauvé. A Tours,
je comptais m'expliquer devant la justice, mais M. le
juge d'instruction m'a ouvert le code, le livre de la loi,
et m'a dit (Ici l'accusé parait ému ; sa diction, du reste
assez facile, prend un caractère de solennité qu'elle
n'avait pas eu jusqu'alors) « avant d'être magistrat, je
« suis homme, et je dois vous prévenir de la punition
« que vous avez encourue. » Alors il m'apprit que le
délit qu'on me reprochait entraînait la dégradation
civile, si bien que la peur s'étant emparée de moi je me
renfermai dans un système complet de dénégation.

D. — Vous ignoriez donc l'immoralité des moyens
que vous employiez dans vos spéculations ?

R. — Mais, mon Dieu, Monsieur le président, tous
les grands spéculateurs en font autant d'une manière
ou d'une autre. De Paris à Londres n'y a-t-il pas un
service ds pigeons qui font le voyage en quatre heures?
De Paris à Bruxelles, de même ; de même, aussi, de
Paris à Amsterdam et de Paris à Francfort, ainsi que
dans presque toutes les places de l'Europe? N'a-t-on
pas établi une ligne télégraphique de Bruxelles à An
vers ? Et moi-même, Messieurs, je devais en établir une
en concurrence à celles qui existent déjà. Chaque spéculateur a ses données, ses renseignements plus ou
moins prompts, plus ou moins clandestins, plus ou
moins sûrs : courriers, pigeons, télégraphes, on se sert
de tout. Et, pour vous citer un exemple, M. de Rotschild, qni est un grand d'Autriche, grand banquier et
grand spéculateur, n'a-t-il pas des courriers extraordinaires, des pigeons et des télégraphes, des communications secrètes avec les ministères, et des correspondan-

ces de tous les côtés. Et vous savez, Messieurs, que
M. de Rotschild est généralement estimé, reçu à la
Cour, salué partout. (*Mouvement*).

M. le Président. — Vous receviez vos renseignements dans l'ombre et par fraude ?

R. — Mais les autres spéculateurs les reçoivent aussi
dans l'ombre ou à peu près ; ils ne communiquent leurs
dépêches pas plus qu'on ne donnait à lire celles qu'on
envoyait de Paris.

M. le Président. — Enfin, vous vous procuriez vos
renseignements par des moyens que l'honneur ne per-
met pas.

L'accusé se rassied en faisant des signes de dénégation.

Mme Guibout, interrogée par le président déclare
qu'elle est allée à la poste chercher des paquets.

M. le Président. — Avez-vous fait un voyage à Bordeaux ?

R. — Oui monsieur. J'avais bien envie de voir Bordeaux ; je me suis toujours figuré que j'y serais beaucoup mieux qu'à Paris. Alors j'en ai fait part à mon
mari qui me remit une lettre pour MM. Blanc.
M. Blanc, à qui j'avais parlé de mon projet de voyage,
m'avait dit souvent :

« Madame, venez à la maison et vous serez bien
reçue. »

Je fus donc porter la lettre à M. Renaud, mais je ne
trouvai personne et j'y retournai le lendemain. « Avez-
vous des commissions à faire à Paris, dis-je à
M. Blanc ? » « Non, me dit-il ; » Et voilà tout ce que
j'ai fait.

D. — N'y a-t-il pas eu chez vous un dîner auquel
assistaient Chevreuil et Renaud ?

R. — La veille de son départ, Chevreuil est venu

nous dire adieu, et nous l'avons invité à souper ; M. Renaud était avec nous.

D. — Ne lui aurait-on pas fait des propositions durant le souper ?

R. — Non, monsieur, seulement on a parlé télégraphie.

D. — Ne lui avez-vous pas dit : Vous êtes bien maladroit de rester dans la misère ?

R. — Non, monsieur.

Pierre Renaud ancien employé au télégraphe, dit qu'il n'a corrompu personne. Il était chargé par les frères Blanc de recevoir les signaux du télégraphe à Bordeaux. Il nie avoir fait aucune tentative de corruption auprès de Chevreuil, pendant le dîner qui eut lieu après la mort de Lucas. Il prétend seulement avoir proposé à Chevreuil de le placer comme employé dans la ligne télégraphique que les frères Blanc voulaient établir en Belgique.

« On passe à l'audition des témoins. *M. Joseph-Marie Allard*, premier administrateur-adjoint des lignes télégraphiques : »

« Vers le 24 mai 1836, M. Bourgoing, directeur à Tours, adressa à l'administration, sur l'employé Guibout, un rapport qui ne faisait que reproduire des propos tenus sur son compte par les domestiques de M. Bourgoing et les autres employés du télégraphe. On se disait dans les postes que Guibout avait été soudoyé par des étrangers. L'administration ne jugeant point convenable de prendre contre Guibout des mesures rigoureuses, basées sur des propos qui n'étaient rien moins que fondés, répondit à M. Bourgoing d'attendre et d'observer.

Au mois de juin suivant, nouvel e lettre du directeur de Tours ; les propos qu'on tenait étaient plus explicites.

« Vers ce temps-là, Lucas, complice de Guibout, sur le point de mourir, fit à Cailleteau des demi propositions, puis des aveux qui furent connus : c'est alors que l'administration fut certaine de la corruption d'un des employés de la ligne de Bordeaux. Du reste, on ne savait guère à quoi s'en tenir là-dessus, et l'on croyait, généralement, que cet employé était aux gages de quelque Compagnie à laquelle il pouvait faire connaître les numéros sortants des loteries étrangères.

« Sur ces entrefaites arrive au ministère des affaires étrangères un rapport du préfet d'Angoulême sur la tentative de transmission de signes télégraphiques au moyen de moulins à vent, qui avait eu lieu dans le département de la Charente. M. de Montalivet, alors ministre de l'Intérieur, crut voir là une ramification des menées déjà signalées par M. le directeur de Tours, et il jugea urgent d'envoyer en surveillance, sur la ligne télégraphique de Paris à Bordeaux, un agent de l'administration. Je fus chargé de cette mission. Je fus aussi chargé d'interroger les employés qu'on supposait infidèles. Je crus qu'il serait peu convenable de les faire interroger par M. le préfet en présence d'une autorité judiciaire. Je donnai en même temps à la direction de la poste l'ordre qu'on arrêtât les paquets suspects qu'on savait déjà être fréquemment reçus par l'employé Guibout. Le lendemain nous venions de nous réunir chez monsieur le préfet, lorsque le directeur de la poste arriva avec un paquet à l'adresse de Guibout. Ce paquet portait pour inscription : *Echantillons de bas de couleur, première qualité*, et, dans un coin, en petits caractères : *DD, 17*. Les bas de couleur dans le paquet étaient gris. On fit venir Guibout qui balbutia ; ses réponses excitèrent l'attention de la justice et la mienne. On fit une visite domiciliaire chez Guibout. Je m'y trouvais, accompagné de M. Goubard, inspecteur à Tours, d'un commissaire de police et de gendarmes. Tout en faisant les perquisitions, un gendarme vint m'avertir que Guibout cachait ses papiers. On le fouilla et on trouva sur lui des lettres, des registres et des brouillons d'autres lettres. Guibout fut arrêté ce jour-là.

« Peu de temps après, je fis venir Chevreuil qui, lui aussi, avait été désigné, et lui fis subir un interrogatoire. Il fit d'abord des difficultés, et finit par avouer que Guibout et sa femme lui avaient fait des propositions. Je vis aussi Mme Guibout après son arrivée, et lui conseillai de faire des aveux. Elle pleura beaucoup et me dit qu'il avait été fait des propositions par son mari à Chevreuil; mais elle ne voulut point me donner l'adresse des frères Blanc et me dit qu'il n'y avait point d'employés de séduits à Bordeaux.

« De Tours, je me rendis à Angoulême pour prendre des informations sur les menées des Compagnies télégraphiques qui s'étaient secrétement établies dans le département de la Charente. Ces Compagnies avaient établi, sur la route, une ligne de moulins, d'Angoulème à Bordeaux. Le signal de la hausse ou de la baisse était donné par la fenêtre d'une maison de Clauret, qu'on ouvrait ou fermait; le guetteur du premier moulin de la ligne devait transmettre le signal de proche en proche, en tournant les ailes de son moulin dans un sens convenu. Divers agents de ces Compagnies, que j'interrogeai, me dirent que les premières propositions qu'on leur avait faites venaient de Bordeaux; mais que leurs administrateurs avaient dû perdre beaucoup d'argent à cause d'un accident imprévu causé par la maladresse du premier agent de la Compagnie.

« Un jour de fête à Clauret, la malencontreuse

fenêtre, mobile de tout le mécanisme, se trouva, pendant une absence du gardien, ouverte on ne sait comment. Les moulins transmirent le signal, qui se trouva faux. La rente avait baissé, et les spéculateurs avaient joué de confiance à la hausse (*on rit*). »

Ici M. *Allard*, sur la demande du président, donne des explications sur certains signes télégraphiques, et notamment sur le signal d'erreur.

Il ajoute qu'un faux signal introduit, par mégarde ou volontairement dans une dépêche, pourrait entraîner les plus graves conséquences.

M. Bourgoing raconte les faits déjà révélés par la déposition de M. Allard. Il ajoute qu'on a trouvé au domicile de Guibout un carnet de signaux, en faisant la perquisition.

M. le Président. — Les employés ne sont-ils pas tenus de ne point admettre d'étrangers dans leurs postes ?

R. — Il y a pour cela des peines très graves, de fortes amendes.

Un juré. — Quel est le traitement des employés ?

R. — Pour Guibout, il était de 650 francs, évalué à 30 sous par jour.

Un autre juré. — N'y a-t-il pas un règlement d'administration que les employés, en sortant du surnumérariat, jurent d'observer exactement ?

R. — On leur fait promettre de ne pas s'écarter de la ligne de leurs devoirs, mais on ne leur fait point prêter de serment.

M. Eugène Goubard dépose à peu près des mêmes faits que MM. Allard et Bourgoing ; il répète avec plus de développement à MM. les jurés les détails précédemment donnés sur l'introduction et la rectification des signaux erronés.

6

Mathias Keller, ex-fourrier, quarante-neuf ans.

D. — Avez-vous été chargé de transmettre les paquets par Franck ?

R. — Jamais.

M. le Président. — Témoin, prenez garde, vous déposez sous la foi du serment.

Keller. — Jamais je n'ai eu de relations avec Franck pour cela.

D. — Saviez-vous que Gormand prenait le cours de la Bourse ?

R. — Non, Monsieur.

D. — Avez-vous su que Franck fît des envois à Tours pour le compte de ces Messieurs ?

R. — Je ne me le rappelle pas.

D. — Saviez-vous quel était le but de ces envois ?

R. — Jamais Franck ne me l'a dit.

D. — N'avez-vous pas payé Franck pour le compte de MM. Blanc ?

R. — C'est ma femme, durant mon absence.

D. — Ces Messieurs vous en avaient chargé ; savez-vous pourquoi ?

R.   Non, Monsieur.

Marie-Rosalie Deline, femme Keller, a payé Franck pour le compte de MM. Blanc, et lui a un jour porté un billet. Elle ne sait ni d'où il lui venait, ni dans quelle langue il était écrit.

Jean Chauvin portait les paquets de Franck au courrier.

Gallois, garçon de bureau à la direction des postes de Tours, a vu souvent les paquets qu'on adressait à Guibout. Il était toujours là pour les recevoir.

Franck (Henri-Christophe), militaire invalide, était chargé par les frères Blanc de prendre la cote des fonds à la Bourse et de faire les paquets de gants, de cravates ou de bas, selon la hausse ou la baisse. Il ne peut dire lequel des deux frères Blanc lui a donné les instructions.

M. le Président. — Accusés Blanc, quel est celui de vous qui a fait les offres ?

François Blanc. — C'est moi mais je ne veux pas dire pour cela que c'était pour mon compte.

M. Duval, agent de change, a dressé un état de la situation du cours des fonds à la Bourse depuis que les frères Blanc ont entrepris leurs spéculations.

Mme Goudebert, mercière à Tours, ne reconnaît pas les gants saisis chez Guibout comme ayant été vendus par elle.

Chevreuil (René), âgé de 30 ans, imprimeur-lithographe, ancien employé du télégraphe.

M. le Président. — Ne vous a-t-on pas proposé de faire des signes télégraphiques ?

R. — Oui, Monsieur, Guibout, sa femme et cet individu (montrant Renaud).

Renaud, de son banc avec force. — Il a menti.

M. le Président. — Accusé Renaud, point d'interpellations aux témoins. (*A Chevreuil*) où vous a-t-on fait ces propositions ?

R. — A un souper qui a eu lieu chez Guibout; Renaud y était, on a parlé de télégraphes.

Renaud prétend qu'on a parlé de télégraphes, mais de ceux que les frères Blanc voulaient établir en Belgique.

François Blanc. — Le témoin Chevreuil n'a-t-il pas été arrêté et détenu au Mans, sous le poids d'une accusation de viol ? N'a-t-il pas été relâché sur les instances des administrateurs des télégraphes, à la suite d'une lettre par laquelle il implorait leur protection en offrant de faire connaître des fraudes commises par certains employés dans la transmission de la correspondance ?

Une discussion s'engage entre Mes Chaix-d'Est-Ange et Julien d'une part et M. le procureur du Roi de l'autre, à l'effet de savoir si Chevreuil a été mis en liberté avant ou après l'arrêt de non-lieu.

L'affirmative paraît faire doute. Chevreuil termine sa déposition en disant qu'il y a encore dans l'administration beaucoup d'employés qui ressemblent à Guibout.

Me Julien fait observer que Guibout n'avait pas grand intérêt à corrompre Chevreuil, puisque ce dernier était employé au télégraphe n° 3, tandis que Guibout occupait le poste n° 4.

M. Allard prétend que Guibout avait au contraire beaucoup d'intérêt à ce que l'employé du télégraphe supérieur fermât les yeux sur ses erreurs, que ce même employé pouvait signaler à chaque instant du jour.

Me Julien. — Mais Chevreuil prétend qu'on lui a seulement proposé de faire des signaux.

Un de MM. les jurés demande des explications sur la déposition de Chevreuil, M. le Président la commente et l'explique.

Un débat s'élève entre Me Julien, M. Allard, M. Bourgoing et M. le président, sur cette déposition et sur ses conséquences.

M. Goubard, inspecteur des télégraphes, est rappelé pour faire le plan figuré du rayon télégraphique de Tours.

On apporte un tableau monté sur châssis et de la craie; le plan tracé par M. Goubard soulève encore quelques récriminations qui n'ont pas de suite.

Tayel, cordonnier, employé au télégraphe, écrivait les lettres de Guibout.

« Pour lors, ajoute le témoin, je m'aperçus de la « chose, et je lui dis : « Mon cher, vous faites la fraude;

défunt mon père était huissier, et je connais un peu les affaires, prenez garde ; on y gagne de l'argent et on y perd autre chose. (*Mouvement*).

Cailleteau (Michel) employé au télégraphe. — Voilà que je me rends chez la mère Nicolas, où Lucas demeurait ; voilà que je trouve en bas des femmes qui pleuraient : « Oh ! oh ! que je dis, y a donc du pire ? Oui dirent-elles, y a du pire ; montez donc, y demande un prêtre. » Je monte, effectivement Lucas était bien malade ; alors il me dit qu'il avait des affaires avec des messieurs, 15 francs par signal, tant par mois, un tas de choses. Je le dis le soir à Tayel, qui me dit qu'il s'en doutait ; alors, voyant que Tayel le savait, j'en ai parlé au directeur.

Baranger a vu passer les faux signaux de Guibout et a eu connaissance des mauvais propos tenus sur son compte.

Croiseau (François) a entendu dire à Tayel que Guibout faisait la contrebande. Ce dernier lui a parlé de paquets qu'il recevait par la poste.

A six heures, la séance est levée et renvoyée au lendemain dix heures du matin.

Gazette des Tribunaux, n° 3.591, mercredi 15 mars 1839

COUR D'ASSISES D'INDRE-ET-LOIRE (Tours)

(Correspondance particulière)

Présidence de M. Beyne. — Audience du 12 mars

Affaire des Télégraphes. — Nouvelles sur le cours de la Bourse

L'affluence est toujours considérable ; les dames sont en plus grand nombre qu'hier. Quelques unes n'ayant pu trouver place dans la tribune se voient forcées d'envahir le banc destiné aux avocats. Le reste de la salle ne se remplit que lentement, et la séance est ouverte en présence du public privilégié et des soldats du poste.

On introduit un témoin, *la femme Hocquard*, qui ne sait rien des faits de la cause. Elle déclare seulement que Guibout lui a offert de lui vendre des bas, qu'on lui envoyait de Paris.

Lamblin, facteur à la poste aux lettres, a vu Guibout venir chercher les paquets que lui transmettait Franck.

Hocquard, employé au télégraphe : Je n'ai eu que fort peu de relations avec Guibout ; il était au poste de la mairie, et je tenais celui de la tranchée. Je me suis fort souvent aperçu des erreurs de Guibout qui les mit plus d une fois sur mon compte.

M. le Président. — Que pensait-on, dans l'administration, sur le compte de Guibout?

R. — J'ai entendu dire qu'il faisait la contrebande aux moyens de signaux télégraphiques.

Daunon, employé au télégraphe, au poste de Sorigny, s'est aussi aperçu des erreurs de Guibout.

Anicrau, télégraphier à Chambray, dépose à peu près des mêmes faits.

François Maillard, télégraphier : Le 3 mars 1836 Guibout est venu à mon poste et a passé quelques signaux; je me suis aperçu qu'il développait très mal. Le 8 août de la même année, il est revenu à 2 ou 3 heures; il s'est assis tranquillement, a pris le procès-verbal du poste, et l'a feuilleté sans me demander la permission. Plus tard, j'ai su de lui qu'il gagnait de l'argent en faisant des commissions pour un bourgeois.

Un autre employé vient aussi déclarer que Guibout s'est permis plusieurs fois de lire les procès-verbaux de son poste.

Paquereau : Un jour, je rencontrai Lucas devant la mairie : Il me dit : « Que tu es bête de rester à ne rien faire; moi, je fais des commissions pour un bourgeois, et je gagne de l'argent. Si tu veux, je te présenterai, et dans peu de temps tu pourras gagner autant que moi. Un autre jour il vint à mon poste, me dit qu'on me demandait en bas, et, pendant mon absence, il a pris la manipulation. Arrivé en bas, je n'y trouvai personne; alors je vis que c'était une *coll»* (on rit).

M. Flocon, administrateur des télégraphes, a constaté sur les procès verbaux de Guibout toutes les erreurs par lui commises ; ces erreurs étaient si grossières qu'il n'a pu s'empêcher de croire qu'elles étaient volontaires.

Un juré. — Les signaux de Guibout, malgré ses nombreuses erreurs pouvaient-ils toujours arriver à Bordeaux?

M. Flocon. — Un signal quel qu'il soit, d'après les règlements de l'admiuistration, doit toujours aller à *fond de signe*, c'est-à-dire jusqu'au bout de transmission de la depêche.

M. le Président. — N'est-il pas expressément défendu aux employés d'introduire des signes étrangers dans les dépêches?

R. — Un signal faux introduit dans une dépêche peut avoir les plus fâcheux résultats. On pourrait au moyen de ces signes transmettre des nouvelles politiques. Cela est si grave qu'il y aurait peine de destitution contre l'employé qui serait convaincu de correspondre avec le poste le plus voisin du sien par le moyen d'un signal de convention. Avant cette mesure énergique, il se faisait un grand abus, dans l'administration, de cette sorte de signaux; pour le prévenir, il a été interdit aux employés toute espèce de communication entre eux par le moyen de signes télégraphiques, même pour des motifs qui ne seraient pas étrangers au service, comme la demande d'une portion du mécanisme de la machine brisée par accident.

Guibout. — Cette partie du règlement dont parle M. l'administrateur n'a point été inscrite sur mon carnet.

M. Goubard, inspecteur. Je n'ai point transcrit cette partie du règlement sur le carnet des employés, mais je la leur ai lue de vive voix.

Un juré. — Ce règlement était-il affiché dans les postes?

M. Goubard. — Non monsieur.

M. l'administrateur. — Et cela parce que l'administration l'a défendu à cause des communications que pourraient en prendre des étrangers introduits momentanément dans les postes.

Un autre juré. — N'applique-t-on pas d'autres peines que la destitution aux employés qui transmettent de faux signaux, soit volontairement ou involontairement?

M. l'administrateur. — Il n'y a pas de peine plus forte que la destitution.

Le témoin *Frappé*, traiteur à Bordeaux, est introduit.

M. le Président. — MM. les jurés, avant de procéder à l'audition du témoin, je dois vous avertir que nous allons entrer dans l'examen d'un autre ordre de faits. Vous avez entendu jusqu'ici les dépositions de témoins relatives aux relations qu'avaient entre eux MM. Blanc et Guibout maintenant nous allons nous occuper du délit reproché à Renaud. (Au témoin) Dites ce que vous savez.

« R. — Renaud, en arrivant à Lyon, loua une chambre chez moi. Je le surpris plusieurs fois en train d'écrire des lettres qu'il cachait avec soin sous son chapeau dès qu'il me voyait arriver. Je crois qu'il avait correspondance avec Lyon.

D. — Lui avez-vous vu de l'argent, tandis qu'il demeurait chez vous?

R. — Je lui ai vu 300 francs le plus. Je crois cependant que son travail pouvait lui rapporter 1,500 francs.

Perret, menuisier, dépose que Renaud a loué une chambre chez lui; il ne sait pas si on pouvait voir le télégraphe de la fenêtre. Il a vu souvent venir chez Renaud un lyonnais qu'il croit être François Blanc.

M. le Président. — François Blanc n'êtes-vous pas allé plusieurs fois voir Renaud chez Perret?

R. — Jamais.

Le témoin *Serre* a transporté de Monbazon à Tours le ménage de Guibout quand ce dernier vint s'établir rue

Monfumier. Ce ménage était si peu considérable qu'il n'a pris que quarante sous pour ce transport.

M. le Président. — L'accusation veut prouver maintenant, MM. les jurés, dans quel état précaire se trouvait Guibout avant d'avoir connu les frères Blanc. L'examen des faits change encore une fois de physionomie.

Un autre témoin dépose qu'en août 1835, la position de Guibout était déjà bien améliorée.

Plusieurs autres témoins font des dépositions insignifiantes.

Sur la demande de M. le Procureur du Roi, la cour ordonne, attendu les aveux faits par les accusés, que plusieurs témoins devenus inutiles soient rayés de la liste.

La fille Siloine. — J'ai beaucoup connu Lucas. Il me confia un jour que lui et Guibout faisaient des commissions pour des messieurs qui leur donnaient de l'argent. Il me dit que Guibout et lui avaient déjà reçu une somme de 1,500 francs et qu'ils recevaient encore une somme de 300 francs par mois. Dans les premiers jours de mai 1835 je fus à la fête de Chambray avec Lucas et Guibout; en passant sur le pont du Cher, Guibout a parlé à un postillon qui conduisait une voiture à Tours.

On apporte en ce moment, sur le bureau des pièces à conviction des couverts d'argent qui soulèvent une assez longue discussion entre les avocats des accusés et le ministère public qui prétend que ces couverts ont été remis, le jour de la fête de Chambray, par un des MM. Blanc à l'accusé Guibout.

Guibout avoue avoir reçu ces couverts de l'un des frères Blanc, et ces derniers conviennent que l'un d'eux les lui a donnés.

Jean Petit, gendarme à Tours, a vu Guibout, lors de

la perquisition qui fut faite chez lui, prendre plusieurs papiers dans son armoire et les cacher dans sa poche. Sur l'avis qu'il en donna, Guibout fut fouillé, et l'on trouva dans ses poches différentes lettres à lui écrites par les frères Blanc, des projets de réponse à ces lettres, et un carnet contenant des notes télégraphiques.

Ici, M. le Président décachète un paquet, en tire une lettre écrite par les frères Blanc à Guibout, et la leur fait présenter par un huissier.

D. — Quel est celui de vous qui a écrit cette lettre?

R. — L'un de nous.

M. le Président en donne lecture. — On l'a déjà vue figurer dans l'acte d'accusation.

M. le Président à Guibout. — Avez-vous fait une réponse à cette lettre?

R. — Je ne sais pas.

M. le Président. — Voici un projet de réponse qu'on vous attribue; est-il de vous?

Un huissier le lui remet entre les mains.

R. — Oui M. le Président, ce projet est de moi.

M. le Président. — Voici une seconde lettre de Bordeaux adressée à Guibout; accusés Blanc, la reconnaissez-vous pour avoir été écrite par l'un de vous?

François Blanc. — Elle a été écrite par la même main que l'autre.

M. le Procureur du Roi fait observer qu'il y a en marge de cette lettre une adresse qui peut être d'une grande importance dans les débats.

M. le Président. — Effectivement, on voit écrit en travers à la marge : MM. Blanc, à Ax. (Ariège)

Guibout. — Cette adresse est de moi.

M. le Président fait présenter une autre lettre aux accusés qui font la même réponse à ses observations.

M. le Président, aux frères Blanc. — Quand vous paraphez vos lettres, mettez-vous vos initiales?

Joseph Blanc. — Tantôt d'une manière, tantôt d'une autre.

M. le Président. — Il y a.sur celle-ci la lettre initiale de Louis.

Les frères Blanc. — Mais, M. le Président, nous nous appelons tous deux Louis.

M. le Président fait présenter à Renaud une lettre par lui écrite à Guibout ; il la reconnait comme étant de sa main.

D. — Renaud, dites-nous de quelle manière comment cèrent vos relations avec les frères Blanc.

R. — Je ne me plaisais pas à Lyon, où j'étais employé au télégraphe, et je désirais beaucoup aller à Bordeaux. Je finis par obtenir un emploi à deux lieues de cette ville et je quittai Lyon. Je faisais souvent des commissions à Bordeaux pour une personne de l'endroit où j'étais placé et j'allais toutes les semaines à la ville. Uu jour, à table d'hôte, une personne me proposa de me faire connaître à MM. Blanc et de me présenter à eux pour être employé dans la ligne télégraphique qu'ils voulaient établir de Bruxelles à Anvers. Je fus trouver MM. Blanc à l'adresse qu'on me donna. Alors l'un d'eux me fit des ouvertures relatives à l'affaire en question.

Il me remit un vocabulaire où il y avait une douzaine de signaux et de chiffres, et me donna des instructions. Quand on recevait un signal correspondant à un chiffre du livret, il fallait donner à l'un d'eux le chiffre sous le signal, cela en l'absence de son frère qui ne se souciait pas de toutes ces manœuvres. Souvent je remettais les lettres chez le portier. Il arriva quelquefois que les signaux du gouvernement furent semblables à ceux donnés par MM. Blanc, et ces évènements inattendus les faisaient perdre.

D. — Quel est celui des MM. Blanc qui vous a dit que son frère ne se souciait pas des manœuvres qu'il avait entreprises ?

R. — Je ne saurais vous le dire, il n'y a guère que sept mois, et depuis que je suis en prison avec eux, qu'il m'est devenu possible de les distinguer l'un de l'autre.

M. le procureur du Roi fait observer que cette défaite de Renaud est dénuée de fondement.

M. Chaix-d'Est-Ange. — Il n'est pas étonnant que Renaud se soit trompé sur l'identité des frères Blanc, puisque dans le cours de leurs premiers interrogatoire M. le juge d'instruction s'est mépris lui même.

Et certes, Renaud n'a pas la prétention d'avoir plus d'esprit que M. le juge d'instruction.

M. le président lit une deuxième lettre de Renaud à Guibout, sur la valeur des termes de laquelle s'élève une légère discussion. (Toutes ces lettres ont déjà été énoncées dans l'acte d'accusation dont nous avons donné un extrait).

M. Bourotte, expert écrivain, a été chargé de comparer les lettres écrites par les frères Blanc à Guibout avec diverses autres lettres de la main de ces derniers et njoutées au dossier. Il résulte de ses opérations qu'il croit pouvoir affirmer que les lettres écrites à Guibout sont de la même main.

M. le Président fait passer successivement sous les yeux de MM. les jurés les pièces de comparaison avec les pièces à comparer.

M. Amiel, autre expert, dépose dans le même sens que M. Bourotte.

M. Leblanc, professeur d'écritures, troisième expert, fait à peu près la même déposition.

M. le Président. — MM. Les jurés, vous allez entendre

6

les témoins qui ont eu à Bordeaux des relations d'affaires avec MM. Blanc. Leurs dépositions pourront nons éclairer sur l'importance des spéculations auxquelles ils se livraient.

M. Debance, veuillez dire à MM. les jurés ce que vous savez.

M. Debance. — MM. Blanc ont commencé leurs affaires de rente en 1834 et les maintinrent sur une très grande échelle pendant deux ans. Durant ces deux années, MM. Blanc ont réalisé des sommes considérables. On les tenait, généralement, pour très habiles, mais on ne se doutait guère des moyens qu'ils employaient pour établir leurs opérations.

Un journal m'apprit que l'un des MM. Blanc était arrêté; je fus trouver son frère qui me dit que Louis-Joseph était compromis dans une affaire de transmission de signes télégraphiques, par le moyen de moulins à vent. J'étais alors tellement persuadé de leur loyauté en affaires que j'offris mon témoignage en faveur de l'inculpé, d'autant plus que les frères Blanc m'avaient parlé des personnes qui menaient cette entreprise comme leur étant étrangères. Mais les journaux m'apprirent bientôt à quoi je devais m'en tenir là-dessus, et dès lors je ne m'étonnai plus de la réussite de presque toutes leurs opérations. Du reste, leur manière d'opérer était on ne peut plus habile, ils ménageaient si bien leurs moyens qu'ils pouvaient spéculer journellement à coup sûr, quand bien même ils n'eussent point reçu de signaux.

Ici, le témoin explique longuement plusieurs modes d'opérer que les frères Blanc avaient entrepris.

« Dans le courant de l'année 1835, continue M. Debance, je vendis à M. Louis-Joseph Blanc pour cent mille francs. Son frère François blâma beaucoup cet achat et vint me trouver afin de tenter une transaction. Je consentis à cette transaction moyennant un bénéfice de mille francs. Le lendemain vint une hausse qui m'eût fait gagner huit ou neuf mille francs sur mon opération résiliée de la veille.

M. le Président. — Les opérations des accusés Blanc se renouvelaient-elles souvent ?

R. — Quand il devait y avoir un mouvement considérable dans le cours de la Bourse, ils opéraient ; dans le cas contraire ils n'opéraient pas.

M. le Président. — A Bordeaux regarde-t-on comme licite les moyens de transmission clandestine de la cote des fonds ?

R. — Un journal de cette ville fait dire à MM. Blanc que ces moyens étaient généralement employés sur la place de Bordeaux. Je demanderai à ces Messieurs si jamais je me suis servi de pareils moyens. *François Blanc* déclare qu'il n'a point voulu parler du témoin.

« Au reste, dit-il, je le répète, la plupart des spéculateurs à Bordeaux emploient des moyens expéditifs pour avoir des renseignements, et M. Debance sait bien que des personnes qui recevaient la cote de la rente à Paris par des courriers spéculaient le matin à la Bourse avec un avantage immense sur les autres·

Le témoin. — Oui, mais on a fini par ne plus faire d'opérations au matin, et par les remettre au soir après l'arrivée de la malle, parce que des courriers ne peuvent guère gagner que peu de temps sur la malle qui arrive à Bordeaux à deux heures. De mon côté, j'ai entendu dire que des spéculateurs avaient soudoyé les postillons des relais afin d'avoir de bons chevaux pour leurs courriers.

François Blanc. — Le témoin n'a-t-il pas aussi connaissance que l'on ait cherché à faire des opérations à **la Bourse de Paris qui pussent influencer le cours des fonds à Bordeaux ?** 6

M. Debance. — Je ne pourrais pas l'affirmer. Cependant je crois en avoir vaguement entendu parler.

M. le Président. — Vous ne savez rien sur la conduite des frères Blanc avant de venir à Bordeaux ?

R. — Je sais que M. Louis-Joseph Blanc a voulu acheter une charge d'agent de change à Lyon, mais que la Chambre a refusé son admission.

François Blanc prétend que cette exclusion n'a eu lieu que pour des motifs d'inimitié.

Ici, M. le président lit une lettre de renseignements sur la moralité des frères Blanc transmise au parquet de Tours par M. le procureur du roi à Lyon.

Après la lecture de cette lettre, M⁰ Chaix-d'Est-Ange se lève pour protester contre la fausseté de son contenu. Les quelques paroles qu'il prononce paraissent produire une vive impression sur MM. les jurés et sur l'auditoire.

M. Rodrigues, agent de change à Bordeaux, a continuellement perdu dans les opérations qu'il a faites avec les frères Blanc.

François Blanc. — Cependant autant que je puis me le rappeler, je crois que le témoin a fait contre moi une opération fort heureuse et que pour arriver là il se servit d'un courrier extraordinaire.

Le témoin. — C'est la vérité. Ce courrier me fut envoyé à dix heures du soir de Paris, lors de la chute du ministère Bassano.

François Blanc. — Le témoin ne doit pas ignorer qu'on n'ait forcé les cours à Paris dans l'intention d'influencer ceux de Bordeaux ; et si je suis bien informé, ce serait une personne qui toucherait de près M. Rodrigues.

Le témoin. — Cela est vrai. Mais on court des risques effrayants à vouloir ainsi forcer les cours. Ici le témoin se livre à une longue dissertation financière qui ne tarit point et dure au moins une demi-heure.

M. Eugène Rodriques, agent de change, fils du précédent, a gagné 6,100 francs aux frères Blanc.

D'autres banquiers ou agents de change de Bordeaux viennent encore déposer sur les mêmes faits : les uns ont été heureux les autres malheureux:

M. Genty, agent de change à Bordeaux, ne peut s'expliquer comment il a pu gagner avec les frères Blanc qui étaient si sûrement renseignés. Il leur a vu faire des pertes considérables, et notamment lors de l'avènement du ministère Thiers.

François Blanc. — C'est que probablement, et j'en suis sûr, je jouais avec des spéculateurs encore mieux renseignés que moi.

Les défenseurs des prévenus demandent à ce qu'on se dispense de l'audition de plusieurs témoins à décharge qu'on juge sans importance.

M. le Président. — M. le procureur du roi ne s'y oppose pas ?

M. le Procureur du Roi. — Nullement.

En conséquence, la Cour ordonne que ces témoins ne seront pas entendus.

La séance est levée à cinq heures moins un quart et renvoyée au lendemain matin dix heures pour le réquisitoire de M. le procureur du roi et les plaidoiries.

Je crois inutile de donner in-extenso le réquisitoire du Procureur du Roi et les plaidoiries des avocats.

Venons en donc, sans plus tarder, à l'arrêt rendu, en suite du vote des jurés.

A midi, la Cour entre en séance.

Mᵉ Julien, défenseur de Guibout prend la parole et fait encore quelques observations en sa faveur.

M. le procureur du roi s'attache à les réfuter en peu de mots.

Mᵉ Chaix-d'Est-Ange lui réplique.

Après le résumé de M. le président, qui dure près de deux heures, ce dernier pose à MM. les jurés les questions suivantes que nous croyons devoir reproduire, attendu que la discussion ne roule en quelque sorte que sur un point de droit :

1° Pierre Guibout, employé de l'administration publique des télégraphes, en qualité de stationnaire, est-il coupable d'avoir dans le courant des années 1834, 1835 et 1836, et alors qu'il était de service au télégraphe de Tours, fait passer sur la route de Bordeaux des signaux autres que ceux de l'Administration ?

2° A-t-il reçu des dons et agréé des promesses pour faire passer ces signaux ?

3° En faisant cette transmission a-t-il fait acte de son emploi ?

4° Pierre Guibout est-il coupable d'avoir, dans le courant de 1836, assisté avec connaissance de cause Pierre Renaud dans la tentative de corruption commise sur Chevreuil, laquelle tentative, manifestée par un commencement d'exécution, n'a manqué son effet que par des circonstances indépendantes de la volonté de son auteur ?

5° Louis-Joseph Blanc est-il coupable d'avoir, dans le courant des années 1834, 1835 et 1836, corrompu Pierre Guibout ?

6° Louis-François Blanc est-il coupable des mêmse faits ?

7° Louis-Joseph Blanc est-il coupable d'avoir corrompu Lucas et Dévaux ?

8° Louis-François Blanc est-il coupable des mêmes faits ?

9° Zélie Morion, femme Guibout, est-elle coupable d'avoir, dans le courant des années 1834, 1835 et 1836, assisté avec connaissance de cause les frères Blanc dans la tentative de corruption dont son mari a été l'objet ?

10° La même est-elle coupable d'avoir, à la même époque, assisté avec connaissance de cause son mari dans la transmission des signaux ?

11° La même est-elle coupable d'avoir, dans le courant de 1836, assisté avec connaissance de cause Pierre Renaud dans la tentative de corruption qu'il a faite sur Chevreuil, laquelle tentative, manifestée par un commencement d'exécution, n'a manqué son effet que par des circonstances indépendantes de sa volonté ?

12° Pierre Renaud est-il coupable d'avoir tenté de corrompre Chevreuil ; la dite tentative, manifestée par un commencement d'exécution, n'ayant manqué son effet que par des circonstances indépendantes de sa volonté ?

13° Louis-Joseph Blanc est-il coupable d'avoir donné, avec connaissance de cause, à Pierre Renaud des instructions à l'égard de la tentative de corruption sur René Chevreuil ?

14° Louis-François Blanc, même question.

15° Pierre Renaud est-il coupable d'avoir, dans le courant des années 1834, 1835 et 1836, assisté avec connaissance de cause les frères Blanc, tant dans la corruption de Guibout que dans la transmission des signaux télégraphiques ?

Me Chaix-d'Est-Ange demande la parole pour un fait personnel avant que MM. les jurés se retirent dans leur salle de délibération.

« Messieurs, dit-il, quelques-unes de mes paroles sur le tripotage qui se fait à la Bourse ont été mal interprétées dans le résumé qui a été fait des moyens de la défense employés par moi pour mon client. Je n'ai point dit, comme on semble vouloir le faire entendre, que les spéculateurs à la Bourse sont tous des fripons. Et d'ailleurs, messieurs, si, dans la chaleur de l'improvisation, une pareille expression s'est échappée de ma bouche, je demande la permission de la rétracter, parce que je suis à même de savoir autant que qui que ce soit qu'il y va, et c'est un malheur, qu'il y va plus d'un honnête homme. »

Mᵉ Chaix-d'Est-Ange explique ensuite à MM. les jurés que de la solution de la troisième question dépend le sort du procès.

A deux heures le jury se retire et rentre à trois heures précises avec ce verdict :

Sur la première question, oui, Guibout est coupable ; sur la deuxième, oui ; sur la troisième, non ; sur la quatrième, non ; sur la cinquième, oui, mais sans la circonstance énoncée à la deuxième question ; sur la sixième, oui, dans le même sens ; sur la septième oui, dans le même sens ; sur la huitième, oui, dans le même sens ; sur les neuvième, dixième, onzième, douzième, treizième, quatorzième et quinzième, non.

Les accusés sont introduits ; ils viennent se placer sur leurs bancs avec assez d'indifférence.

Le greffier leur donne lecture du verdict du jury. Chacun des accusés attend la solution de la troisième question avec une anxiété visible ; ce résultat n'est pas plus tôt prononcé que la femme Guibout bondit de joie sur son banc et frappe dans ses mains. Guibout s'incline et salue le jury, puis il se retourne vers sa femme et l'embrasse avec effusion. Les frères Blanc, séparés l'un de l'autre par Guibout, échangent un regard de vive satisfaction avec Renaud.

La Cour prononce l'acquittement des accusés Renaud et Zélie Morion, femme Guibout. Pour ce qui concerne les autres accusés, ATTENDU QU'ILS ONT PAR LEUR CONDUITE ILLICITÉ amené le procès dont il s'agit, M. le procureur du roi conclut à ce qu'ils soient CONDAMNÉS à payer *tous les frais de la procédure*, AVEC CONTRAINTE PAR CORPS.

La Cour se retire pour en délibérer et, au bout de cinq minutes, elle rentre avec un arrêt conforme aux conclusions du ministère public.

Les accusés serrent la main à leurs défenseurs.

Je ne voudrais pas, par d'inutiles commentaires, gâter au lecteur l'impression d'indignation qu'il a dû éprouver en lisant le compte-rendu de ces débats inouïs.

Pourtant, quelques mots sont indispensables.

Il est nécessaire que le lecteur se souvienne bien

1° Que les frères Blanc s'appelaient tantôt Blanc tantôt Leblanc ;

2° Que l'un et l'autre, François et Louis-Joseph, signaient comme prénom *Louis*, et disaient s'appeler tous deux Louis, ce qui est faux.

3° Que les rapports les présentent comme des joueurs malhonnêtes, de fins fileurs de cartes, des grecs et des vagabonds vivant sans travail et sans probité ;

4° Qu'ils voulurent acheter à Lyon une charge

d'agent de change et que la Compagnie des agents de change les connaissant refusa leur admission.

5° Qu'ils avouent cyniquement avoir volé l'Etat en France 121 fois et en Belgique Dieu sait combien d'autres pour pouvoir plus aisément voler le public et qu'ils trouvent *très-honorables* les vols qui leur sont reprochés.

6° Que l'origine de leur fortune provient de *vol*.

Mais ils se moquent de la justice et du public parce que, à cette époque, en 1837 la loi n'avait pas prévu qu'il pourrait exister un voleur qui profitât du télégraphe pour voler.

C'est ce qui ressort très clairement et du réquisitoire du procureur du roi et de la question n° 3 posée au jury.

Depuis, la loi sous le coup de laquelle François et Louis-Joseph Blanc auraient dû tomber a été promulguée et celui qui tenterait de les imiter serait bel et bien condamné au bagne.

Ainsi donc, c'est faute de loi spéciale, que les deux voleurs ont été non pas acquittés en tant que voleurs et bien que voleurs, mais absous.

Ils ont été condamnés aux dépens après avoir fait au préalable sept mois de prison préventive et on les avait pu voir sur les routes, menottes aux mains, entre deux gendarmes, amenés de Bordeaux à Tours, de brigade en brigade, comme des malfaiteurs qu'ils étaient.

Songez aux conséquences de cette regrettable absolution.

Si la loi actuelle eût existé alors, François Blanc, condamné aux travaux forcés n'eût pas créé Hombourg, n'eut pas créé Monte-Carlo.

Ses enfants n'existeraient pas.

Et les deux mondes n'auraient pas payé à cette famille de forbans la dîme de la fortune publique. Le sang de leurs nationaux n'eût pas coulé, l'honneur de la patrie fût demeuré sauf.

Telle est l'*honorabilité* que M. le maire de la Celle-Saint-Cloud revendique pour son père.

C'est d'un fils très bon mais très prétentieux ou très mal renseigné.

J'en fais le public juge.

*
* *

A ce jeu qu'on pourrait appeler le jeu des deux-voleurs et qu'ils ne jouaient que dans la mauvaise société, François et Louis-Joseph Blanc avaient gagné — disaient-ils — cent dix mille francs.

Etant donné la bonne foi de ces échappés de Cour d'Assises, on peut hardiment quintupler le chiffre de cet argent volé.

C'est à l'aide de cet argent qu'ils purent créer le Kursaal de Hombourg, berceau de Monte Carlo.

Mais, pour organiser un tripot à Hombourg, c'était chose délicate.

François Blanc acheta à des particuliers naïfs

et besoigneux quelques sources sans effet, et obtint ensuite du Landgrave l'autorisation d'établir un Kursaal.

L'*exploitation* fut et est encore le rêve de la famille Blanc.

Le Kursaal était créé ; le tripot officiel était né du même coup.

Une association se forma et la bande, sous l'impulsion du père Blanc, se dispersa dans le monde pour recruter les joueurs.

Hombourg , qui n'était qu'une bourgade , vit bientôt sa population flottante décupler. La danse des louis attirait les joueurs comme le miroir les alouettes. François Blanc rayonnait.

Il avait trouvé en le Landgrave de Hombourg un complice digne de lui.

C'est à Hombourg que François Blanc expérimenta le système qui devait réussir à faire de Monte-Carlo dans la suite le plus luxueux coupe-gorge du monde.

Le bonhomme connaissait fort bien ses jeux, et le monde des joueurs.

Il avait lui-même été expulsé d'un certain nombre de cercles pour cause de flagrant délit de tricherie ou de vol au jeu. Ce fut l'un des *philosophes* les plus connus dans la première moitié de notre siècle.

Jouer, voler en jouant, c'est bien ; mais faire jouer autrui, ne rien risquer, soi, et empocher les mises, c'est mieux encore.

C'est de ce principe que partit le vieux forban, et qu'il appliqua toute sa vie avec une invraisemblable chance.

Survint la guerre de 1870, et, après nos désastres, l'unité allemande.

L'empereur Guillaume, c'est à son honneur, ne toléra pas plus longtemps les jeux dans son empire.

Le Kursaal de Hombourg fut fermé et François Blanc dut quitter l'Allemagne.

Mais en prévision d'une catastrophe de ce genre, François Blanc avait pris ses dispositions de longue date.

L'établissement du Casino des jeux date de l'année 1856. Une Société, au capital de 2.500.000 francs, obtint, à cette époque, du prince Charles III, une concession de trente années et installa des salles de jeux dans une maison sise sur la place du Château. Le 13 mai 1858, le jeune prince Albert Honoré 1er aujourd'hui sur le trône posait la première pierre du Casino actuel sur la montagne des Spélugues. La dénomination consacrée à cet édifice fut, tout d'abord, celle « d'Elysée Alberto ». Le prince le débaptisa avant son achèvement complet et lui donna le nom de « Monte-Carlo ». C'est à ce moment que parut François Blanc, le futur concessionnoire de l'établissement.

Monte-Carlo était né.

Hombourg fut fermé après la guerre.

François Blanc émigra donc à Monte-Carlo.

Les millions allaient affluer dans ses coffres. Le fruit avait mûri, et était bon à cueillir.

Comme à Hombourg, il avait rencontré à Monaco un prince dévoué à sa cause.

J'ai montré, dans le précédent chapitre, sur quelles

bases fut contracté le traité qui lia Charles III à François Blanc. François Blanc avait pu s'assurer la complicité de Charles III. Mais il fallait aussi ménager l'empereur Napoléon III. C'est là que nous voyons Antoine Bertora s'entremettre et entrer en scène.

Antoine Bertora, dont nous aurons à nous occuper au cours de cette étude avec plus de détails, était un modeste employé des postes de l'avenue de la Grande-Armée.

Par la suite, le comte Bacchiocchi l'attacha à sa personne et il entra aux Tuileries comme employé au Cabinet noir. C'est lui qui portait les billets doux des dames de la Cour.

C'est Bertora qui présenta au comte Bacchiocchi le père Blanc, et c'est le comte Bacchiocchi qui obtint de Napoléon III de fermer les yeux sur l'ouverture du tripot de Monte-Carlo.

Cependant, si occupé qu'il fût par le jeu, François Blanc n'avait pas été insensible aux amours faciles, libres surtout.

D'une liaison de rencontre étaient nés deux fils, Camille et Charles Blanc, dont nous parlerons tout à l'heure, fils naturels reconnus ultérieurement par leur père.

Que devint la mère de ses deux fils aînés, je ne sais trop. Mourut-elle ou les amants se séparèrent-ils? La chronique ne le dit pas, et je n'ai pas cherché le fond des choses, le fait étant d'importance médiocre.

Ce qui est certain, c'est qu'à quelque temps de là,

Mme FRANÇOIS BLANC.

François Blanc devenait l'amant d'une gentille hombourgeoise, Marie-Charlotte Henzel, de 27 ans plus jeune que lui, qui était servante dans certaine Wirthshaus de Hombourg.

Marie-Charlotte Henzel était née à Friedrichsdorf (Hombourg), le 23 septembre 1833, de Gaspard Henzel et de Catherine Stemler.

Marie-Charlotte Henzel fut assez habile pour persuader à son amant de l'épouser.

Le mariage fut conclu en la mairie du 2e arrondissement, à Paris, le 20 juin 1854.

A cette époque, François Blanc et Marie-Charlotte Henzel habitaient ensemble, 32, boulevard des Italiens. La preuve est donc faite des relations qui unissaient le couple avant que M. le maire eût régularisé la situation.

A ceux qui, sceptiques convaincus, verraient dans cette affirmation une insinuation malveillante et partiale, je répondrai par cette preuve irréfutable :

Marie-Charlotte Henzel devenait Mme Blanc le 20 juin 1854. Or, le 21 novembre 1854, juste cinq mois après, elle donnait le jour à Marie-Louise-Antoinette-Sophie, aujourd'hui princesse Radziwill.

Ou Mme Blanc est un cas physiologique particulier, si sa grossesse a duré moins de cinq mois, ou, lorsqu'elle s'est mariée, non-seulement elle n'était plus rosière, mais encore ses fleurs d'oranger étaient bien près de se changer en oranges.

Il me paraît difficile de trouver une autre explication.

Notons en passant, ce point d'histoire éclairci,

que, lors du mariage, François Blanc s'intitula rentier et Marie-Charlotte Henzel, rentière, sous le prétexte sans doute que leur profession leur assurait des rentes.

Depuis longtemps déjà François Blanc rêvait d'obtenir de l'empereur Napoléon III le blanc-seing qui lui permettrait d'établir en France ou dans un pays frontière de France son lucratif commerce.

Mais il fallait trouver un intermédiaire, découvrir le premier anneau de la chaîne qui devait lier François Blanc au héros de Sedan.

On le trouva.

Ce metteur en œuvre s'appelait Nicolas.

Il découvrit à son tour le metteur en scène qui fut Bertora.

Et Bertora, par Bacchiocchi pu arracher à Napoléon III la signature fatale qui devait, dans la suite ruiner les deux-mondes.

Telle est fort exactement la gestation du tripot de Monte-Carlo.

C'est donc, en définitive à Bertora que M. et Mme François Blanc durent leur fortune.

Chacun d'eux l'en récompensa à sa façon et, de l'un comme de l'autre, il se déclara satisfait.

Ces compromissions n'ont rien qui nous doive surprendre.

Elles profitèrent au vieux forban. Ce qui prouve que le ciel ne récompense pas la vertu et ne punit pas le crime en ce bas monde.

François Blanc mourut le 27 juillet 1877, à Loches-les-Bains, canton du Valais (Suisse), par suite d'asthme, avec lésion pectorale.

Il laissait à ses enfants **80 millions** espèces,
sans compter les immeubles et les œuvres d'art, soit
au minimum **200 millions** ; à son lit de mort le
seul regret qu'il exprima fut de ne pas laisser à ses
enfants une fortune plus considérable. « *J'ai tant*
« *travaillé, disait-il, et je n'ai pas encore gagné*
« *assez d'argent pour mes enfants.* »

Oh ! le bon père. Oh ! l'honnête homme.

Comptez, si vous l'osez le nombre de malheureux
qui furent ruinés pour enrichir ce misérable tripo-
teur.

Avant sa mort, François Blanc avait fait un testament, aux termes duquel la fortune de ses enfants,
s'ils meurent sans postérité, est partagée entre les
autres frères et sœurs.

Quant aux gendres — tels les princes Radziwill et
Roland Bonaparte — ils jouissent de l'usufruit de
la fortune jusqu'à la majorité des enfants.

Dans le cas où, comme Dieu, ils n'auraient point
procréé d'enfants à leur image, il ne leur eût été
attribué que la rente d'un capital de 500,000 francs.

Ces explications sont nécessaires pour l'intelligence de ce qui va suivre.

J'oubliais de rappeler que François Blanc désirant
régler d'avance ses comptes avec l'Éternel avant de
quitter notre monde de misères, a laissé à l'église
Saint-Roch le modeste capital de CINQ CENT MILLE
FRANCS pour assurer le repos dans l'au-delà à sa
pauvre âme de corsaire...

Mme Blanc était veuve, elle avait quarante-quatre
ans, sa fortune personnelle était considérable.

Antoine Bertora rêva de l'épouser. Mais son rêve à elle, Mme Blanc, outre qu'elle le considérait comme un imbécile, était d'être princesse. Elle sentait bien que sa fortune lui permettait d'acheter une couronne. Elle en avait bien acheté pour ses filles.

Antoine Bertora — je regrette de parler de ce bellâtre, mais il est intimement lié à l'histoire de la famille Blanc — ne se rebuta pas pour si peu.

Il acheta un titre de comte romain. Sa couronne fraîche dorée n'éblouit pas la mère Blanc.

Elle voulait être princesse et chercha dans son entourage le fiancé de son choix.

L'appartement qu'elle occupait rue de Rivoli était un passage. Elle y tenait table ouverte et nous verrons plus loin qu'elle fut en relations avec les plus hautes personnalités de l'époque.

Jamais, ni jour, ni nuit, Mme Blanc ne restait seule. C'est pourquoi elle recevait autant.

En effet elle ne niait pas la terreur que lui causait l'approche de la nuit.

Dès que le jour tombait, elle ordonnait d'allumer les lustres, les lampes et les candélabres, partout. Et le passant regardait, étonné, son appartement qui flambait comme un soleil en fusion.

Elle avait peur !

Elle avait peur des ombres dessinées sur le mur. Dans le silence de Paris qui s'endormait, elle avait peur d'entendre tout à coup le cri vengeur d'une victime ou ce bruit qui l'avait si souvent frappée : une détonation de revolver, un gémissement, la chute d'un corps sur le sable.

Elle avait peur de tout, des siens et d'elle-même. Car elle savait que son mari, elle-même et ses enfants vivraient mille ans sans pouvoir, même au prix de leur fortune, racheter les misères, les larmes et les douleurs qu'ils avaient causées.

Elle avait peur, car elle savait que cent mille êtres humains, mourant de faim par sa faute jetaient l'anathème contre elle.

Aussi, voulait-elle toujours garder près d'elle toute la nuit — elle ne se couchait que le jour — une amie fidèle et honnête. En sa compagnie, le sachant même seulement auprès d'elle, dans la chambre voisine, elle haletait moins ; les morts dansaient moins pressés autour d'elle ; le silence de la nuit l'affolait moins.

Que de nuits n'a-t-elle pas passées auprès de la mère Blanc, cette amie dévouée ! Que de fois ne l'a-t-elle pas entendue lui dire : « Vous êtes la seule « qui puissiez ramener le calme dans mon esprit, « qui puissiez chasser cette horrible vision de « fantômes. Quand vous êtes là, ils n'osent pas « venir. Vous êtes si bonne ! »

Car ces gens qui ne veulent pas avoir de conscience, ne peuvent pas ne pas avoir de remords et ne pas faire de rêves.

Leurs millions sont impuissants à étouffer cette voix mystérieuse qui leur crie : « Vous êtes des assassins. »

Leurs millions sont impuissants à les empêcher de rêver, quand ils dorment, aux ruines sur lesquelles ils ont édifié leur puissance, aux suicidés dont le sang les éclabousse, aux veuves et aux orphelins qui tendent la main à la charité.

La sarabande des squelettes — ils ont beau faire ! — hante chaque nuit leur sommeil. En une ronde qui se déroule sans fin et les enserre, l'armée des malheureux qui se tuèrent pour les gorger d'or et parer leurs maîtresses de falbalas princiers, tourne autour d'eux, cliquetant des mâchoires, les fixant de leurs orbites vides de regards.

Dans le jour, quand la vie bourdonne autour d'eux, le calme renaît dans leur esprit, la peur, la peur qui les fait frissonner sous leurs courtines brodées, s'enfuit jusqu'au coucher du soleil.

Mais à la nuit, elle revient hurler à leur oreille et le défilé des morts recommence, sans fin, leur murmurant :

« Misérable, tu as ruiné ma mère, qui en est morte de chagrin ;

« Misérable, pour toi, j'ai déshonoré mon nom, vendu ma fille et quitté sa mère qui aujourd'hui mendie comme une gueuse ;

« Misérable, qu'as-tu fait de mon enfant ? Il est allé te porter sa fortune et la mienne un soir et tu m'as rendu un cadavre ! »

Et le bruit des imprécations de tous ces morts accompagne en cadence le ronflement du cynique dormeur, dans sa chambre luxueuse, malgré ses domestiques qui veillent, malgré ses millions qui foisonnent...

Bertora était le grand maître de cérémonies de Mme Blanc. Son service l'appelait à toute heure auprès de sa patronne.

Ils faisaient une paire d'amis, si amis que le tutoiement leur échappait parfois, ce dont se chagrinait grandement le futur maire de la Celle-St-Cloud qui pleurait dans le giron de son père nourricier de voir entre sa maman et le bellâtre une amitié aussi étroite.

« Comment veux-tu — disait-il à son fidèle domestique « — que je respecte ma mère, en l'entendant tutoyer par « Bertora. »

Bertora se défendait avec l'énergie du désespoir et ne savait que faire pour gagner les bonnes grâces de Mme Blanc.

Un instant il put croire la partie définitivement perdue pour lui.

Le prince de Rohan (Benjamin pour la mère Blanc) faiblissait et était près de céder aux sollicitations de la vieille ambitieuse.

Mme Blanc princesse, c'était pour Bertora la mise à pied, honteuse et instantanée.

En juillet 1881, Mme Blanc, accompagnée de Bertora son fidèle, et de ses domestiques, quittait Monaco et se rendait à Moutiers (Savoie), en sa villa de Tarentaise.

Elle y mourut subitement, sans cause apparente, le 25 juillet, à cinq heures et demie du soir.

Il s'agissait, pour les héritiers de la pauvre dame, de partager sa fortune.

Ce partage jette un jour nouveau sur la bonne foi de ses enfants et de ses gendres.

Au lieu d'accepter la succession, purement et simplement, ils ne l'acceptèrent que sous bénéfice d'inventaire.

On vendit à l'hôtel des ventes les bijoux, les objets d'art, etc... Le produit de cette vente fut de 15 millions environ.

Il y avait donc, rien qu'avec cette somme, de quoi payer dix fois les créanciers de la défunte.

Mais il en coûte tant aux Blanc-Radziwill-Bonaparte d'ouvrir leur caisse !

On préféra engager des procès et les soutenir avec la mauvaise foi la plus insigne. On traîna deux ans les malheureux créanciers de tribunal en tribunal, de cour en cour, si bien que, lassés d'attendre et de dépenser leur argent en frais de justice, ils préférèrent transiger.

C'est ce que voulaient les héritiers de la mère Blanc. Les créances furent réduites de 50 à 70 0/0 et le tour fut joué.

Ah ! les bons enfants d'une bonne mère !

Argent volé dit on ne profite pas.

Argent volé deux fois profite sans doute puisque la bande est en train de devenir milliardaire.

LES HÉRITIERS

Le couple Blanc a laissé quatre enfants, quatre louvetaux, dignes rejetons d'une aussi noble souche: Camille et Edmond ; Louise et Marie ; Charles, mort à Naples.

Au surplus, verrons-nous, au cours de cette étude, que gendres et brus forment la bande la mieux assortie. *Une chouette famille*, comme dit la chanson.

Il était certain que d'honnêtes gens ne pouvaient entrer dans cette tribu de mécréants et de tripoteurs, ou en sortir.

Il semblerait que l'atavisme eût interdit à l'honneur de toucher ces gens-là.

La biographie des héritiers du père Blanc va en fournir la preuve indéniable.

CHARLES BLANC

François Blanc a deux péchés de jeunesse à se reprocher. J'entends par là qu'il procréa ou crut procréer — ce qui est tout un — deux fils, en collaboration avec une maîtresse quelconque.

Ces deux fils sont Charles et Camille, devenus ultérieurement, après légitimation, Charles et Camille Blanc.

Faisons dès maintenant une remarque qui, à la lecture de cette brochure, sera confirmée par chaque chapitre.

Tous les héros de l'histoire de Monte-Carlo furent enfants naturels ou en eurent, selon que leurs parents ou eux-mêmes régularisèrent des situations faussées par des maîtresses.

Examinons d'abord la vie de Charles Blanc, la victime de la famille.

La mère Blanc, dont il n'était pas le fils, le haïssait. Elle le considérait comme un intrus, un voleur de succession future. Le père Blanc, par coupable faiblesse, laissait faire.

Habillé plus misérablement que le plus humble

domestique de la maison, plus mal traité qu'un chien, Charles Blanc vivait en paria dans la famille ; Edmond Blanc, maire de La Celle-Saint-Cloud, son demi-frère, particulièrement aimé et choyé par la mère Blanc, se montra, plus qu'elle encore, acharné dans sa haine contre Charles.

Jamais, tant qu'il vécut, Edmond Blanc, maire de La Celle-Saint-Cloud, ne consentit à manger à la même table que lui. Pour complaire à l'enfant gâté, Mme Blanc relégua Charles à l'office.

Ces rebuffades, ces persécutions de chaque jour, l'abandon où fut laissé le pauvre garçon, eurent pour effet d'affaiblir peu à peu son intelligence, à tel point que, vers l'âge de dix-huit ans, il était dans un état d'esprit voisin de l'idiotie. De déplorables habitudes contribuèrent à miner sa santé et à effacer ce qui lui restait d'intelligence. Sa belle-mère suivait avec intérêt les progrès du mal. La mort du malheureux devait augmenter la part de succession de chacun de ses autres enfants.

Le sort en décida autrement.

Vers l'âge de vingt ans, il eut une dernière lueur d'intelligence et rêva de se déniaiser. Un coiffeur de la rue du 29 Juillet eut pitié de lui et lui fit faire la connaissance d'une petite amie peu exigeante, car il convient de faire remarquer que Mme Blanc, si généreuse avec son fils Edmond, laissait le plus souvent vide le porte-monnaie de Charles Blanc.

Mais sa maîtresse savait supporter les mauvais jours, soutenue par l'espoir de temps meilleurs. Ils vécurent, elle et lui, des subsides qu'avancèrent le

fameux coiffeur à Charles Blanc jusqu'à sa majorité
et Camille Blanc, qui n'était pas encore riche, et
qui cependant ne marchanda jamais à son frère
malheureux les preuves de son affection.

Cependant la santé du jeune homme déclinait
visiblement ; sa maîtresse jugea l'instant propice
arrivé et se fit épouser par lui.

Il faut lui rendre cette justice qu'elle le soigna
avec un très sincère dévouement.

Charles Blanc était mourant.

Les médecins ordonnèrent son départ pour le
Midi.

Il se rendit en Italie et mourut à Naples en 1884.

Mais on avait dû, à sa majorité, verser à Charles
Blanc la part de succession qui lui revenait de son
père François Blanc.

La digne mère Blanc pleura toute sa vie la perte
de cet argent qu'elle considérait comme volé et elle
n'eut pas la suprême joie de voir mourir le pauvre
jeune homme.

Trois ans auparavant elle l'avait précédé dans la
tombe.

CAMILLE BLANC

Peu de choses à dire de celui-là, c'est encore avec son frère Charles le moins taré de la famille. Fils naturel du père François, légitimé dans la suite, il s'occupe peu de son demi-frère et de sa demi-sœur dont il n'eut jamais à se louer.

Lui aussi fut considéré par la mère Blanc et son fils chéri Edmond comme un intrus dans la maison, comme un voleur éventuel de la succession à venir du père Blanc.

Plus fortement trempé que son frère Charles, il sut tenir tête à Mme Blanc qui n'osa pas ostensiblement le maltraiter; mais envers lui, elle ne fut pas plus généreuse qu'envers Charles Blanc et, jusqu'à la mort de son père, Camille Blanc fut dans un état de fortune des plus précaire.

Mme Blanc, sa belle-mère — on pourrait dire sa marâtre — ne s'occupa de son beau-fils qu'une seule fois, c'est à l'époque où il eut la fièvre typhoïde. Il fut très gravement malade, si gravement même qu'on craignit pour sa vie.

Mme Blanc s'émut. Pour être tenue au courant des progrès du mal qu'elle espérait bien devoir être mortel, et surtout pour accélérer l'issue fatale, elle intéressa à sa cause, moyennant d'énormes honoraires payés d'avance, deux médecins qui se concertèrent pour aider le jeune homme à trépasser plus vite.

Cependant la maîtresse de Camille Blanc, une femme, celle-là, et une femme de cœur, crut voir clair dans le jeu des médecins choisis par Mme Blanc.

Elle prit une résolution extrême, jeta à la porte les complices de la vieille et choisit un autre médecin. Celui-ci déclara que le traitement ordonné à Camille Blanc était de tous points contraire à sa maladie.

Camille Blanc fut soigné par sa maîtresse avec un dévouement sublime, et c'est à elle qu'il doit d'avoir été rappelé à la vie.

Il lui manifesta sa reconnaissance en l'épousant. Il a fait là acte d'honnête homme...

Quand François Blanc mourut, Camille Blanc fit immédiatement poser les scellés dans l'appartement de la rue de Rivoli.

Mais, depuis déjà longtemps, la mère Blanc avait *garé* en lieu sûr, disons pour préciser, à la Banque de France, tous ses bijoux dont la valeur dépassait plusieurs millions.

On peut donc dire sans être taxé d'exagération que Mme Blanc a distrait de la succession de son mari en faveur de ses enfants et au détriment de ses beaux-fils, Charles et Camille Blanc, une somme de 15,000,000 environ.

C'est du vol pur et simple, ou je n'y connais plus rien.

Camille Blanc n'a su que plus tard qu'il avait été floué par sa marâtre et son demi-frère. Pour éviter le scandale, il a préféré n'y pas mêler la justice.

Pourtant, ne vous hâtez pas de plaindre Camille Blanc.

Il est, lui aussi, l'un des gros actionnaires du tripot de Monte-Carlo.

Son honnêteté et sa valeur morale me paraissent donc quelque peu faisandées.

Mais, au moins, a-t-il la sagesse et le bon goût d'éviter la réclame tapageuse dont son demi-frère Edmond Blanc, chevalier de la Légion d'honneur et maire de La Celle-Saint-Cloud, se montre si friand. Il ne parle pas, lui, de *l'honneur* de sa famille.

Il a désiré qu'on le laissât tranquille et fait tous ses efforts pour n'attirer sur lui l'attention de personne. C'est un bon point à son actif. Laissons donc ce croupier sportsman. Pour ce palefrenier qui voudrait être homme du monde sa place est d'ailleurs auprès de ses chevaux, à l'écurie.

EDMOND BLANC

Maire de la Celle-Saint-Cloud

Organisateur des Jeux

EDMOND BLANC

Celui-là, c'est le parent riche et le mieux arrivé de la famille.

Officier municipal et décoré! le fils de François Blanc ! C'est à pouffer de rire.

Honorable, M. le maire de La Celle-Saint-Cloud l'est au suprême degré.

N'est il pas chevalier de la *Légion d'honneur ?*

Que si vous désirez savoir comment M. le maire de La Celle-Saint-Cloud a gagné sa croix *d'honneur*, je ne pourrai mieux vous répondre qu'en reproduisant *in extenso* le rapport de M. Colfavru, député :

« Par décret en date du 13 juillet 1887, rendu sur la proposition du ministre de l'Agriculture, M. Edmond Blanc a été nommé chevalier de la Légiou d'honneur avec cette mention : « Propriétaire éleveur, services exceptionnels rendus à l'industrie chevaline.

« Cette nomination causa dans l'opinion publique, et particulièrement à Nice, un pénible étonnement. On y disait hautement que c'était la roulette de Monaco qu'on avait décorée de la croix de la Légion d'honneur, en la personne de M. Edmond Blanc.

« Ces accusations prirent, dans la plainte *anonyme* qui nous fut adressée, une forme plus violente encore ; et votre Commission s'est efforcée, en les examinant avec sang-froid, d'en rechercher et d'en apprécier la justification.

« Voici les éléments d'information qui lui ont été fournis par l'examen des dossiers de M. Edmond Blanc, au ministère du Commerce et de l'industrie, à la grande chancellerie de la Légion d'honneur, au ministère de l'Agriculture et par les déclarations mêmes de M. Blanc devant la Commission.

« Le 28 décembre 1886, M. le ministre du Commerce et de l'Industrie recevait de M. le président de la République la communication suivante :

M. le président de la République me charge d'avoir l'honneur de vous informer qu'il met à votre disposition une croix de chevalier en faveur de M. Blanc (Edmond), membre du jury de l'Exposition d'Anvers.

« La proposition eut lieu le 31 décembre, mais la chancellerie ayant soulevé la question de savoir si M. Blanc avait été réellement membre du jury de l'Exposition d'Anvers, le projet de décret fut retiré à la date du 8 janvier 1887, et le 2 février la croix fut restituée, par le ministre, à M. le président de la République, ainsi que cela résulte d'une lettre dont nous avons extrait ce qui suit :

Par lettre du 28 décembre dernier, vous avez bien voulu m'informer que M. le président de la République mettait à ma disposition, à titre définitif, une croix de chevalier de la Légion d'honneur destinée à M. Blanc. N'ayant pu comprendre M. Blanc dans les propositions que j'ai soumises à l'approbation du Conseil de l'ordre de la Légion d'honneur, je m'empresse de restituer cette croix à M. le président de la République.

« M. Edmond Blanc, ou le personnage important qui le patronait, devait donc chercher un autre titre *exceptionnel*, puisque celui de membre de l'Exposition d'Anvers avait été contesté. Quatre mois plus tard, le 4 avril 1887, M. le ministre du Commerce et de l'Industrie adressait à M. le président de la République une lettre ainsi conçue :

Monsieur le président de la République,

Vous m'avez fait l'honneur de mettre à ma disposition une croix de chevalier de la Légion d'honneur pour être accordée à M. Edmond Blanc, président de l'Association des membres fondateurs du Musée commercial et industriel français. J'aurai l'honneur de comprendre M. Blanc dans la plus prochaine promotion qui sera par moi soumise à votre signature.

« Ces nouveaux titres de président de l'Association des membres fondateurs du Musée commercial et industriel français parurent-ils aussi insuffisants que les premiers ? Il faudrait le croire ; car, le ministère Goblet ayant été renversé, M. le secrétaire général de la présidence écrivait au ministre de l'Agriculture du nouveau cabinet, sous la date du 28 juin :

Monsieur le ministre,

J'ai l'honneur de vous faire connaître que M. le président de la République met à votre disposition une croix de la Légion d'honneur pour être donnée à M. Edmond Blanc. — Cette croix avait été précédemment mise à la disposition de M. le ministre du Commerce.

« M. le ministre de l'Agriculture s'informa-t-il des causes qui l'honoraient d'une telle préférence et qui privaient M. le ministre du Commerce de décerner à M. Edmond Blanc la haute récompense due aux services exceptionnels de M. le président de l'Association des membres fondateurs du Musée commercial et industriel français ?

« Quoi qu'il en soit, il fut séduit, paraît-il, par la richesse des haras de M. Edmond Blanc ; et l'obsession présidentielle aidant, M. Blanc fut décoré de la Légion d'honneur pour *services exceptionnels rendus à l'industrie de la race chevaline.*

« La Commission n'a d'ailleurs rien trouvé dans le dossier de M. Blanc qui justifie ces prétendus services.

« Aussi, quand on considère la pauvreté et l'incertitude de ces titres qui pourtant prétendent à une si haute distinction, on constate avec tristesse la coïncidence qu'il y a entre la révélation si soudaine des mérites de M. Edmond Blanc, et la révélation non contredite, mais au contraire, reconnue exacte par lui, du traité intervenu entre lui et M. Wilson en octobre 1886, traité publié en ces termes par le journal le *XIX*ᵉ *Siècle*, numéro du 25 novembre 1887.

Extrait des minutes du greffe de la justice de paix du canton de Tours-Centre (Indre-et-Loire).

De l'expédition d'un acte dressé par Mᵉ Ragot, notaire à Paris, le vingt-trois octobre mil huit cent quatre-vingt-six, annexé à un acte de dépôt dressé au greffe le seize novembre suivant, enregistré à Tours le lendemain, folio 38, rôle 6, il a été extrait ce qui suit : Société anonyme de la *Petite France*. Liste de souscription à deux cents actions nouvelles. 1° Blanc (Edmond), propriétaire, 43, rue Dumont-d'Urville, Paris. Pour extrait conforme délivré par le greffier soussigné. Signé Bréchet.

« Rapprochons ces deux dates : 1° 23 octobre 1886, date de la souscription (100.000 fr.) par M. Edmond Blanc, à la *Petite France* ; 2° 28 décembre 1886, mise à la disposition du ministre du Commerce et de l'Industrie, par M. Grévy, président de la République, d'une croix de chevalier de la Légion d'honneur pour M. Edmond Blanc ; et demandons-nous s'il n'y a pas là l'indice trop vraisemblable d'un abus d'influence bien autrement exceptionnel que les titres invoqués par le décret du 7 juillet 1887.

« Invité par la Commission à s'expliquer sur la diversité des titres successivement invoqués pour justifier une décoration qui semblait le rechercher plus qu'il ne la poursuivait lui-même, M. Edmond Blanc a répondu comme suit :

J'ai été le familier de l'Elysée pendant trois ans. Souvent j'ai été admis à la table de M. Grévy et j'ai fréquenté la salle d'armes de l'Elysée, où je faisais de l'escrime avec M. Wilson.

C'est à cette époque que j'ai mis cent mille francs dans la Société anonyme de la *Petite France*... J'ai été décoré pour avoir établi en France un établissement d'élevage comme il n'en existe pas. J'ai acheté plus de 300 chevaux.

On paraît m'objecter que c'est grâce à ma fortune que j'ai pu fonder cet établissement. Ceci n'est pas exact. Il est certain qu'il faut des capitaux pour fonder cette entreprise; mais il faut autre chose; et les connaissances, la compétence qu'il m'a fallu acquérir, représentent bien quelque valeur et me sont bien personnelles.

On a décoré M. Lupin dans les conditions où j'ai été décoré moi-même.

« Quant à l'imputation relevée contre lui relativement à la maison de jeu de Monaco :

J'ai, dit-il, vendu depuis longtemps mes parts. La maison de Monaco est constituée en Société anonyme. Elle a été formée quinze ans avant la mort de mon père. Je n'ai aucun intérêt dans la Société; je n'ai jamais fait partie de son Conseil d'administration. Je n'ai absolument rien à voir dans la Société.

« Ainsi, de l'aveu même de M. Edmond Blanc, il n'aurait été décoré que pour avoir fondé en France un établissement d'élevage, *comme il n'en existe pas,* et pour avoir réuni à grands frais plus de trois cents chevaux.

« Assurément, c'est faire un utile et agréable usage de sa fortune que de satisfaire son goût et sa passion pour le perfectionnement de la race chevaline, et de pouvoir consacrer à cette satisfaction des capitaux considérables; mais n'apparaît-il pas à tous les hommes les plus indulgents que cette satisfaction doit se suffire à elle-même, et qu'elle ne saurait

avoir aucune prétention justifiable à une dictinc-
tion qui n'a été créée que pour récompenser les
glorieux, patients et éclatants services.

« C'était la première fois qu'un haras était décoré
dans la personne de son propriétaire ; et ce propriétaire, très riche héritier, n'avait pas 33 ans.

« Messieurs, votre Commission doit borner là
l'impression de ses sentiments, et elle émet l'avis
que M. Blanc n'a dû sa décoration qu'à l'étrange
obstination de la présidence, dominée elle-même
par la plus néfaste influence, victorieuse de tous les
scrupules ministériels, et trop oublieuse des statuts
de la Légion d'honneur. »

On ne me reprochera pas, je suppose, d'avancer
des faits à la légère, et d'accuser à tort M. le maire
de La Celle-Saint-Cloud, chevalier de la Légion
d'honneur, d'avoir bel et bien *acheté sa croix* ?

Voyons maintenant comment M. Edmond Blanc
est devenu maire de son village.

Sa marotte, au bon jeune homme, est d'être,
comme on dit, quelqu'un. Comme César, il a préféré
être le premier dans son village, que le dernier dans
la capitale, et il sentait bien que son titre de propriétaire de Monte-Carlo, de croupier chef, n'équi-
valait pas à un brevet d'honneur.

C'est pour se réhabiliter aux yeux de ses concitoyens qu'Edmond Blanc a acheté son ruban rouge.

PASSE, IMPAIR ET MANQUE

Après avoir saigné bon nombre de ses contempo-
rains, il a voulu faire saigner sa boutonnière.

C'est pour se réhabiliter aux yeux de ses concitoyens, qu'il a voulu aussi devenir maire d'une
commune quelconque; éloigné de Monaco autant
que possible, parce qu'on l'y connaîtrait moins, proche de Paris cependant, pour sa commodité d'abord,
parce qu'ensuite les électeurs plus civilisés, moins
farouches, ont la probité moins sauvage.

Il a jeté son dévolu sur La Celle-Saint-Cloud, qui ne
lui avait cependant rien fait. La commune compte
peu d'électeurs. Leur conversion était plus facile.

Ne pouvant être maire d'Eu — la place étant prise
— il s'est rendu à La Celle.

Maire d'Eu ou maire de La Celle, ça se touche,
d'ailleurs, au moins comme fonctions.

A La Celle-Saint-Cloud, Edmond Blanc avait
son haras. Il était donc sinon le plus digne, du moins
le plus riche de son bourg.

Pour se faire élire maire, à l'un il promet ceci, à
l'autre cela, à tous quelque chose. Le maire en fonctions fut exproprié pour cause d'inutilité publique,
et Edmond Blanc put réaliser son rêve, en partie du
moins.

Ce qui n'est pas sans intérêt, c'est de savoir que
M. Berthault, menuisier, maire de La Celle-Saint-
Cloud, dès le lendemain du jour où il démissionna
en faveur de M. Édmond Blanc, fut nommé régisseur des propriétés de ce marquis de Carabas-Rou-
lette ; c'était bien dû à l'officier municipal qui se
sacrifiait pour lui.

Aussi, certains esprits forts ont-ils parlé à cette
époque de corruption électorale.

C'est à cette époque également que Caroline-Héloïse Marot, en allant chercher du linge sale, sans doute, fit la connaissance d'un menuisier irrésistible répondant aux nom et prénom d'Eugène Thomas.

Son père était valet de chambre et sa mère femme de chambre chez le comte de Mézy.

On convint, pour éviter les avaries, d'unir les deux amoureux par les indissolubles liens du mariage.

Le samedi 13 novembre 1869, à dix heures vingt du matin, en la mairie du XVIIIᵉ arrondissement, Carolin-Héloïse Marot comparaissait devant M. le maire, en compagnie de son Eugène Thomas, né le 21 janvier 1844 à Mézy (Seine-et-Oise).

Elle avait à ce moment seize ans, étant née elle-même le 13 février 1853, à l'hospice de Troyes (Aube).

Les témoins du mariage étaient : Gamelier, vitrier ; Thomas Toussaint, pourvoyeur ; Foyer, Auguste, menuisier ; et Lecuq, Gervais, ferblantier.

Les deux tourtereaux s'aimèrent encore quelques mois.

Ils habitaient 16, rue du Delta.

Le 22 septembre 1870, à six heures du soir, Mme Caroline-Héloïse (dite Alice) Marot-Thomas-Blanc enfantait dans la douleur, comme une simple mère de Dieu.

Louis-Charles-Thomas était né, digne produit d'une aussi pure race.

Les témoins de la naissance de Thomas fils, furent M. Poitrine, banquier, et Guillot, négociant.

Les relations de la femme Thomas s'étendaient déjà.

On n'en était plus aux pourvoyeurs et aux ferblantiers. Eugène Thomas n'était plus seulement menuisier, comme l'année précédente, sa profession était double ; on lit dans l'acte de naissance de son fils : « Menuisier-ébéniste. »

Cependant la guerre avait éclaté, et après nos désastres, la Commune. Eugène Thomas avait senti le besoin, comme menuisier sans doute, de *raboter* quelque chose, et il avait marché contre le gouvernement de Versailles.

Quand l'insurrection fut étouffée, Eugène Thomas fut arrêté et comparut devant le conseil de guerre de Versailles, qui le condamna, pour participation à la Commune, à un an de prison.

Il subit sa peine à la prison de Nevers.

Il ne put donc s'occuper de sa femme et de son enfant.

Mme Héloïse-Caroline Thomas ne fut pas embarrassée pour si peu.

Elle était jolie, encore très jeune, peu dégoûtée. Elle se laissa aider par Pierre et Paul. La galette avant tout. Sa vie fut, jusqu'en 1878 quelque peu accidentée.

Elle connut alors M. le maire de La Celle-Saint-Cloud et sa fortune se dessina nettement.

Nous ne nous amuserons pas à suivre jour par jour l'existence scandaleuse de la donzelle et à énumérer l'armée d'amants qu'elle mobilisa.

Le seul point de la biographie qui intéresse le

lecteur est celui où fulgure la sympathique silhouette de M. le maire de La Celle-Saint-Cloud.

Il y a onze ans, M. le baron P... eut la mauvaise chance d'habiter le même immeuble que M. Edmond Blanc maire de la Celle-Saint-Cloud et sa maîtresse Alice Marot femme Thomas. Un tel voisinage ne lui plut pas et il se vit contraint de faire expulser le digne couple.

Elle se fit alors payer par son amant son hôtel de la rue Montchanin, 17, qu'elle a vendu l'an dernier.

De son côté, M. Edmond Blanc maire de La Celle-Saint-Cloud achetait un hôtel rue Dumont-d'Urville, 43.

Alice Marot continuait l'éducation de son fils, grâce aux rentes de son amant. Elle n'avait pas oublié non plus maman Marot et papa B... qui vivaient toujours en ménage à Vaugirard.

La maison qu'ils habitaient, M. le maire de La Celle-Saint-Cloud l'a achetée pour le compte de sa maîtresse.

Celle-ci la fit réparer, agrandir, embellir, et la revendit avec un gros bénéfice.

Elle installa alors maman Marot, 2, place des Batignolles, où elle mourut le 5 juillet 1887. Les témoins qui signèrent l'acte de décès sont deux employés : MM. Sapin et Chapon.

Mme Alice Marot-Thomas installa alors papa B... à Bois-Colombes, où il vit en bon rentier, de par les largesses (?) de la fille de son ancienne maîtresse.

Donc, Mme Caroline-Héloïse Thomas rêva d'épouser son amant.

Elle avait déjà une assez jolie fortune provenant de la vente de la maison de Vaugirard, de cent actions de Monte-Carlo dont elle est titulaire, de deux ou trois immeubles à Paris, de son hôtel de la rue Montchanin, sans compter ses économies.

Elle avait de la fortune, mais celle de son amant la faisait furieusement loucher.

Aussi travailla-t-elle de toutes ses forces pour se faire épouser par le jeune et naïf millionnaire.

Mais Alice Thomas dite Marot était toujours en puissance de mari, et un divorce préalable était nécessaire.

Nous possédons copie des motifs assez piquants de ce divorce inconnu du public, mais nous regrettons vivement de ne pouvoir les lui faire connaître pour l'édifier sur la haute moralité des châtelains de La Celle-Saint-Cloud.

Le divorce fut prononcé le 11 novembre 1886, par la 4e chambre du tribunal civil, Mme Héloïse-Caroline Marot, étant demanderesse.

Eugène Thomas ne comparut pas, les sommations et assignations prescrites par la loi lui ayant été régulièrement faites à son domicile, 34, rue Gabrielle, à Montmartre.

Tout ce que je puis dire c'est que Eugène Thomas, contre qui le divorce a été prononcé, a été condamné à servir à sa femme Alice Marot une pension alimentaire de 1.200 francs, payable 100 francs par mois et d'avance.

Or, le divorce ne fut demandé par elle qu'en 1886. La digne femme, l'épouse outragée, a réfléchi pendant huit ans avant de se décider à faire réparer le semblant d'honneur qu'elle prétendait avoir conservé.

Et pour donner plus de poids à sa requête, elle millionnaire de par son amant, elle propriétaire à Paris, elle actionnaire du tripot de Monte-Carlo, elle mère d'un futur général, *Elle* enfin obtint de son pauvre bougre de menuisier de mari une pension alimentaire !

La preuve qu'on ne voulait — comme le firent les Feneyroux — que ligoter le malheureux Thomas, c'est que, le divorce aussitôt prononcé, on l'expédia en Algérie où il vit aujourd'hui assez misérablement d'une maigre pension que lui sert le mari de sa femme.

Mais il est dûment prévenu qu'on lui coupera radicalement les vivres du jour où il aurait l'impudence de remettre le pied en France.

L'une des conséquences de cette interdiction de séjour est curieuse : l'un des témoins de Thomas Eugène, lors de son mariage avec Mlle Caroline-Héloïse Marot, Thomas Toussaint, pourvoyeur, son oncle, est mort. Il a laissé un terrain de plusieurs hectares sis à Mézy (Seine-et-Oise). Son héritier était Eugène Thomas. Tant que l'oncle Thomas Toussaint a vécu, l'impôt foncier a été payé.

Mais depuis que Mme Alice Marot est devenue mairesse de La Celle-Saint-Cloud, c'est-à-dire depuis que son premier mari, après le divorce, a été exilé comme un galeux en Algérie, ni Mme Edmond Blanc, ni son fils, ni personne n'a payé l'impôt dû.

D'où il suit que le terrain, seule fortune du pauvre Eugène Thomas, va être vendu par l'Etat qui n'aime pas les débiteurs.

Je crois que M. le maire de La Celle-Saint-Cloud ignore ce bien foncier. Dans le cas contraire, il est probable qu'il l'eût déjà fait vendre, et en eût employé le prix à l'achat d'une nouvelle table de roulette, ou d'une pouliche digne de Rueil, ce cheval fameux qui ne gagne que par accident.

Quand le temps prescrit par la loi fut écoulé, M. le maire de La Celle-Saint-Cloud, chevalier de la Légion d'honneur, épousa la femme Thomas, sa maîtresse.

Mais, pour que ce mariage ne fît pas de bruit, il fut célébré à Paris, à la mairie du XVIIe arrondissement, à trois heures du soir le 9 janvier 1890.

Les témoins de la femme Thomas et du maire de La Celle-Saint-Cloud, chevalier de la Légion d'honneur, furent :

Pour M. Edmond Blanc, maire de La Celle-Saint-Cloud :

1º Paul Mure de Pélanes, capitaine au 3e cuirassiers (Versailles).

2º Auguste Piédallu, ancien premier clerc de Me Bazin (notaire de la famille Blanc) s'institulant rentier, est l'homme d'affaire d'Edmond Blanc et de sa sœur la princesse Constantin Radziwill (s'occupe de leurs intérêts à Monte-Carlo).

Pour Mme Héloïse-Caroline Thomas :

1º Ferdinand Lagarrigues, professeur du jeune Thomas ;

ALICE MAROT — Mme EDMOND BLANC

Mairesse de la Celle-Saint-Cloud

Directrice des œuvres de sa paroisse

2º Amédée Leduc, secrétaire d'Edmond Blanc (se disant rentier).

Comme François Blanc et sa femme étaient rentiers, Edmond Blanc, maire de La Celle-St-Cloud, et sa femme, dans l'acte de mariage, se déclarèrent propriétaires, se souvenant sans doute de cette phrase de Proudhon : « La propriété, c'est le vol. »

Cependant le petit Thomas est devenu grand.

En vain il a couru après le baccalauréat réfractaire. Le diplôme n'a pas voulu entrer dans cette noble famille.

La mairesse de La Celle-Saint-Cloud, froissée dans son amour aussi propre que maternel, a décidé que Victor — on l'appelle Victor en famille — s'engagerait.

Le fils du menuisier condamné par le tribunal de guerre de Versailles, le fils de l'actrice Alice Marot, le petit-fils des domestiques du comte de Mézy, le beau-fils enfin du principal propriétaire du tripot de Monte-Carlo et son futur héritier, a donc fait à l'armée l'honneur de s'engager.

Le 3e cuirassiers, à Versailles, ne s'est pas montré trop sévère et l'accueillit.

Il est maintenant maréchal de logis de manège au Prytanée de La Flèche, et beau-papa entretient largement l'héritier du nom de la dynastie des Thomas.

Thomas, Louis-Charles, dit Victor, est certes l'un des *Sous-Off* de l'armée les plus heureux.

Il ne lui reste plus, pour gagner l'épaulette, comme on dit, qu'à faire une action d'éclat sur un champ de bataille futur.

Mais il préférera sans doute à la discipline militaire, si douce qu'on la lui fasse, les douceurs de l'oisiveté dorée par le tripot monégasque.

En attendant, et quoi que lui réserve l'avenir, grâce aux décavés de la Roulette et aux suicidés du trente et quarante qui alimentent de leur fortune le porte-monnaie du papa beau-père, le jeune écuyer de manège fait de sa situation militaire une position presque libérale.

Son uniforme de sortie est d'une invraisemblable fantaisie qui amuserait fort M. le ministre de la Guerre s'il rencontrait le dimanche le *marchi* à sa descente du train à Vaucresson. Un coupé à deux chevaux à la livrée — jaune naturellement — de son digne beau-père, attend Monsieur. La femme Thomas est venue au-devant de Thomas fils.

On s'effusionne, on s'embrasse et fouette cocher.

Il faut arriver pour l'heure de la grand'messe, afin d'édifier les populations et de mériter les félicitations et l'évangélique réclame de l'abbé Vabre, curé de La Celle-Saint-Cloud.

Car, en vieillissant, Alice Marot, la cynique dégrafée de jadis, a versé dans la religion.

Pendant que M. le maire de La Celle-Saint-Cloud, chevalier de la Légion d'honneur, dotait le pays d'une pompe à incendie et le corps des pompiers de casques neufs — il faut toujours qu'Edmond Blanc, maire de La Celle-St-Cloud, pompe quelque chose ou fasse casquer quelqu'un — M. et Mme Edmond Blanc — là ce n'est plus le maire qui fonctionne mais le ménage Thomas-Blanc — faisaient restaurer l'église (en 1890), la décoraient de vitraux en l'honneur de N.-D. du Saint-Rosaire, offraient une cloche, une paire de gros candélabres, une bannière pour les processions et un luxueux tapis — en souvenir des tapis verts de Monte-Carlo — qui sert les jours de mariage de marque.

A droite du chœur, bien en évidence, comme il convient, vous pourrez voir deux sièges en velours gros bleu accompagnés de deux prie-Dieu portant, sur une plaque en cuivre, les noms de M. et Mme Edmond Blanc.

A côté, sont réservées les places de M. et Mme S... et de Mme la comtesse de F...; derrière, quatre prie-Dieu portant cette mention : Les Bruyères.

Quel voisinage pour d'honnêtes gens !

Les jours de fête, quand Thomas fils va à La Celle, comme il n'y a pas place pour trois, il accompagne sa maman à la messe et M. le maire reste à son écurie.

L'année dernière, lors de la première communion, les habitants de La Celle-Saint-Cloud ont assisté à un spectacle vraiment touchant.

Mme Edmond Blanc, femme divorcée Thomas née Caroline-Héloïse Marot, a pris sous sa haute protection les écoles et toutes les œuvres.

Après la messe, au nombre de quarante-six, premières et premiers communiants ils se rendirent processionnellement au château, sous la conduite des sœurs ; pauvres saintes filles !

Là, après plusieurs cantiques, on présenta des adresses à la mairesse, qui offrit des rafraîchisse-

-ments aux enfants et leur fit un petit discours pour leur recommander de rester toujours vertueuses.

Si cependant Alice Marot avait toujours été vertueuse, elle ne serait pas aujourd'hui Mme Edmond Blanc.

Vous représentez-vous ce tableau familial !

Côte à côte, l'un des hommes de notre temps, les plus néfastes et les plus tarés, puisqu'il vit de la ruine des autres, et l'une des femmes dont l'alcôve (au temps de sa jeunesse et de sa beauté) — il y a longtemps ! — fut le mieux achalandée.

Et cette paire d'honnêtes gens, l'un parce qu'il est maire, l'autre parce qu'elle est mairesse, tous deux parce qu'ils sont riches, ayant l'aplomb d'attirer à eux d'innocentes fillettes et de leur prêcher le bien et la vertu.

Ah ! on n'est pas chatouilleux à La Celle-Saint-Cloud.

J'allais oublier de dire que Mme Edmond Blanc — l'ex-Alice Marot du Palais-Royal — avait généreusement habillé à ses frais six petites premières communiantes.

Deux cents francs de dépenses ! c'est énorme pour une avare comme elle.

Un dernier mot sur la charité de la *Dame Blanche* et sa façon de la pratiquer.

Un pauvre vient-il tendre la main ? elle le tutoie et lui jette, comme à un chien un os, les vieux vêtements ou les quelques sous qu'elle a la générosité de lui donner.

Il est des filles tarées, devenues riches grâce à

leurs vices, qui savent faire l'aumône et rachètent ainsi leur vie passée.

La femme Thomas n'a pas cette science et si son cœur a joué un rôle dans sa vie, c'est pour l'amour, et l'amour qui paye.

Donc, aujourd'hui que la femme Thomas est devenue l'épouse du maire de La Celle-Saint-Cloud et qu'elle est riche, elle n'a rien moins que la prétention de gérer la fortune, non seulement celle de son mari, mais celle de toute la famille. D'où des discussions quotidiennes. Quand la discussion a été trop pénible, M. le maire de La Celle-Saint-Cloud se console en compagnie de ses chevaux, ou bien, pour se venger de ses ennuis de ménage sur le bon public des joueurs, il combine avec ses entraîneurs ou ses jockeys un jolie coup de coquin.

Le sort, qui est farceur, se met parfois et fort heureusement à la traverse des combinaisons de l'éleveur, célèbre par sa croix d'honneur.

A un curieux qui demandait pourquoi l'honorable sportsman avait été décoré, Henri Rochefort répondit avec assurance. « Ce doit être pour avoir arrêté un cheval ! »

Mais les complots réussissent de temps à autre, et l'officier municipal peut avec ravissement pêcher en eau trouble.

Car il ne faut pas oublier que M. le maire de La Celle-Saint-Cloud a deux cordes à son arc : le jeu à Monte-Carlo et le jeu aux courses.

Il est assez habile d'ailleurs pour gagner aussi bien à droite qu'à gauche. C'est une simple question d'argent à savoir résoudre en temps opportun. Et comme les questions d'argent se résolvent avec de l'or, les millions de M. Edmond Blanc, maire de La Celle-Saint-Cloud, lui assurent d'avance une facile victoire.

C'est ce qu'on appelle, dans ce monde d'escarpes bien mis, « combattre à l'arme *blanche* ».

Les principales... indélicatesses commises aux courses par M. Edmond Blanc, maire de La Celle-Saint-Cloud et chevalier de la Légion d'honneur, sont connues. Nous les rappellerons cependant, pour qu'il ne soit pas tenté de nous les faire oublier.

La première fut commise à Auteuil. Il serait facile de retrouver la date. M. Edmond Blanc, maire de La Celle-Saint-Coud, avait engagé deux chevaux pour la même épreuve, l'un s'appelait *Kapural*, l'autre le *Sphynx*. Le premier courait sous le nom de son entraîneur M. ; le second sous le nom de M. Edmond Blanc. Le public, d'après les performances du *Sphynx*, l'installait premier favori. Mais comme M. Edmond Blanc, maire de La Celle-Saint-Cloud, ne pouvait pas faire de paris sérieux sur le *Sphynx* qui était favori, il mettait une montagne d'or sur *Kapural*.

Le départ est donné : les deux chevaux se trouvaient absolument maîtres de la course à l'arrivée et le *Sphynx* tirait maintenant double sur son camarade d'écurie. A ce moment, le jockey en selle sur le *Sphynx* arrêtait nettement le cheval pour laisser passer *Kapural*. Tumulte au pesage. On connaissait encore mal le célèbre éleveur ! Les commissaires ordonnent une enquête et appellent Edmond Blanc, maire de La Celle-Saint-Cloud, et son entraîneur auprès d'eux. L'entraîneur M. accepte toute la responsabilité, prétendant que le cheval *Kapural* était bien à lui. *Kapural* et l'entraîneur se virent immédiatement disqualifiés pour l'éternité en France et en Angleterre.

Kapural acheva sa carrière en Allemagne.

M. Edmond Blanc, maire de La Celle-Saint-Cloud, fit bien les choses et l'entraîneur M. vit aujourd'hui fort tranquillement dans un gracieux cottage avec la rente que lui assura, pour prix de sa complaisance, M. le maire de La Celle-Saint-Cloud.

N'oubliez pas que M. Edmond Blanc, maire de La Celle-Saint-Coud, est décoré pour avoir favorisé l'élevage en France et tiré pas mal de chevaux, sans compter le *Sphynx*.

Les plus récentes dates des grands prix de la ville de Paris, en 1891 et 1892 et des courses à Deauville.

M. le maire de La Celle-Saint-Coud avait engagé en 1891 pour cette épreuve spéciale, trois chevaux :

Gouverneur	cote	4/1
Révérend	—	6/1
Clamart	—	8/1

Naturellement, c'est *Clamart* qui gagne la course, *Révérend* arrive second et *Gouverneur* n'est même pas placé.

Le tour était joué !

8

Les juges à l'arrivée n'ont pu se montrer sévères et le public n'a pas crié pour la raison que les deux premières places appartenaient au même propriétaire et qu'on payait au pari mutuel *l'écurie Blanc.*

N'empêche que le maire de La Celle-Saint-Cloud a recommencé le coup de Kapural.

Il s'était tellement engagé sur *Clamart*, que si *Révérend* fût arrivé, il eût perdu une somme fantastique.

Mais *Clamart* a gagné et M. le maire de La Celle-Saint-Cloud a comblé et au-delà les pertes qu'il avait faites au Derby de Chantilly où une combinaison analogue n'avait pas réussi.

Ce qui prouve une fois de plus que *Révérend* et *Gouverneur* n'étaient pas inférieurs à *Clamart* et que l'un deux eût dû gagner le grand prix de Paris, c'est que le 9 juillet dernier *Révérend* gagnait à Leicester le prix des Prince of Wales's Stakes. Ce prix s'est élevé à 126,187 fr. 50 c.

De son côté *Gouverneur* arrivait second dans les Eclipses Stakes et recevait 12,500 francs.

Dans cette course il battait *Common* pour la seconde place.

Révérend et *Gouverneur*, chevaux de trois ans, triomphèrent donc de l'élite de leur génération en Angleterre, puisque *Common*, *Mimi*, *Orviéto*, *the Deemster*, etc., ont succombé devant les deux poulains de M. le maire de La Celle-Saint-Cloud.

Le résultat du grand prix de Paris a donc été faussé et M. Edmond Blanc, le magistrat municipal, chevalier de la Légion d'honneur, a donc bel et bien triché.

Aussi la presse, même celle qui *doit* être timide à l'égard des potentats de Monte-Carlo, faisait-elle au lendemain de cette épreuve déconcertante des réserves capables d'ouvrir les yeux aux aveugles les plus incurables.

Ce qui est certain c'est que M. Edmond Blanc, maire de La Celle-Saint-Cloud, à qui l'argent ne coûte pas cher, puisqu'il se contente de le prendre dans la poche des joueurs de Mont-Carlo, engloutit chaque année dans son haras de La Celle Saint-Cloud des sommes colossales.

Il a juré — et, comme il s'agit de son intérêt personnel, on peut croire à sa parole — de posséder très prochainement une écurie de courses telle qu'il gagnerait *tous* les prix dans *toutes* les épreuves et sur *tous* les hippodromes. Nous devons craindre cette promesse. M. Edmond Blanc, maire de la Celle Saint-Cloud, en dépensant son argent pour améliorer soi-disant la race chevaline, fait tout bonnement un placement qui doit lui rapporter, quand il sera mis en valeur, vingt ou trente pour cent d'intérêt.

Est-ce pour le récompenser à l'avance de cette combinaison financière qu'on a décoré M. le maire de La Celle Saint Cloud ? Un journal semble d'ailleurs avoir deviné les intentions de M. Edmond Blanc.

La *Nation* du 8 juin 1891 contenait ces lignes :

« M. Edmond Blanc, maire de La Celle Saint-Cloud, fait chaque année les plus gros sacrifices pour mettre son écurie de courses au premier rang.

« Si ces efforts devaient se continuer, je me demande, en vérité, quels seraient dans deux ou trois ans les propriétaires songeant à lui disputer les gros morceaux. »

Ces victoires n'ont pas suffi à la gloire de celui que les journaux qu'il subventionne grassement appellent : *le sympathique propriétaire* ;

Et l'observation que, tristement, la Nation faisait l'an dernier a été confirmée le 12 juin 1892.

M. Edmond Blanc, chevalier de la Légion d'honneur, maire de La Celle Saint-Cloud, s'est juré de gagner tous les grands prix.

Il s'est tenu parole. Il faut lui en savoir gré. Il a si peu l'habitude de la tenir !

Mais avant de faire connaître au lecteur mon opinion personnelle sur le résultat de la récente épreuve, je préfère mettre sous ses yeux les extraits des articles que les journaux parisiens publièrent le lendemain du Grand Prix.

Qui sait lire entre les lignes lira, en faisant la part de l'impossibilité dans laquelle la plupart des feuilles se trouvent de dire carrément ce qu'elles pensent du sympathique éleveur, maire de La Celle Saint-Cloud et de la façon dont comme son père, il entend le jeu.

LE GRAND PRIX DE PARIS

« Pour nous, si c'était à recommencer, notre favori
« serait « Courlis », avec une autre monte plus énergique.
« « Rueil » est un rogue et ceux qui l'ont touché ne peu-
« vent féliciter que leur bonne étoile, car rien dans ses
« courses de 1892 ne permettait de le recommander. Il

« n'avait pas voulu marcher un moment à Epsom et
« aujourd'hui il fallait attendre qu'il le voulût bien.
« *L'avait-il dit à quelqu'un ? Je ne pense pas.* Cepen-
« dant il était très appuyé de l'argent des joueurs, puis-
« qu'il rapporte relativement peu.

(Libre Parole)

« On lira d'autre part le compte rendu de la journée
« du Grand Prix de Paris. On sait déjà que c'est « Rueil »
« à M. Edmond Blanc qui a gagné le Grand Prix de 1892.
« Dire que cette victoire a été bien accueillie serait
« quelque peu osé. En effet, « Rueil » était l'un des moins
« indiqués parmi les concurrents du Grand Prix —
« comme devant remporter la victoire. En examinant
« ses courses de 1892, on se demande si vraiment encore
« cette fois, on ne se trouve pas en présence d'un coup
« du jockey T. Lane.

« La victoire de « Rueil » est purement et simplement
« la répétition de ce qui s'est passé l'an dernier avec
« « Clamart » qui avait été honteusement battu à Chan-
« tilly.

(XIXe Siècle)

« Pour « Rueil » après une très brillante carrière à
« deux ans, au cours de laquelle il avait vaincu « Fra
« Angelico » et « Chêne-Royal », il n'avait rien fait cette
« année dans les deux courses où il s'était présenté.
« Battu dans le prix La Rochette, il n'avait pas existé
« dans le Derby anglais derrière Bucentaure.

« Sa présente victoire n'a pas été, sans doute, une
« complète surprise pour tout le monde, puisqu'il n'a
« rapporté, au pesage, que 75 fr. 50 et sur la pelouse que
« 33 francs ; mais sa chance n'en était pas moins très
« difficile à discerner. »

(Autorité)

8.

INSTANTANÉS

EDMOND BLANC

Trente-cinq ans. Un petit satisfait qui ne demande
« qu'à être l'ami de tout le monde et à manger en paix
« ses revenus de Nabab. Aurait pu acheter quelque titre,
« être comte romain, duc ou marquis pour se faire
« annoncer chez ses beaux-frères. Préféra être Blanc par-
« tout. A fait une fin sans sortir de chez lui. Confit en
« respectabilité depuis qu'il est maire de La Celle Saint-
« Cloud. Affecte de négliger le rocher que l'on voit sur
« l'eau pour se consacrer entièrement à ses administrés.
« Reçoit ses adjoints et son curé. Ponte ferme ses che-
« vaux ce qui ne lui réussit pas toujours. Acheta un
« yacht pour savoir s'il aurait le mal de mer et s'empressa
« de le revendre. Gagne pour la troisième fois le Grand-
« Prix. Signe particulier : Chevalier de la Légion
« d'honneur. »

(Gil Blas)

« La victoire du poulain n'a pas excité autrement
« l'enthousiasme. En premier lieu, il ne battait
« aucun concurrent étranger, et c'est la première fois
« depuis sa création, c'est-à-dire depuis 1863, que le
« Grand Prix n'excite pas les convoitises des proprié-
« taires anglais. Ensuite « Rueil » avait mal couru sur
« ce même gazon de Longchamps, au mois de mai der-
« nier et il était revenu d'Angleterre en ramenant avec
« lui la mauvaise impression de sa course dans le Derby
« d'Epsom.

« Sa victoire paraissait donc peu probable et nous
« sommes, pour notre part, assez surpris de la faible
« proportion payée à ses partisans aux guichets du
« Pari Mutuel. Il faut que quelques initiés aient mis une
« fort grosse somme pour sa chance, car l'argent du

« public n'allait certes pas au poulain de M. Edmond
« Blanc. »

(Eclair)

« A cinq heures les trompettes des Mails sonnaient la
« retraite, et en rentrant à Paris je me faisais d'amères
« réflexions sur l'inanité des choses du turf.

« Pourquoi « Rueil » n'a-t-il pas gagné à Epsom ? »

(Figaro)

LA VICTOIRE DE RUEIL

« Sans rechercher si la course du Grand Prix est
« exacte ou non en ce qui touche les chevaux du baron
« de Schickler, il nous sera permis de faire remarquer
« que personne ne pouvait escompter la victoire de
« Rueil.

« Le poulain n'avait pas figuré au printemps dans le
« prix La Rochette gagné par Chêne Royal ; il était
« resté pendant toute la course du Derby anglais dans
« les trois derniers n'ayant jamais voulu s'employer un
« seul instant, et il était battu entre autres par Bucen-
« taure arrivé troisième, qui lui-même dans le Derby
« français n'avait pu prendre que la troisième place
« derrière Chêne-Royal et Fra Angelico.

« La presse tout entière avait signalé ces déplorables
« performances ; personne, ou à peu près n'avait osé
« l'indiquer comme ayant même la chance de figurer
« parmi les chevaux placés. C'était un outsider dans
« toute la force du terme. Aussi, au pesage, les bookma-
« kers le donnaient-ils couramment à 10, 12 et 14/1. Or,
« le pari au livre est surtout pratiqué par ceux qui sui-
« vent habituellement les courses, c'est le pari des pa-
« rieurs professionnels, des propriétaires, des entraîneurs,
« des jockeys.

« Il est donc difficile de s'expliquer comment le Pari
« Mutuel, qui est pratiqué, pendant le jour du Grand Prix
« par les gens les moins au courant des courses, par ceux
« qui s'en rapportent volontiers aux journaux qu'ils lisent
« et qui dès lors ont dû s'éloigner de « Rueil », a pu
« enregistrer sur « Rueil » un si grand nombre de paris
« qui ont tellement fait baisser sa cote, qu'elle est infé-
« rieur de moitié à celle des bookmakers ?

« Et pas seulement au pesage, mais à la pelouse, mais
« aux pavillons où elle est encore moins avantageuse.

« Il y a là une anomalie singulière.

« Le chiffre des paris sur le Grand Prix s'est élevé à
« 1,570,015 francs : il faut admettre que l'ont ait exposé
« 261,000 francs, passés sur « Rueil » pour qu'il n'ait
« produit que ce taux si faible de 6 0/0 ; cela doit être
« puisque les calculateurs du Pari Mutuel l'ont trouvé ;
« mais il n'importe, ce serait une démonstration intéres-
« sante que de donner tableau par tableau et cheval par
« cheval, le total de toutes les opérations faites dans les
« trois enceintes sur le Grand Prix. Les contrôleurs de
« l'admini-tration font sans doute ce travail : il serait
« certainement utile qu'il fût rendu public. On veut bien
« croire qu'il y a eu 260 ou 300,000 francs sur « Rueil »,
« mais ce qu'on voudrait savoir, c'est : D'ou vient
« l'argent ?

(Le Petit Parisien)

Maintenant, quelques réflexions personnelles.

Dans les dernières courses où il a paru, à Epsom
notamment. Rueil n'a rien fait.

Le public était donc en droit de le considérer
comme un cheval de troisième ordre et la presse
l'a déclaré unanimement. Le public était en droit de

considérer qu'il ne gagnerait pas le Grand Prix de Paris parce qu'il *ne pouvait ni ne devait le gagner.*

Les audacieux qui ont joué Rueil devaient donc espérer s'il gagnait, toucher une fortune.

C'est le contraire qui s'est passé.

Le public a joué Chêne-Royal, Fra-Angelico et Courlis.

Qui a joué Rueil ?

Vous allez me répondre : le public, parbleu, puisque Rueil n'a guère rapporté que 4 1|2 contre un.

Eh bien non. Le public n'a pas joué Rueil. C'est Edmond Blanc, maire de La Celle-Saint-Cloud et sa bande qui l'ont joué pour *faire croire à la foule que le public l'avait joué.*

Et ils l'ont joué partout tant et si bien ; ils l'ont misé si fort que ce pauvre canard n'a guère plus apporté qu'un favori.

D'ailleurs, mon raisonnement est bien simple :

Si Rueil avait gagné les courses précédentes, son sympathique et honorable propriétaire n'eût pu le jouer fructueusement.

Alors, on ne l'a pas fait gagner ; on lui a donné la réputation d'une Rosse pour pouvoir le prendre à haute cote et drainer à coup sûr, sur le dos du public toujours jobard, les porte-monnaies des gogos dans les poches d'Edmond Blanc, chevalier de la Légion d'honneur, maire de La Celle Saint-Cloud.

La victoire de Rueil démontre une fois de plus la haute probité de M. le maire de La Celle-Saint-Cloud, propriétaire du tripot monégasque.

Ah ! si un Rothschild, un Schickler ou un Finot s'avisait d'un pareil tour, la presse n'aurait pas assez de foudre pour les foudroyer.

Mais la presse est à M. Edmond Blanc maire de La Celle-Saint-Cloud et elle est muselée ! Il l'achète comme son digne père acheta autrefois le télégraphe. L'un vaut l'autre.

Ce qui m'étonne c'est la patience et l'aveuglement du public.

Quand Edmond, le fils, aura fraudé aux courses 121 fois, comme son père a fraudé par le télégraphe 121 fois, le public se décidera peut-être à ouvrir l'œil.

Et ce jour-là, il se fera justice lui-même ce sera plus prompt et plus sûr.

. .

Un dernier mot :

Depuis sa victoire de l'an dernier, Clamart n'a jamais reparu sur le turf. On le dit claqué.

Quant à Rueil il a imité Clamart et Marly a imité Rueil.

Il est à remarquer, en effet, que les chevaux de M. le maire de La Celle-Saint-Cloud sont on ne peut plus fantaisistes : battus la veille, gagnants le lendemain, rebattus le surlendemain.

Que si des exemples sont nécessaires pour corroborer ma remarque, en voici :

Voici ce que je lis dans l'*Echo de Paris* du
11 juin 1892 :

« Le prix Deauville est échu à Gouverneur qui est
» redevenu le Gouverneur d'il y a deux ans, le Gouver-
» neur du Derby d'Epsom. Le cheval de M. Edmond
» Blanc était resplendissant de condition. Bérenger,
» d'autre part, était aussi bien que possible ; on doit
» donc admettre la course d'hier comme le criterium le
» plus sûr pour la qualité des chevaux de quatre ans à
» la tête desquels Gouverneur reprend sa place.

« Gouverneur, que montait Lane, a laissé Bérenger
» marcher devant, il l'a rejoint à l'entrée de la ligne
» droite ; là, Tom Lane a poussé le cheval de M. Ed-
» mond Blanc qui a pris aussitôt le meilleur. Bérenger
» s'est défendu désespérément ; Lane a dû lever la cra-
» vache sur Gouverneur ; celui-ci a répondu courageuse-
» ment et a gagné d'une demi-longueur. »

Voyez-vous Gouverneur redevenu, sans raison,
le gouverneur du Derby d'Epsom ; sans raison
pour lui, je le veux bien, mais pour son patron ?

Dans le *Figaro* du 15 août et sous la signature de
M. Robert Milton, je détache cette phrase :

« Le second étonnement de la journée a été la défail-
» faillance de Rueil qui n'a même pas été placé dans le
» prix Guillaume-le-Conquérant. Le vainqueur du Grand
» Prix de Paris avait cependant belle apparence. C'est
» peut-être la distance qui lui a semblé trop courte. C'est
» un animal irrégulier, il l'a déjà prouvé à maintes
» reprises. »

Cette fois-ci, c'est le contraire : Rueil ne veut plus
marcher.

Le 16 août, soit le lendemain, *Marly*, le poulain de M. le maire de La Celle-Saint-Cloud, chevalier de la Légion d'honneur, arrache ce cri d'admiration au même M. Robert Milton.

« Seconde journée non moins brillante que la pre-
» mière; presque autant de monde et des toilettes tou-
» jours fraîches et claires en tissus légers comme l'aile
» des papillons. La princesse de Sagan était aux courses
» — je crois qu'elle n'y était pas hier. J'ai remarqué
» aussi : Mme Bischoffsheim, Mme de Ganay, Mme de
» Montgomery, Mme Edmond Blanc très félicitée après
» la victoire de Marly. Et quelle victoire, cette victoire
» de Marly ! Je ne me souviens pas d'en avoir vu d'aussi
» aisée dans le prix de Deux ans : au bout de six cents
» mètres, tous les concurrents du fils d'Energy étaient à
» la cravache. Si Marly — tout le portrait de Tristan —
» reste à trois ans le même cheval qu'à deux ans, je crois
» que c'est ce que nous aurons élevé de meilleur en
» France. Il courra le prix de la Rochette et le grand cri-
» térium, puis il se reposera sur ses lauriers jusqu'en
» 1893. »

Deux jours plus tard, comme par hasard « Marly » le même « Marly », l'illustrissime « Marly » est battu et M. Robert Milton s'étonne, en se rappelant son couplet de l'avant-veille.

Voici un extrait du *Figaro* du 18 août 1892 :

« La journée a été mouvementée par une surprise, mais
» pas une petite surprise, une de ces surprises qui sont
» comme si le tonnerre tombait subitement au milieu du
» ring. Marly, le grand vainqueur de la course de Deux
» ans, se présentait dans le prix de la Toucques et ne
» rencontrait que deux adversaires dont l'ambition pa-

» raissait se borner à cueillir les quinze cents francs ré-
» servés au second. Sans les quinze cents francs réservés
» au second, je vous assure bien que Marly eût fait un
» simple walk-over. Dans le ring, on trouvait difficile-
» ment le poulain, même en payant vingt ; on avait com-
» mencé par payer dix. Ce qui est certain, c'est qu'il a
» été battu : Pourquoi ? Comment ? C'est presque inexpli-
› cable.

« C'est comme si le fameux lutteur Marseille avait été
» tombé par un enfant de cinq ans. Bref, le résultat
» reste acquis, impossible de ne pas l'admettre ; tous les
› pourquoi et les comment n'y changeront rien. Par
» exemple, à la question que les médecins adressent aux
› malades atteints d'un cas très bizarre : Y a-t-il des
» personnes qui aient eu cela dans la famille ? on ne
» pourrait pas hésiter à répondre oui, et souvent, et l'on
» citerait Révérend, Rueil, et la plupart des produits
› d'Energy. Aussitôt que Claudia est venue l'attaquer ;
› Marly a couché les oreilles et décliné la lutte. Il y a eu
» un moment de très vive émotion, mais très vite calmée,
» le public s'est très parfaitement rendu compte qu'il n'y
» avait là qu'une de ces étranges anomalies dont le turf
» a vu des exemples. »

Je comprends fort bien que le public se soit rendu
compte qu'il y avait là une étrange anomalie.

Les chevaux du *sympathique* éleveur, propriétaire, maire de La Celle-Saint-Cloud et chevalier de
la Légion d'honneur, sont en vérité de bien curieux
quadrupèdes.

Et je connais plus d'un sportsman qui se demande
si ce sont eux qui sont irréguliers régulièrement ou
leur patron qui serait régulièrement irrégulier.

8

M. Edmond Blanc, maire de la Celle-Saint-Cloud, a la manie des visites présidentielles.

Ancien famillier de M. Gendre, la chute de ce dernier l'a désorienté, car de ce jour, les portes de l'Elysée sont, pour lui, demeurées closes.

Aussi a-t-il juré de les forcer, coûte que coûte.

Il est, paraît-il, d'usage que, chaque année le Président de la République reçoit le propriétaire de l'heureux gagnant du Grand Prix.

En 1891, M. Edmond Blanc, maire de La Celle-Saint-Cloud, a tenté vainement de se faire recevoir par M. Carnot.

En 1892, après la victoire de Rueil, il a renouvelé sa tentative au moins téméraire.

Pas plus cette année que la précédente, M. Carnot n'a reçu le propriétaire du cheval et du tripot monégasque.

M. Edmond Blanc, maire de La Celle-Saint-Cloud, aurait bien dû s'en douter : M. Carnot ne reçoit pas les tenanciers de maisons de jeux.

Mais M. le maire de La Celle-Saint-Cloud en a conçu une violente colère et a juré de gagner tous les Grands Prix pour forcer le Président de la République à lui ouvrir les portes de son palais.

Comme si deux ou trois tricheries de plus devaient rendre plus honorable l'organisateur des jeux de Monte-Carlo !

M. Edmond Blanc, maire de La Celle Saint-Cloud, adopte aux courses le principe de la Banque juive à la Bourse.

Et si les sociétés de courses ne prennent pas dès maintenant des précautions, il me paraît que les prix à venir passeront régulièrement dans la poche de M. Edmond Blanc, maire de La Celle Saint-Cloud, chevalier de la Légion d'honneur.

La combinaison du maire de La Celle Saint-Cloud, encore qu'elle soit malhonnête, ne manque pas d'ingéniosité, il faut le reconnaître.

D'une intelligence plus que modeste dans tous les cas, M. Edmond Blanc, maire de La Celle Saint-Cloud, n'est roublard que lorsqu'il s'agit de réaliser des bénéfices. Il a hérité de cet instinct du père François Blanc. Gagner de l'argent, telle est sa devise, par n'importe quel moyen.

Au fond, ce n'est pas tant pour augmenter sa fortune, déjà scandaleuse, que M. le maire de La Celle Saint-Cloud a juré d'être le plus riche sportsman de France, que pour essayer de donner un cours à la fausse monnaie de son honorabilité depuis longtemps démonétisée.

M. le maire de La Celle Saint-Cloud vise le Jockey-Club, tout simplement, tout bonnement, et comme, jusqu'à ce jour, on lui en ferme obstinément les portes au nez, il prétend forcer la main des électeurs récalcitrants, supprimer les boules noires et sauter à pieds joints dans ce cercle : un crachat dans un lac.

Eh bien, non, M. le maire de La Celle Saint-Cloud, en dépit de ses millions, ne sera jamais membre du Jockey.

Il faut qu'il en fasse son deuil. Dans les salons

les rustres ne sont pas admis. On les laisse à l'anti-
chambre avec les manteaux, les larbins et les para-
pluies.

Au Jockey, on n'admet pas tout venant. Pour en
franchir le seuil il faut montrer patte blanche, et
malgré le nom du célèbre tireur de chevaux, la patte
d'Edmond Blanc, maire de La Celle Saint-Cloud,
n'est rien moins qu'immaculée.

Le Jockey compte parmi ses membres les plus
grands noms de France, les plus hautes honorabi-
lités de notre pays. Se dire membre du Jockey
équivaut à montrer un brevet d'honneur, de loyauté,
de probité.

Si l'honorabilité était bannie du monde, on la
retrouverait au Jockey.

Comme, dans la vie, on s'écarte des varioleux et
des cholériques, le Jockey tiendra le sire éloigné de
lui.

* *

Nous connaissons tous de braves gens, de bons
Français qui, pendant l'année terrible ont fait de
leur mieux pour se faire casser la... figure, n'y ont
pas réussi, malgré leur bravoure folle et ont été dé-
corés sur le champ de bataille.

Ceux-là, qui ont des fils aujourd'hui, trouvent
fort naturel que leurs enfants soient soldats. En
toute l'Europe, un vent de militarisme a soufflé et
tout jeune homme valide tient à honneur de porter
l'uniforme, de passer par la caserne, de se fortifier
dans l'armée pour être prêt au jour du péril national à défendre le sol sacré de la Patrie.

Les seuls qui ne sont pas soldats, dans toute l'Europe, sont les infirmes, les indignes et les déserteurs.

Or, M. Edmond Blanc, maire de La Celle-Saint-Cloud, qui porte sur la poitrine — ô ! deuil ! — la croix de la Légion d'honneur, l'étoile des braves, attachée à ce ruban rouge teint du sang de tant de Français, n'a pas été soldat, n'est pas soldat, ne sera jamais soldat ! Il est pourtant Français.

Il fait partie de la classe 1876. Il a tiré au sort le numéro 419. Le conseil de révision l'a reconnu bon pour le service armé.

Mais il a été dispensé du service actif en temps de paix, comme fils d'un père entré , en 1876, dans sa soixante-dixième année.

Il a profité de cette dispense. La loi, à défaut de sa conscience — s'il en a une — l'absolvait.

Quand vint l'époque de ses 28 jours, au lieu de rejoindre son régiment, comme vous, comme nous, à Bernay (Eure), il obtint à l'aide d'influences coûteuses, d'être versé au 24ᵉ régiment d'infanterie *à Paris.*

Jamais personne ne l'a vu en uniforme, même une heure ; jamais il n'a paru au corps.

Cet homme brave, ce réserviste dispensé qui n'avait à fournir à son pays que 28 jours de service militaire, s'est dérobé à cet honneur.

Il devait être soldat d'occasion du 25 août au 21 septembre 1883. La période lui a semblé trop longue.

En 1885, il devait accomplir sa seconde période de 28 jours.

Pour n'être pas soldat, il se faisait, non pas dispenser cette fois, mais *réformer* par la commission spéciale de la Seine, le 22 août 1885.

Ainsi, M. le maire de La Celle-Saint-Cloud, reconnu à 20 ans et à 27 ans bon pour le service armé, était réformé, pour cause de faiblesse et de maladie indéterminée à 29 ans, deux ans plus tard.

Or, M. Edmond Blanc, maire de La Celle-Saint-Cloud, s'est toujours fort bien porté et est aujourd'hui, à 36 ans, gras et rose, comme il le fut toujours, et assez fort pour arrêter une balle.

Mais, j'y pense.

M. Edmond Blanc, maire de La Celle-Saint-Cloud, eut jadis le bras cassé.

Ne serait-ce pas pour cette cause d'une étrange gravité qu'il aurait été réformé ?

Nous connaissons cependant tous des hommes dans son cas qui ont bel et bien fait leur service militaire.

Et puis, M. Edmond Blanc, maire de La Celle-Saint-Cloud (il l'a déclaré à la commission d'enquête) faisait à l'Elysée de l'escrime avec M. Wilson.

Quand on fait de l'escrime au fleuret, qu'on est droitier et gaucher ! on peut faire de l'escrime à la baïonnette.

Ce qui est certain, c'est que si la guerre éclatait demain, M. Edmond Blanc, chevalier de la Légion d'honneur, maire de La Celle-Saint-Cloud, évacuerait ses écuries sur Monaco et attendrait les pieds dans ses pantoufles l'issue de la guerre.

Tels sont, au point de vue militaire, au point de

vue français les états de service de M. Edmond Blanc, maire de La Celle-Saint-Cloud, chevalier de la Légion d'honneur.

Et cet homme, enrichi des ruines de cent mille familles, ose porter son ruban rouge et ceindre l'écharpe de maire, emblème du drapeau qu'il n'a pas servi.

Que les Français qui l'oseront le revendiquent comme compatriote !

*
* *

Vous connaissez maintenant, lecteur, la haute moralité de M. Edmond Blanc, maire de La Celle-Saint-Cloud.

Propriétaire pour la plus grosse part de la maison de jeux de Monte-Carlo, il s'enrichit de la ruine des joueurs.

Propriétaire d'une écurie de courses fort bien montée, il a déjà montré qu'il s'entendait à faire tirer ses chevaux pour fausser les résultats des épreuves.

Il a acheté sa croix : c'est prouvé.

Il a acheté à deniers comptant cette croix que le peuple considère comme l'étoile des *braves* et le signe de l'*honneur*.

La bravoure n'est pas son fait : nul ne l'ignore.

Quant à son honneur...... !

Ah ! oui, ayez foi en sa parole, en sa parole d'*honneur*.

Il vous jurera tout ce que vous voudrez.

Les jurons comme les jurements sont du ressort du couple Blanc.

Edmond jure sur la tête de son papa ; Alice sur le nom de Dieu ou celui de son chien. Au fond, c'est tout un.

Le vent en emporte autant.

Cet homme, ce croupier à la très élastique probité, est maire de La Celle-Saint-Cloud.

Ce joueur indélicat, ce maire étrange rêve de la députation.

Et puis de quelle nationalité est-il ?

Français ou Monégasque ?

Il n'en sait rien lui-même.

Son principal établissement quel est-il ?

Le Casino de Monte-Carlo ou le Haras de La Celle-Saint-Cloud ?

Ici et là, il tripote également, je le sais fort bien, mais c'est de Monte-Carlo que proviennent ses plus gros bénéfices.

Hermaphrodite franco-monégasque, Edmond Blanc, maire de La Celle-Saint-Cloud, reste à cheval sur la frontière. Français en France, Monégasque à Monaco, râflant partout des fortunes.

J'en appelle à ceux qui me font l'honneur de me lire.

Cet homme n'est-il pas une honte pour la France.

Est-il digne d'être magistrat municipal, cet homme dont la vie est toute de scandale, aussi bien sa vie publique que sa vie privée ?

Est-il digne de présider au tirage au sort des conscrits, ce maire qui n'a jamais servi la France et qui ignore le culte du drapeau.

Est-il digne de présider aux mariages de ses concitoyens, ce maire qui n'est lui-même marié que
depuis le 9 janvier 1890?

Si sa maîtresse, Alice Marot, eût été fille, il ne
serait guère répréhensible, ce maire.

Mais Alice Marot était la femme Thomas, mariée
et mère de famille, mère du sous-off. Louis-Charles
dit Victor Thomas.

M. le maire de La Celle-Saint-Cloud a donc commis le crime — punissable par la loi — de vivre en
concubinage avec une femme mariée. C'est de l'a-
dultère pur et simple.

Quels discours doit faire ce maire, après la célébration du mariage d'un citoyen à La Celle-Saint-
Cloud ?

Cette chute de harangue ne serait-elle pas belle :

« Faites des économies, mes enfants, privez-vous
« toute votre vie, pour élever votre fils. Quand il aura
« vingt ans, vous me l'enverrez à Monte-Carlo pour
« achever son éducation.

« Faites des enfants pour la défense du pays.

« Je me charge de les ruiner, vous avec eux, et de
« les tuer ensuite. Comparées à moi, les balles
« prussiennes sont de la Saint-Jean ! »

Cet homme n'est-il pas une honte pour notre pays?

Cet homme n'est-il pas indigne d'être magistrat
municipal?

Que M. le ministre de l'Intérieur le révoque !

Qu'il le révoque, ne fut-ce que pour l'empêcher
d'éblouir les électeurs de son titre de *maire,* lors
des prochaines élections législatives.

8.

Oui, vous avez bien lu. Le maire de La Celle-Saint-Cloud rêve de la députation. Il voudrait pouvoir reprendre avec une variante cette devise des Rohan.

> Roi ne puis
> Duc ne daigne
> Député suis

Voyez-vous le principal propriétaire de Monte-Carlo rapporteur du budget et faisant des effets de torse à la tribune du Parlement ? Le voyez-vous ministre des Finances ?

Mais la connaissance complète des hauts faits du maire de La Celle-Saint-Cloud empêchera les électeurs de Seine-et-Oise de voter pour lui. Car c'est en Seine-et-Oise, dans l'une des circonscriptions qui envoya au Parlement un député révisionniste, que M. Edmond Blanc maire de La Celle-Saint-Cloud compte se présenter.

Il se dit qu'avec de l'or tout est possible.

Il oublie seulement que tout le monde n'est pas à vendre et que Versailles n'est pas Monaco.

M. le maire en sera pour ses frais, c'est le cas de le dire, et les électeurs le renverront auprès de sa douce amie, qui fut Caroline Thomas, mais ne sera jamais, malgré ses millions, la moitié d'un *honorable*.

PRINCE CONSTANTIN RADZIWILL

LE PRINCE
CONSTANTIN RADZIWILL

Quelques années après l'année terrible, vivait à Louvain (Belgique), dans un hôtel d'ordre inférieur dirigé par une certaine dame B.. — un noble étranger — les étrangers sont tous nobles — fort besoigneux, très endetté, et qui se souciait peu de payer ses dettes.

Ce noble étranger n'était autre que Constantin-Vincent-Marie, prince Radziwill, duc d'Olika, Nieswiez, Dubinki et Birze.

Le noble prince vint à Paris en quête de prêteurs moins durs que les usuriers belges et aussi pour fuir l'écho de certains bruits qui *malsonnaient* à ses chastes ouïes.

Au gré du Polonais couronné, on ne se cachait pas, en effet pour insinuer qu'il possédait assez peu la langue française pour ne pas confondre quelquefois les genres et que, s'il était compté parmi les intimes de certaines horizontales de haut lignage, c'était moins comme passionnel que comme commissionnaire.

Donc Constantin prince Radziwill vint a Paris.

Il y connaissait un intime de Mme Blanc, celui-la

même que la vieille dame avait rêvé d'épouser : le prince Benjamin de Rohan, ainsi qu'une certaine dame L*** amie personnelle de Mme Blanc. Mme L*** connaissait la marotte de la mère Blanc.

Elle résolut dans son intérêt d'abord, pour complaire à son amie ensuite, de marier la fille aînée de François Blanc, Louise, au prince Constantin Radziwill.

Le duc Decazes, alors ministre des affaires étrangères, s'entremit de son côté.

Les nombreux ecclésiastiques qui fréquentaient Mme Blanc firent le reste. De cette union de forces sortit le mariage projeté, désiré par tous.

La mère Blanc était ravie, enfin elle allait donc être belle-mère de prince !

Le prince ne le fut pas moins, car, à cette époque il était tellement obéré, ses créanciers se montraient si impatients, qu'il avait pris le parti de n'avoir pas de domicile officiel. Sans doute, il habitait bien quelque part un appartement confortable, une garçonnière — c'est le mot strictement exact — où en compagnie de camarades pourris il faisait la grande fête, sans jamais qu'aucune femme fut conviée à ces orgies pareilles à celles qui amenèrent la ruine de Sodôme.

Mais on comprend sans peine que le fiancé de Louise Blanc ait hésité à déclarer qu'un *hôtel* rue de la Ville-l'Évêque était le théâtre de ses turpitudes.

Il déclara donc ne pas avoir de domicile. La preuve en est dans son acte de mariage, où on peut lire qu'il habite 194, rue de Rivoli, c'es'-à-dire chez Mme François Blanc.

La mère Blanc — digne femme – n'ignorait rien de la vie privée de son futur gendre.

Mais que voulez-vous ? Elle était d'instinct belle-mère de prince, Il lui fallait un prince, si taré qu'il soit. Les Blanc et les Radziwill étaient évidemment faits pour s'entendre, puisqu'une union matrimoniale ne les dégoûta pas.

Il est des gens qui ont le cœur solide. Le descendant d'Hosticus, mort en 1442, se vit donc agréé et le mariage fut arrêté.

Si nous n'avions que cela comme alliance franco-russe, ce serait à se faire naturaliser monégasque, en vérité. Le 29 mars 1876, Constantin-Vincent-Marie, prince de Radziwill et autres lieux, né à Poloneczka (Russie), le 19 juillet 1850, épousait en la mairie du 1er arrondissement Marie-Louise-Antoinette-Sophie Blanc, née le 21 novembre 1854, fille aînée de la Roulette.

Les témoins de cette union assortie furent : Louis-Charles-Élie Amanieu, duc Decazes et de Glucksberg, ministre des affaires étrangères, député, commandeur de la Légion d'honneur ; Dominique, prince Radziwill, frère germain de Constantin ; Jules Lacroix, auteur dramatique, officier de la Légion d'honneur et Antoine-Nicolas Bertora, propriétaire (!), chevalier de la Légion d'honneur (! !)

Le contrat de mariage des époux a été reçu le 18 mars 1876 (jour anniversaire de la Commune) chez Me Bazin, notaire.

Il est à remarquer, une fois encore, que le no 194 de la rue de Rivoli donne asile — c'est une auberge ! — à la mariée, au mari, aux parents et au bel Antoine Bertora l'un des témoins.

Voici nos gens, mari et femme, et la mère Blanc fous de joie.

Constantin Radziwill — quel honneur pour la France ! — voulut se faire naturaliser français.

Aux âmes naïves et aux chauvins je ferai simplement observer que le prince illustre ne changea de nationalité que parce qu'il connaissait les sentiments de sa famille et de ses alliés.

En Russie le mari de Mlle Blanc, Russe, eut été mis en quarantaine. On connaît Monte-Carlo, là-bas. En France, les inconvénients étaient moindres.

Mais quand il s'agit de perdre sa qualité de Russe, Constantin s'aperçut qu'il perdrait du même coup ses qualités princières et ducales.

Grand émoi. La mère Blanc s'arracha quelques faux cheveux et calma sa colère en distribuant quelques gifles à Bertora.

C'est historique.

Ceci se passait en 1878.

Or, entre temps, le prince Radziwill avait été invité aux soirées du président de la République, le maréchal de Mac-Mahon.

Par un oubli, aussi incompréhensible que regrettable, on avait omis d'adresser des cartes d'invitation à Mme Blanc et surtout à son fils chéri, Edmond, qui, à ce moment, n'était pas encore époux d'Alice Marot, décoré et maire de La Celle-Saint-Cloud.

Une amie de la mère Blanc la mit en rapport avec la vieille comtesse de C... qui vient de mourir.

LOUISE BLANC
Princesse Constantin Radziwill

La comtesse de C... était en pleine déconfiture.
On allait saisir chez elle.

Tout le monde se souvient encore du scandale
que fit cette saisie à l'époque.

La comtesse avait besoin d'argent.

Mme Blanc, avec une délicatesse touchante, se
permit de lui en offrir pour les nombreuses œuvres
de piété *imaginaire* qu'elle dirigeait.

Edmond Blanc fut invité aux soirées de l'Élysée.

Les relations avec la comtesse de C... étaient
établies.

Elles furent utiles au prince Constantin Radziwill.

Menacée de voir son gendre perdre son titre et sa
couronne. Mme Blanc se révolta.

Songez-donc ?

Parvenir à découvrir un prince assez courageux
pour devenir son gendre, assez vil pour se laisser
acheter et, au port, voir sombrer la barque qui
portait ce César sans fortune.

A tout prix, il fallait éviter cette catastrophe.

On courut chez le duc D... ; on galopa chez la
comtesse de C...

Le nerf de la guerre : l'or, vint à la rescousse.

Il fut, par les ordres de la vieille ambitieuse,
largement et habilement distribué.

La comtesse de C... usa de son influence, le duc
D... profita de sa situation de ministre ; un certain
colonel R... poussa même à la roue, et le concours
de ces bonnes volontés eut pour effet de faire
marcher l'affaire comme sur des pièces de 20 francs.

Constantin Radziwill resta prince et conserva le seul et suprême héritage du grand-papa Hosticus, mort en 1442.

Mme Blanc n'a pas dit combien ce succès lui coûta.

Elle avait triomphé, c'était pour elle le principal.

Constantin, prince Radziwill, avait trouvé dans la corbeille de noces de sa femme pour un million de bijoux, don de Mme Blanc.

Des créanciers bruyants l'ennuyant, le prince conçut un plan de coquin.

Il chargea son valet de chambre, un sieur Émile, de prendre ces bijoux et d'aller les vendre à Londres.

Émile, tout fier de cette mission de confiance, n'eut rien de plus pressé que de s'en ouvrir à Sophie, femme de chambre de confiance de la mère Blanc.

Sophie raconta la chose à sa maîtresse et le père François Blanc brisa tout net les projets de son honorable gendre.

Constantin jeta à la porte Émile que Mme Blanc s'empressa de prendre à son service.

Mais le prince qui a cependant deux enfants : Louise, née le 9 janvier 1877 et Léon, né le 6 septembre 1880, ne pouvait se consoler de son veuvage masculin.

Il prit à son service un nouveau valet de chambre à tout faire, A..., qu'il appelait E...

C'était un joli garçon qui sut se prêter aux fantaisies du prince et se plier à ses habitudes.

Sa tenue était des plus correctes, voire même des plus élégantes. Il était couvert de bijoux offerts par son maître reconnaissant.

On connut vite les petites faiblesses de Constantin, qu'on croyait corrigé par le mariage, et l'amour nouveau du prince fit, dans sa famille et à Paris, un scandale énorme.

Sa femme le mit nettement en demeure de congédier son petit ami ; E... fut contraint de déguerpir.

Pour éviter des ennuis toujours possibles, Constantin Radziwill laissa à son fidèle E. un souvenir de 25.000 francs.

Avec ce petit capital, E..., acheta à Vernon, sa ville natale, un modeste fonds de commerce.

Il s'y ruina d'ailleurs.

Depuis, il a quitté la France pour l'Angleterre et, actuellement, il s'efforce de se refaire à Londres, le pays des mœurs, une clientèle nombreuse, solvable surtout.

Depuis cette aventure, le prince est devenu plus circonspect et, au moins, il ménage les apparences.

Il se dit, sans doute, qu'il est bon de vivre en paix du dividende que rapportent les actions de Monte-Carlo qu'il possède du chef de sa femme.

Mais comme il est de bonne race et que ses convictions religieuses sont superfines, il a tenu pour calmer ses angoisses et atténuer les glapissements de sa conscience, à demander au Pape à la fois un conseil et une absolution pour tout ce qu'il a fait, tout ce qu'il fera et tout ce que font en son nom les directeurs de Monte-Carlo.

Le Saint-Père, plein d'indulgence et fort mal renseigné, je veux le croire, sur l'indignité de son pénitent occasionnel, l'a calmé d'un paternel sourire.

Bien mieux, il a accordé à la princesse Radziwill, la fille du père François Blanc, la décoration en or *pro ecclesia et pontifice* pour la récompenser de ses nombreuses charités faites avec l'argent volé par son glorieux père et son loyal époux.

Je termine l'histoire de ce sire peu intéressant.

La plupart de ses dettes, il ne les a pas payées. Ainsi, Mme B..., l'hôtelière qui l'hébergea autrefois à Louvain, n'a jamais, malgré vingt réclamations pressantes, été remboursée de ses avances.

Résumons le prince en une phrase :

Sens moral nul, mœurs inavouables, dignité inconnue, scepticisme absolu, morgue risible, protecteur intéressé des femmes.

C'est le rastaquouère dans sa fleur — la fleur du mal.

Le comte Linska de Castillon, exécuté place de la Roquette, sous le nom de Prado, et Pranzini, qui subit avant lui l'étreinte de la *veuve*, étaient rastaquouères comme Constantin, prince Radziwill.

Ils avaient cependant cette supériorité morale sur lui, qu'ils perdirent à Monte-Carlo l'argent qu'ils avaient volé.

Cet argent volé le prince Radziwil en a pris sa bonne part, et il l'a gardée.

Il a fait comme son beau-père.

ROLAND RUFLIN
Prince Roland Bonaparte

ROLAND RUFLIN

Prince Roland Bonaparte

Un point remarquable dans l'histoire de la famille Blanc, c'est que les fils héritent des habitudes paternelles, tandis que les filles paraissent avoir les mêmes marottes que la mère Blanc.

Ainsi, le père François Blanc épouse sa maîtresse.

Camille Blanc, Edmond Blanc, Charles Blanc, épousent leurs maîtresses.

C'est de l'hérédité à haute dose.

Mme François Blanc, devenue riche, ne pouvait se consoler d'être roturière.

Elle se frottait voluptueusement à tout ce qui était blasonné et titré.

Nous avons vu qu'elle fut sur le point d'épouser en secondes noces le prince Benjamin de Rohan.

Nous avons vu aussi que Bertora avait acheté à deniers comptants la couronne de comte, dans l'espoir que ce titre éblouirait sa vieille maîtresse et qu'il pourrait par ce moyen l'épouser.

Si Mme François Blanc ne put pas, à son grand regret, réaliser ce rêve, au moins voulut-elle faire de ses filles des princesses. Elle avait assez vécu pour savoir qu'il est, de par le monde, des princes de grands chemins, à la bourse plate, assez tarés eux-mêmes pour ne point hésiter à vendre pour un bon prix leur nom et leur couronne.

La vieille dame eut la joie de rencontrer les deux oiseaux rares.

C'était le prince Roland Bonaparte, fils du prince Pierre, cousin de Napoléon III et le prince Constantin Radziwill, descendant d'une vieille maison princière polonaise, dont la filiation commence par Hosticus, mort en 1442.

* *

Le prince Roland Bonaparte dit n'avoir pas encore d'histoire. Modeste et travailleur, il se contente de se poser en savant.

Ainsi, tout dernièrement, il a annoncé *urbi et orbi* qu'il allait vivre en sauvage, avec ses chers instruments pour étudier la marche des glaciers des Alpes.

Evidemment, Roland Bonaparte n'a pas encore marqué son nom dans le livre d'or de son pays. Il ne fut ni à Roncevaux ni même à Austerlitz et son épée fidèle n'est pas parente de Durandal.

Il a cependant une histoire. Et son évolution, j'allais dire sa fin — car c'est un homme depuis longtemps fini — était mathématiquement inévitable.

Roland Bonaparte, issu de parents tels que les siens, ne pouvait pas, à moins d'avoir quelque chose d'honnête au cœur, être autre qu'il n'est.

Ah ! monsieur Roland Bonaparte n'a pas d'histoire ? Que grave est donc son erreur ou que courte est sa mémoire !

De ce qu'on ne lui a jamais dit ce qu'il est, d'où il vient et ce qu'il fit, il ne s'ensuit pas cependant que nul ne le sache.

Je vais tâcher de compléter son éducation princière.

Il me faudra remonter loin dans le passé, rappeler de pénibles et sanglants souvenirs, fouiller un peu profondément la vie de sa mère, publier des lettres de son père et citer les noms de certaines personnes dont le prince Roland désirerait sans doute ne pas se souvenir.

Mais l'intérêt public prime l'intérêt personnel.

Quand on veut être distingué de la foule, il faut se résoudre aux honneurs du pavois.

Voici ce qu'on pourra plus tard graver sur le socle du buste qui immortalisera les traits du prince Roland Bonaparte.

Chacun a son histoire. Voici la sienne :

Le 22 mars 1853, Pierre-Napoléon Bonaparte épousait Justine-Eléonore Ruflin, née à Rome, le 1er juillet 1832.

Voici du moins ce que l'on lit dans le *Gotha* :

Or, l'almanach de Gotha fait erreur.

D'abord, Justine Ruflin n'est pas née à Rome, mais à Paris, ancien VIIe arrondissement, le 2 juillet 1832.

Son père s'appelait Jules-Louis Ruflin. Il exerçait la profession d'ouvrier plombier et était né au Mans.

Sa mère était née à Nancy. Elle s'appelait Marguerite-Justine Lucard.

Le couple occupait une loge de concierge, rue de Chaillot, vers l'année 1850.

Justine Ruflin avait une sœur Elisa.

En 1853, à la suite de circonstances inutiles à rappeler, Justine et Elisa Ruflin, les deux sœurs, devinrent en même temps et simultanément les maîtresses du prince. Chacun sait que le prince Pierre était friand de fruits verts.

Peu après ce double exploit d'Hercule, la mère Ruflin entra au service du prince Pierre comme cuisinière. La chronique scandaleuse rapporte même qu'elle partagea avec ses filles les faveurs de son patron.

Elle mourut du choléra en 1854.

A partir du moment où ses filles et même sa femme partagèrent la couche du prince, le papa Ruflin ne travailla plus. Son pseudo-gendre et coadjuteur lui servait une pension de 5 francs par jour. Et il vécut heureux, se rendant mal compte de sa complicité dans l'infamie de sa famille, jusqu'en janvier 1869.

A cette époque, il mourut en son domicile, 185, avenue de Versailles, et son acte de décès mentionne comme profession — dérision amère — rentier.

Les idées matrimoniales de Pierre Bonaparte le portèrent vers Justine, et il l'épousa, non, comme dit le *Gotha*, le 22 mars 1853, mais le 30 décembre 1871, à la légation de France, à Bruxelles.

Les témoins de ce mariage mi-princier, et encore, puisque la mère du prince Pierre était née Bles-champs, furent le docteur Henri Collignon, Charles de Hoffmann, Bouvier et Théophile Finet.

Pierre Napoléon, né à Rome le 11 octobre 1815, avait dix-sept ans de plus que sa femme.

Le *Gotha* porte qu'avec Justine-Eléonore Ruflin, le prince Pierre eut deux enfants.

Roland-Napoléon, né le 19 mai 1858, ancien lieu-tenant d'infanterie.

Jeanne Bonaparte, née le 25 septembre 1861, mariée le 22 mars 1882 à Christian, marquis de Vil-leneuve-Esclapon, député de la Corse.

Il est certain que des cinq enfants que donna à Justine Ruflin le prince, deux seulement survivent.

Mais le prince a bien eu cinq enfants.

Les trois premiers ne vécurent pas.

A ce propos, une explication est nécessaire.

Le prince et sa compagne n'étaient pas mariés. Il ne pouvait donc leur plaire de mettre au jour des héritiers.

Comme par hasard, les trois premiers malheu-reux mioches qui vinrent au monde, moururent aussitôt.

Le médecin de l'état civil, un peu surpris de ces *accidents*, ne se cacha pas, lors de la naissance de Roland, pour dire au prince : « Voici le quatrième ; il est solide ; j'espère qu'il vivra celui-là, n'est-ce pas ? »

Justine Ruflin comprit l'observation. Elle sentit qu'il était temps de fermer sa manufacture d'anges et Roland Bonaparte vécut.

9.

J'ai dit tout à l'heure que le prince Pierre fut l'amant à la fois d'Elisa et de Justine Ruflin.

La preuve en est qu'Elisa Ruflin fut, en 1856, elle aussi, rendue mère, par le prince, un gaillard, comme on voit.

Mais, comme le prince n'avait pas l'amour-propre d'Hercule, que d'autre part, il subissait des scènes de jalousie de Justine Ruflin, il prit le parti d'attribuer la paternité de ce nouvel et encombrant bâtard à son cocher Th. Le malheureux mioche fut immédiatement porté à l'hôpital des enfants trouvés.

Cependant, il fallait assurer à la mère un sort, surtout se débarrasser d'elle.

Un sieur B..., originaire d'Auxerre, employé d'octroi à la barrière de Billancourt, se montra disposé à épouser Elisa Ruflin.

Son mariage fut contracté en 1869.

Il se disait, le brave gabelou, que lorsqu'on est quasiment beau-frère de prince, l'avenir et la fortune sont assurés. Quant au mioche, on ne lui en avait naturellement pas parlé. Il avait compté, le pauvre, sans les événements et sans la guerre.

En attendant, ses camarades de l'octroi, étonnés de ne pas voir B... au moins ministre, ne se gênaient pas pour lui dire : « Mon vieux, tu n'as que les restes de Pierre. » Sa dignité n'y résista pas et il démissionna peu après. B... eut d'Elisa, tante de Roland Bonaparte, trois enfants : mais la brouille se mit dans le ménage et aujourd'hui mari et femme sont divorcés.

Tous deux vivent encore et habitent Paris.

En 1870, Roland Bonaparte avait douze ans ; sa sœur en avait neuf.

A cette époque, dont les Français se souviendront toujours et qui est l'épilogue de l'odyssée bonapartiste, le prince Pierre habitait avec Justine Ruflin et ses enfants sa petite propriété de Rochefort, sur la frontière belge.

Le prince se trouvait mieux là qu'en France, depuis l'assassinat de Victor Noir.

Il y vivait assez chichement d'une pension que lui servait, sur sa cassette particulière, son impérial cousin Napoléon III. (Cent vingt mille francs par an.)

Survint l'année terrible et la chute de l'Empire.

L'empereur déchu supprima au prince Pierre la pension qu'il lui servait.

En vain celui-ci réclama, quémanda. Napoléon III fut inflexible. Il tenait son cousin pour responsable de sa déchéance.

Il n'est pas sans intérêt de connaître le jugement que portait le prince Pierre sur son cousin découronné, ensuite de cette décision quelque peu brutale.

Voici la lettre qu'il écrivait de sa propriété de Rochefort à la date du 20 octobre 1870, à l'un de ses amis :

Mon cher ami,

J'apprends avec peine votre situation et j'espère qu'elle ne durera pas.

La mienne aussi est mauvaise et loin de pouvoir secourir les amis, j'aurais moi-même besoin de secours.

La pension qui était l'unique et insuffisant avantage que m'avait fait le cher cousin est finie, et je reste avec les dettes contractées dans l'abominable piège des *rossacci* (1) et avec d'autres aussi.

L'empereur prétend qu'il n'a rien, mais c'est là un mensonge. Je sais très bien qu'il a plus que le nécessaire pour ne pas laisser sans moyen d'existence ceux qui portent un nom auquel il doit tout, et qu'il eut le mauvais vouloir de ne point assurer contre l'indigence, au temps de son hyperbolique richesse et de sa puissance.

Je ne vous en dis pas davantage, et j'espère que vous serez persuadé que, si je ne vous aide pas, c'est que je ne le puis absolument pas.

Le roi d'Italie, qui pourtant doit quelque chose au nom de Bonaparte, paraît ne rien vouloir faire, lui aussi, pas même m'employer, *à cause du nom*.

C'est toujours comme ça ! Je vous dirai cependant entre nous, que je ne suis pas tout à fait sans espoir du côté de Tours.

On ne peut nier qu'une partie du gouvernement actuel est modérée et traitable, et peut-être... qui sait ? Je crois pouvoir rendre encore quelques services, surtout si la partie saine du gouvernement se débarrasse des fous et des exagérés. Croyez-bien, mon cher ami, que si je réussis, je penserai à vous. Et même, pour vous prouver combien je regrette de ne pouvoir vous obliger, je vous offre d'écrire pour vous à Crémieux.

L'avantage pour moi serait qu'on procédât aux élections et que les Corses me nommassent député.

Tout le monde sait que la République sage et modérée comme mon père l'entendait ne m'a jamais déplu.

Si en 1852 je ne l'ai pas défendue, ce n'a été ni par

(1) Rouges, plus que rouges.

PRINCE PIERRE BONAPARTE

lâcheté, ni par intérêt, mais parce que la majorité était royaliste et aussi par affection pour mon ingrat parent.

Mais assez! patience... la vie est courte. Si toutes les portes me sont fermées après l'ignominie de Sedan, je dirai avec le poète :

> Je languirai sur la terre étrangère,
> Cette main qu'endurcit une poignée guerrière
> Je l'offrirai, ce sera mon honneur,
> Au moins noble labeur.

Qui sait? Les Corses auront peut-être l'idée d'élire un Bonaparte. Ils pourront choisir un homme possédant plus d'habileté et plus d'autorité, mais plus résolu et plus fidèle, non!

Au revoir, mon cher ami, et courage.

Je vous serre la main.

P.-N. BONAPARTE.

Ainsi, dès le 20 octobre 1870, moins de deux mois après la proclamation de la République, le prince Pierre et Napoléon III étaient brouillés.

Pierre Bonaparte se rapprochait de la République pour des raisons d'argent. Il allait là où le coffre-fort lui semblait le mieux garni.

C'est de tradition dans la famille Bonaparte.

L'or les attire comme l'aimant attire le fer.

Mais si le prince Pierre semblait se cuirasser d'un triple airain contre les coups du sort et n'avait pas perdu toute espérance, il en était de même de Justine Ruflin, sa compagne.

Elle rêva de faire sa fortune en jouant du nom de

Bonaparte. Simple coup de chantage à l'adresse de l'ex-impératrice Eugénie.

Son plan de conduite fut vite élaboré.

Pierre Bonaparte céda aux sollicitations de la Ruflin, vendit deux maisons qu'il possédait à Bruxelles, cent mille francs chacune et partit pour Londres avec sa femme et ses enfants, le 1er février 1872. Ils habitaient Hyde-Park, numéro 10.

Dès son arrivée, Pierre Bonaparte voulut rendre visite à Napoléon III à Chislehurst.

Dans le parc, il fut rencontré par l'impératrice qui lui intima l'ordre de quitter immédiatement l'Angleterre, en le menaçant, s'il n'obéissait pas, de le faire expulser. Pierre obéit et partit sans avoir vu l'ex-empereur.

Justine Ruflin ne suivit pas son mari et, en janvier 1873, elle acheta à M. Th. un fonds de commerce non loin de Regent street, 91, New-Bond street.

La boutique portait à son fronton pour enseigne : *Princesse Pierre Bonaparte, marchande de confections pour dames*.

En dépit de cette suggestive annonce, les affaires de Justine Ruflin ne prospérèrent pas.

Est-il bien étonnant, d'ailleurs, que la clientèle ne se soit pas montrée empressée.

Au lieu de s'occuper de son commerce, Justine Ruflin, étendue tout le jour sur un canapé, se tirait les cartes et lisait dans l'avenir.

A Roland, elle disait d'un air inspiré de sibylle : « O ! mon fils, j'arriverai bien haut et toi, tu seras Empereur. » Et, en l'entendant si affirmative, sa

JUSTINE RUFLIN
Princesse Pierre Bonaparte

fille Jeanne disait à la nourrice de Roland, Mme G... :
« Quand Roland sera sur le trône, je te donnerai une
chambre toute tapissée de soie rouge. »

Convenez que le moyen n'est pas le meilleur pour
attirer le client, le retenir et faire fortune.

Justine Ruflin, nature ardente, avait fait connaissance d'un certain S.., se faisant appeler de Terry,
marchand de vins à Charing-Cros et dont le domicile particulier était à Clapam-Clapâm.

Le *de* Terry, dont les affaires n'étaient pas plus
prospères que celles de sa maîtresse, imagina, avec
son concours, de monter une Société financière qui
leur permettrait de pêcher en eau trouble.

C'est ainsi que peu après fut fondée, sous le titre
de *Comptoir d'Escompte de France*, une Société de
crédit au capital de **un million** divisé en actions
de cent francs. La présidente était Justine Ruflin ;
l'administrateur S... de Terry. On y voyait aussi le
comte de la Ch... et la baronne de Lav... La Société
dura ce que durent les roses. Les associés mangèrent
l'argent des actionnaires et le tour fut joué.

Mais cette première indélicatesse ne conjura pas
l'inévitable désastre. Pour le retarder elle souscrivit
vainement de *fausses* traites, notamment aux noms
de Mme Ch... modiste, rue Jocquelet (600 francs) ;
de Mme G... modiste, rue Vivienne (500 francs) ; de
Mlle G... modiste, faubourg Saint-Honoré (250 fr.) ;
de M. S..., marchand de plumes, rue de Hanovre
(200 francs), etc., etc.

Justine Ruflin avait faussement signé ces traites :
G..., nom de la nourrice de Roland, et : *Th.*, nom de
son prédécesseur.

Le danger devenait imminent pour elle ; les plaintes affluaient à la police. Elle vendit alors sa maison de commerce à Mme S..., de nationalité belge, en février 1874, et songea à rentrer en France.

Elle put réaliser **son** projet à la fin d'avril ; son fils Roland l'avait précédée, aussitôt que la maison avait été vendue, c'est-à-dire dès fin février 1874.

Mais quitter Londres n'était pas, pour elle, chose aisée. La police avait l'œil sur elle ; à toutes les gares, à tous les embarcadères des bateaux, des détectives se tenaient en permanence avec ordre de l'arrêter.

De février à avril 1874 elle avait pu rester cachée chez son amant S... de Terry, mais la police savait qu'elle n'avait pas quitté Londres, S... de Terry put la faire fuir en pleine nuit, dissimulée dans une charrette conduite par son fils. Il la conduisit hors de la ville et elle put quitter l'Angleterre sans difficulté.

Le 1er mai, elle demandait l'hospitalité à Mme X..., qui demeurait 1, cité de l'Alma, avenue Bosquet, avec son mari, ancien juge de paix en province, qui démissionna en 1850 pour continuer à rendre à Paris les services qu'il avait autrefois rendus à la cause bonapartiste. Il touchait à cette époque pour rémunération de ses peines passées, présentes et futures une pension de 1,800 francs par an.

Elle resta chez sa protectrice avec sa fille Jeanne que Mme X... avait été chercher à Londres, du 1er mai 1874 au 8 novembre 1875.

Mme X... eut le tort d'avoir pitié des enfants et

de prendre en mains les intérêts de Justine Ruflin.

Elle partit en novembre 1875 pour Londres, afin de tenter d'arranger les affaires de la Ruflin et d'arrêter les poursuites, car on parlait de l'extrader.

Son séjour à Londres dura dix-neuf mois. Elle y dépensa une douzaine de mille francs et parvint ainsi à éclaircir les comptes de la lingère.

Quand Mme X... partit pour Londres en novembre 1875, Justine Ruflin déménagea et loua une petite chambre meublée de 40 francs par mois 87, rue du Bac, en face de l'institution Hortus où était entré son fils. Nous en reparlerons. Elle y demeura jusqu'au 1er février 1877. C'est à cette époque qu'un sieur D..., marchand de toiles, 15, rue de Navarin, fit en faveur de Justine Ruflin une souscription pour lui acheter un mobilier.

Elle vivait d'aumônes. Des âmes charitables payèrent la pension de Roland à l'institution Hortus, rue du Bac, et l'habillèrent.

Mais c'était la misère. Tout ce qui appartenait à la famille Ruflin était au Mont-de-Piété, même le linge.

C'est également à cette époque qu'elle envoya au maréchal de Mac-Mahon toutes ses reconnaissances du Mont-de-Piété en sollicitant un secours. Le maréchal, par l'entremise de son aide de camp, le colonel Robert, lui retourna ses reconnaissances et lui fit remettre une somme de 2.400 francs.

En février 1877, M. G..., ancien sous-officier — manchot — lui loua et lui meubla un logement 9, rue de Varennes. Le loyer était de 500 francs par an. M. G... était associé de Mme B..., qui dirigeait l'Hôtel International 50, boulevard du Temple, et le neveu de M. P..., politicien bonapartiste militant.

Une épidémie dans la maison qu'elle occupait en chassa Justine Ruflin qui se réfugia à l'hôtel du boulevard du Temple. Elle y resta trois mois et s'y conduisit de telle sorte que M. G... la jeta à la porte avec sa fille. Elle loua alors un logement 15, rue de Lille.

Roland Bonaparte avait été casé à l'institution Hortus, rue du Bac, grâce à M. L..., ex-sous-chef de bureau au ministère d'Etat.

La pension était de 1.200 francs par an.

Les premiers mois, la pension fut payée par M. L... et le prince Pierre.

Roland Bonaparte avait pour camarade, chez Hortus, le jeune X..., fils d'une boulangère de la rue Saint-Lazare.

La brave dame eut pitié de la détresse dans laquelle elle voyait la Ruflin et ses enfants.

Elle donna à Justine Ruflin du linge pour elle et sa fille, et lui envoya deux fois par semaine un panier de provisions.

Les jours de sortie, le prince Roland prenait ses repas chez la boulangère, amené dans cette hospitalière maison par le fils de sa bienfaitrice.

Le dimanche soir, lorsqu'en compagnie de son camarade Roland Bonaparte rentrait à la pension, il faisait volontiers un crochet pour passer 44, rue Cambon.

Dans cette maison il se rencontrait avec la dame

de ses rêves, celle dont il était non le valet de cœur,
mais le valet de *trèfle*.

La bonne fille avait soin en effet de ne pas le
quitter sans lui donner son *petit cadeau*.

Chaque visite à la belle rapportait un *napoléon* à
Roland Bonaparte.

Quelques mots sur cette liaison du prince. Elle
jette un nouveau jour sur son joli caractère.

Justine Ruflin avait été jadis actrice dans certains
théâtres des faubourgs, entre autres au *Théâtre
Véridique*, qui faisait les délices des habitants de la
Chaussée-du-Maine.

En ce temps-là, sa profession la rapprocha d'une
actrice qui devait, plus tard, illustrer la maison de
Molière : Mme X...

Les années passèrent. A son retour à Paris, Justine Ruflin renoua des relations avec son ancienne
camarade qui l'aida plusieurs fois de sa bourse.

Justine Ruflin fut une belle-mère dangereuse,
mais une mère sublime.

Elle comprit que son fils bien-aimé Roland ne
pouvait pas, toute sa vie, vivre en jeune fille. Elle
lui fit faire la connaissance de Mme X...

Mme X..., qui est encore belle, a été merveilleu-
sement jolie.

Elle eut, comme on dit, un béguin pour le beau
Roland, qu'elle déniaisa.

Et Justine Ruflin ne se trompait pas en disant à
son fils, au moment où elle ménagea sa liaison :
Tu pourras toujours en tirer quelque chose. »

Plus tard, quand Roland fut riche, il offrit à

Mme X... une propriété de campagne, proche de la sienne, à Saint-Cloud.

On s'étonnera peut-être que le prince Roland ait accepté de l'argent d'une femme.

On s'étonnera moins quand on connaîtra cette anecdote — tenue secrète jusqu'à ce jour — de la vie du prince Roland.

Le jeune homme avait à Londres, au temps où sa mère se tirait les cartes, sous prétexte de commerce, un certain M..., originaire de Boulogne, pour professeur de français.

Roland Bonaparte, ayant un jour besoin de 75 francs, contrefit la signature de son professeur et se fit donner par sa mère, pour le compte de celui-ci, ladite somme de 75 francs à valoir.

Justine Ruflin paya. Mais quelques temps plus tard elle réclama au professeur de son fils la somme qu'elle croyait avoir payée en trop.

Bien entendu, M.M... refusa tout remboursement. Mme X..., sur l'instigation de Justine Ruflin, menaça le professeur de la justice.

Le pot aux roses fut découvert; Roland Bonaparte avoua qu'il avait commis un faux.

Un jeune homme capable de commettre un faux en imitant la signature d'un professeur n'est-il pas capable, je vous le demande, de se faire payer par une jolie femme les visites amoureuses qu'il lui fait.

Ceci explique cela.

Le prince Roland, faute de paiement des mois de pension, fut menacé d'être congédié de l'institution Hortus.

Le prince Jérôme Napoléon et la princesse Mathilde s'émurent de cette misère. Chacun d'eux fit remettre à Justine Ruflin un billet de mille francs.

Le bien-être revint pour quelque temps dans la mansarde. La fortune n'était pas éloignée...

Cependant, le prince Pierre était toujours en Belgique, s'inquiétant fort peu de ses enfants et de leur mère.

Il semblait s'intéresser beaucoup plus à la politique et surtout à ce que les journaux pouvaient penser de sa princière personne.

Pourtant, à la fin de 1874, il eut une lueur d'amour paternel et demanda à voir sa fille Jeanne, sa préférée. Justine Ruflin conduisit elle-même sa fille à son père qui habitait alors Bruxelles, avenue Louise : en février 1875, la mère et la fille venaient surprendre chez lui le prince Pierre, à dix heures du soir.

Il était au lit, entre ses deux maîtresses, qui lui servaient en même temps de bonnes. Ces trois dames, après un échange d'injures, furent sur le point d'en venir aux mains.

Le prince, en qui l'assassin veillait toujours, sauta à bas de son lit, saisit un couteau de chasse et, sans Jeanne qui se précipita au cou de son père, eût poignardé la Ruflin. Celle-ci n'eut que le temps de se sauver et de se réfugier chez le docteur Collignon, qui avait été un des témoins du mariage et dont la demeure était proche.

Le lendemain, la Ruflin prit le train à la hâte et rentra à Paris chez Mme X..., cité de l'Alma.

10.

Ici se place une autre anecdote qui vaut d'être connue comme la précédente :

De l'une de ses bonnes, ses maîtresses, le prince Pierre eut un enfant, un fils, aujourd'hui âgé de seize ans.

Quand, en 1877, après le 16 mai, le prince vint habiter Versailles, hôtel de France, 5, rue Colbert, il était accompagné de ce fils et de la mère de cet enfant. Il vécut avec eux jusqu'à sa mort qui survint le 8 avril 1881.

Quelques jours avant, Mme Blanc, qui, entre temps, était devenue la belle-mère de Roland, avait, sur les pressantes sollicitations d'un ami du prince Pierre, remis à celui-ci 10,000 francs.

Par testament trouvé dans le bureau du prince, celui-ci laissa à son dernier fils de la main gauche, à celui qui a seize ans aujourd'hui, ce qui restait de ladite somme, soit 8,000 francs.

Nous avons dit que le prince semblait s'intéresser fort peu à la Ruflin et à ses enfants et nous croyons l'avoir prouvé. Au surplus, les lettres qu'il écrivait à l'un de ses amis sont là pour l'attester encore si besoin en était. En tout cas, elles servent à bien faire connaître le caractère du triste personnage qui fréa à son image Roland Bonaparte.

D'autre part, elles ont une saveur d'actualité, puisque l'an dernier fut inauguré le monument funéraire de Victor Noir, que le prince assassinat.

A un autre point de vue, les lettres que je livre au public présentent un intérêt historique considérable.

Enfin, elles mettent à nu leur auteur et servent à expliquer, par des raisons d'hérédité, Roland Bonaparte, fils d'assassin et de faussaire.

Puisqu'il s'agit d'une biographie princière, je ne crois pas inutile de faire cette digression.

Elle est le début de l'histoire du prince Roland Bonaparte, à qui je souhaite un couronnement de carrière qui permette à nos arrière-petits-fils d'oublier ce qu'il fut.

Voici en quelques lignes les causes — Pierre Bonaparte disait les raisons — de l'assassinat de Victor Noir.

Au mois de janvier 1870. M. Louis Tommassi, avocat à Bastia, publiait dans la *Revanche* un article hostile au prince Napoléon; celui-ci écrivit à un journal de Bastia une lettre où il traitait M. Tommassi et ses collaborateurs de mendiants, traîtres, escargots et de sacrilèges auxquels les vrais Corses auraient, si on ne les avait retenus, mis les tripes aux champs.

M. Paschal Grousset commenta cette lettre dans la *Marseillaise*, dirigée par Rochefort, en des termes qui déplurent au prince Pierre Bonaparte, cousin-germain de Napoléon III. De là, provocation du cousin qui, en même temps, écrivait à Rochefort que « las d'être insulté quotidiennement par ses manœuvres, il l'attendait ».

Rochefort constitua deux témoins, Millière et Arthur Arnould.

En même temps, Paschal Grousset, correspondant parisien de la *Revanche*, envoyait au prince Pierre deux de ses amis, Victor Noir et Ulric de Fonvielle.

Le 10 janvier, Victor Noir et Ulric de Fonvielle se

rendaient en voiture, accompagnés de M. Paschal Grousset et de M. Sauton, rédacteur au *Réveil*, rue d'Auteuil, en face du marché, devant la maison qui portait
le n° 51.

Victor Noir remit sa carte au valet de pied. Le valet
de pied introduisit les deux visiteurs dans un salon qui
se trouvait au premier étage et alla prévenir le prince.

Au bout de cinq minutes, le prince entra. Il était pâle
et paraissait en colère.

M. de Fonvielle prit la parole :

— Nous venons de la part de M. Grousset, M. Victor Noir et moi.

Il lui remit en même temps une lettre de M. Paschal
Grousset.

Vous ne venez donc pas, dit le prince, de la part de
Rochefort?

— Non, monsieur, répondit M. de Fonvielle. C'est une
affaire tout à fait à part.

Le prince qui s'était mis à lire, près d'une fenêtre la
lettre de M. Grousset, reprit d'une voix forte :

— Je ne me battrai pas avec les manœuvres de Rochefort. Je me battrai avec Rochefort lui-même. Je ne veux
pas répondre à sa crapule.

Pierre Bonaparte devint de plus en plus insolent.

— Etes-vous solidaire de ces charognes? deman-
da-t-il.

— Nous sommes solidaires de nos amis, répondit
Victor Noir.

Ce sont les dernières paroles prononcées par le pauvre
garçon.

A ce moment, le prince, au paroxysme de la colère,
bondit sur lui, le prend par l'épaule, le fait pivoter sur
lui-même et, fouillant rapidement dans un des tiroirs de
son bureau, saisit un revolver à cinq coups qu'il braque

presque à bout portant sur la poitrine de Noir, et tire. Noir, atteint en pleine poitrine, s'affaisse. Il se relève perdant son sang, voit une porte ouverte, s'élance dans la rue.

La scène a été tellement rapide que Fonvielle n'a pu porter secours à son ami. Le prince le met en joue à son tour. Une balle part et traverse le paletot de Fonvielle, qui n'a que le temps de gagner la porte en esquivant une seconde balle. Arrivé dans la rue, il trouve Victor Noir gisant sur le trottoir, la poitrine en sang, mort.

Victor Noir avait vingt-deux ans; il devait épouser dans deux ou trois jours une jeune fille qu'il adorait.

Le corps fut transporté à Neuilly dans la maison qu'il habitait avec ses parents.

Lorsque Paris connut cet assassinat, ce fut une explosion de colère. Il fallut donner satisfaction à l'opinion. Un ordre d'arrestation fut lancé contre le prince, qui se constitua prisonnier le soir même à la Conciergerie; on annonça que la haute cour siégerait à Tours pour le juger.

Les ouvriers firent des manifestations; des incidents eurent lieu au Corps législatif; une demande de poursuites fut déposée contre Rochefort pour un article qui le fit condamner à six mois de prison.

Les funérailles de Victor Noir ont lieu le 12 janvier, par un temps froid. Le gouvernement avait pris des mesures extraordinaires. A une heure et demie, trois cent mille Parisiens sont dans les rues de Neuilly. Rochefort est là; on l'acclame. La foule veut marcher sur Paris. Ce serait l'écrasement : la garnison tout entière et les brigades de police sont là, mobilisées. Rochefort montre la situation telle qu'elle est; Delescluze appuie ses sages avis. Et le cortège se met en marche, calme, recueilli. Ce n'est plus au Père-Lachaise qu'on va, mais au cimetière de Neuilly. A cinq heures, la cérémonie imposante est terminée. Les groupes se dispersent.

On sait ce qui suivit. Devant la haute cour, le prince Pierre affirme, malgré la protestation de Fonvielle, que Victor Noir a levé la main sur lui. On l'acquitte. Quelques mois après, l'empire s'écroulait.

Voici le récit vrai de l'aventure, tel que l'inexorable histoire l'affirme, n'en déplaise à M. Emile Ollivier.

En vain, après le prince Pierre, il excusera le meurtre, en arguant de la légitime défense, en parlant d'un prétendu soufflet que l'assassin n'a pas reçu.

Voici, d'ailleurs, la version de l'ancien ministre de l'empire, parue dans le *Figaro* — j'allais dire exhumée — le 17 juillet 1891.

C'est une pierre dans le jardin d'Ollivier. Elle est lourde.

Le prince disait :

— J'étais vers deux heures dans ma chambre à coucher. Une servante est venue m'annoncer que deux messieurs m'attendaient. Comme la veille j'avais provoqué Rochefort, j'ai cru qu'on se présentait en son nom. Je suis venu au salon; j'y ai trouvé deux inconnus dont l'air était menaçant. L'un deux m'a donné une feuille de papier dépliée, en me disant :

— Nous sommes chargés de vous demander la réponse à cette lettre.

J'ai répondu :

— Je ne connais pas celui qui m'écrit; mais je me

battrai volontiers, non pas avec lui, mais avec M. Rochefort et non pas avec un de ses manœuvres.

Le grand m'a dit :

— Mais lisez-donc la lettre.

Je répondis :

— Elle est toute lue. En êtes-vous solidaires ?

Alors il m'a frappé au visage. Sur-le-champ, j'ai fait
deux pas en arrière, tiré de ma poche un ;istolet et fait
feu sur lui. Le deuxième qui m'ajustait avec un revolver,
s'était caché derrière un fauteuil ; j'ai aussi tiré sur lui
et l'ai débusqué. Il a passé dans la salle de billard ; mais
il se retourna pour m'ajuster ; alors je lui ai tiré un
second coup de pistolet qui l'a mis en fuite.

Mais ce qui, jusqu'à ce jour n'a jamais été dit,
ce qui prouve de façon indéniable que le prince
Pierre Bonaparte a menti, je vais le dire, moi.

Ah ! son fils Roland regrette de n'avoir pas d'histoire.....

Le prince Pierre avait pour médecin, depuis longtemps, le docteur M..., qui lui était tout dévoué.

Dès que Victor Noir et Ulric de Fonvielle eurent
quitté l'hôtel du prince, celui-ci envoya immédiatement quérir son fidèle médecin.

Le docteur M... se transporta précipitamment
chez le prince qui lui conta l'aventure.

Il fallait trouver une excuse à son forfait, une
justification.

Le prince affirmerait avoir reçu de Victor Noir
un maître soufflet. Il fallait prouver le mensonge.

Le docteur M... eut une inspiration géniale.

Sur la joue droite du prince, il appliqua, après l'avoir découpé comme il convenait, un vésicatoire qu'il laissa mordre quelques minutes.

La trace du soufflet était apparente. La cause du prince s'annonçait bonne; son acquittement semblait certain.

Voici l'histoire.

Ulric de Fonvielle lui-même ne la connaissait pas.

Un homme capable de recourir à ce moyen déloyal pour excuser un crime, est-il capable de mentir devant un tribunal?

Oui, n'est-ce pas?

Eh bien, ce n'est pas tout.

Le 17 février 1873, Pierre Bonaparte, père de Roland, sollicitait d'un de ses amis le service de falsifier un certificat pour se réhabiliter.

Voici trois lettres tout à fait édifiantes du prince Pierre.

Elles prouvent:

1º Son remords d'avoir assassiné un pauvre diable de journaliste;

2º Son cynisme absolu, puisque, quatre ans après le crime, il n'hésite pas à recourir au faux pour excuser son meurtre.

Rochefort, 7 février 1873

Mon cher monsieur.

Pour une publication qui s'apprête, j'aurais besoin de la pièce signée par les habitués de certaine table d'hôte de la rue de l'Ecole-de-Médecine, pièce que je devais à votre obligeance, mais que je ne puis retrouver, bien que je sois en possession de beaucoup d'autres documents analogues et aussi importants (*sic*).

Peut-être en avez-vous une copie ; ou bien encore pourriez-vous la remplacer par quelque attestation semblable.

Vous me rendriez un service signalé en me mettant à même de la reproduire sous l'une où l'autre forme.

Je suis votre bien affectionné,

P.-N. BONAPARTE.

Le destinataire de la lettre ne veut pas croire que le prince lui propose de faire un faux.

Force est donc à Pierre Bonaparte de mettre les points sur les *i* et, à la date du 17 février de la même année, il écrit cette nouvelle lettre :

Rochefort, 17 février 1873.

Mon cher monsieur,

Je vous remercie de votre lettre et des documents qu'elle contient.

Je regrette beaucoup que la pièce signée des proxénètes, camarades, de Salmon, soit égarée ; mais je suis bien aise de savoir au moins tous leurs noms. Peut-être la retrouverai-je dans mes innombrables paperasses, cette pièce. En tout cas, vous qui avez bonne mémoire et qui rédigez si bien, vous pourriez, qui sait ? la reconstituer fidèlement, ce qui n'a pas d'inconvénient, la signature étant multiple. Vous me rendriez service, car les oreilles échauffées de l'éloge déloyal de ce misérable, je compte faire paraître les documents qui le concernent.

Demange disait avec raison : « On doit la vérité aux morts dans l'intérêt des vivants » (*sic*).

Ce sera l'exergue de la publication.

Je n'ai pas été exempt non plus de menaces, mais j'ai eu l'occasion de faire dire à ces messieurs que s'ils me tombent sous la patte, je leur fais sauter le caisson avec une balle Perdrivent, et qu'après les avoir scalpés avec mon Bowie-Knife, j'envoie leur tignasse à Grand-Béta.

Ça vaut les *tripes aux champs*, n'en déplaise aux niais ; mais je ne suis pas d'humeur à me laisser intimider par la canaille.

Bien des compliments affectueux.

P.-N. BONAPARTE.

La troisième lettre n'est pas moins instructive :

Rochefort, 12 mars 1873.

Mon cher monsieur,

M. Karr, le vieux détracteur de ma famille, publie dans le *Figaro*, à propos de bottes, comme toujours, des insinuations fallacieuses sur le proxénète Salmon, dit Victor Noir.

Il prétend que ce journaliste, qui ne savait pas écrire, comme l'a dit son ami Floquet, était *aimé* et qu'il a laissé des regrets à ceux qui l'on réellement connu.

Aimé de quoi ? comme de qui ?

Je ne sais, mais nous pouvons fournir la preuve qu'il était un souteneur de filles publiques et que, lorsqu'il mourut, il allait épouser, pour de l'argent, la maîtresse *grosse* d'un vieux libertin qui payait la dot. Salmon n'ignorait rien en acceptant. Ces faits et beaucoup d'autres, par exemple les soufflets qu'il se chargeait de donner pour le compte de M. School, étaient à la connaissance de M. Le Roux qui ne voulut pas les présenter au haut-jury, sous prétexte qu'il s'agissait d'un mort.

En vain M. Demange objecta spirituellement qu'on doit la vérité aux morts dans l'intérêt des vivants.

Quand M. Karr ajoute ; « quelle que soit la vérité sur les deux versions, etc... » il devrait dire au moins le cas que, *dans son impartialité,* il fait du verdict de la plus haute juridiction du pays.

Si le rôle des témoins devait consister à souffleter leur adversaire, il est évident qu'ils courraient à une mort subite, à moins d'avoir affaire à un lâche.

Que dire aussi de cette prétention que le premier venu, même taré, pourrait provoquer n'importe qui, le duc d'Aumale, par exemple, ou Rothschild ? Cette outrecuidance seule mériterait une leçon sévère.

Que Rochefort, défié, eût relevé le gant on l'eût compris. Qu'il se fît remplacer par un..... Grousset, ça fait rire les poules !

M. Karr *se trompe,* quand il affirme que Salmon avait vingt ans. Il en avait vingt-deux sonnés, ce qui n'est pas la même chose ; on peut s'en rapporter à Laurier et à Floquet et à la *Gazette des Tribunaux* si peu favorable à ma cause. Du reste, ce Salmon passait pour un des plus forts biceps de Paris ; et si vous obteniez de M. Amigues qu'il rectifie ce qui, dans l'article de M. Karr, a trait à l'âge de Salmon, vous m'obligeriez.

Je vous envoie une nouvelle boutade dont je me suis rendu coupable et je vous prie d'agréer l'assurance de mes sentiments très affectueux et distingués.

P.-N. BONAPARTE

Tel est l'homme.

La pitié, le remords, la droiture, toutes les qualités en un mot de l'homme de cœur, il les ignore.

C'est le vulgaire assassin...

Toute cette polémique, l'échange de ces lettres instructives, étaient la conséquence de la mort de Napoléon III.

Le prince s'occupait du jugement de la postérité, fort peu soucieux de la misère de ses enfants et de Justine Ruflin.

J'ai omis de dire que la mère de Roland Bonaparte, pendant que son mari faisait de la polémique, accordait ses faveurs à M. P... directeur d'un journal. Mais comme ce protecteur avait plus de bonne volonté que de fortune, elle tenta d'entrer aux magasins du Louvre comme vendeuse.

On la connaissait ; M. C. ne l'accepta pas.

Le hasard, qui est un grand indiscret, rapprocha Justine Ruflin de Mme la comtesse de B..., qui habitait boulevard Malesherbes et dont le mari avait facilité la fuite en Espagne de Napoléon III.

Elle se fit présenter à Mme Blanc par M. N..., éx-régisseur du château de Meudon, ami personnel de la vieille dame.

C'est Bertora qui servit de trait d'union. Bertora est l'entremetteur né de la famille.

Donc, par l'entremise de Bertora, M. N..., présenta à Mme Blanc la comtesse de B...

Celle-ci, à son tour fit recevoir Justine Ruflin et ses enfants chez Mme Blanc.

C'est à ce moment que la comtesse de K..., qui avait en tête des projets plus pratiques, entra en scène.

Elle songea de longue date à unir le prince Roland à Marie Blanc. Le sort la favorisa.

Jeanne Bonaparte et Marie Blanc se plurent. Quinze jours plus tard elles étaient inséparables. Elles prenaient même des leçons de sculpture ensemble.

Mme Blanc adora spontanément la jeune amie de sa fille, et par suite sa mère et son frère.

Roland Bonaparte était parvenu entre temps à forcer la porte de Saint-Cyr, grâce aux pressantes sollicitations de M. D... et surtout à certain professeur qui sut à coups de louis se procurer, avant l'examen, les questions qui lui seraient posées.

Il y passa deux ans et en sortit sous-lieutenant au 36° de ligne à Falaise.

Son bel uniforme impressionna la mère Blanc; son titre de prince lui causa un spasme; son nom de Bonaparte — un vrai Bonaparte ou plutôt une vraie moitié de Bonaparte — l'affola.

Elle rêva de voir sa fille Marie princesse.

Trois mois plus tard, Roland Bonaparte était son gendre.

Le jour du mariage la comtesse de K... toucha de Mme Ruflin une commission de 100.000 francs pour ses bons offices. Roland et sa mère lui avaient promis une récompense toute royale, si elle parvenait à amener Mme Blanc à marier sa fille au prince officier.

Il s'était laissé faire, le bon jeune homme, par désintéressement et par amour filial. Il avait vendu son nom, vendu son titre par amour — futur — de la science.

Il pressentait déjà que le temps était proche où, rendu à ses chères études, il serait heureux, dans l'intérêt de la science, et ne fût-ce que pour imiter le prince de Monaco, de posséder des millions, le meilleur *vade-mecum* du voyageur.

Il consentit donc, ce prince du sang, à recevoir dans son impériale couche, la fille du croupier François Blanc.

Le mariage fut célébré à Paris à la mairie du Ier arrondissement, le 6 novembre 1880, à trois heures de relevée.

Les témoins furent : Jean-Victor-Duruy, ancien ministre ; Edouard-Hyacinthe Lucas ; Edmond Blanc, propriétaire, frère de l'épouse ; Antoine-Nicolas Bertora, propriétaire.

Ici se place un incident significatif que tout le monde ignore.

Mme Blanc à cette époque demeurait 194, rue de Rivoli. Elle occupait tout le premier étage de l'immeuble de la place Rivoli à la rue Saint-Roch.

Mme Blanc se tenait dans le grand salon et recevait ses invités. A sa droite, digne autant qu'il peut l'être, se dressait le Roland, le prince !

Justine Ruflin, mère du marié, nippée à neuf par les soins de la mère Blanc, représentant dans sa toilette de brocart, le scintillement de ses bijoux et son manteau de cour un soleil... à son déclin, vint se planter devant son fils et lui dit à haute voix :

« Roland, regarde ta mère avec son diadème et
« son manteau impérial. Aujourd'hui, Roland, tu as
« des millions, si tu le veux, tu seras empereur ! »

MARIE BLANC

Princesse Roland Bonaparte

Et elle regagna sa place. Hélas ! la digne Justine Ruflin s'est cruellement trompée. Son rejeton a bien des millions mais il n'est, quoi qu'il fasse, qu'un homme parfaitement taré. Il ne sera jamais empereur et ne finira même pas comme...

> Piron qui ne fut rien,
> Pas même académicien.

Tout le monde se souvient encore que le prince Roland Bonaparte enleva sa femme le jour même de son mariage, s'enfuit à Saint-Cloud, alors que le château d'Ermenonville était prêt à le recevoir, et demeura plusieurs jours introuvable, tandis que Mme Blanc, affolée, demandait sa fille à tous les échos.

Mme Blanc offrit à sa seconde fille, comme à la première, pour un million de bijoux.

Roland Bonaparte, plus pratique que son beau-frère Constantin Radziwill, préféra un million en espèces et Mme Blanc dut s'exécuter.

Preuve nouvelle et indiscutable que le bon jeune homme est de goûts simples et préfère aux bijoux et aux colifichets féminins la rente 3 pour 100, les obligations de chemin de fer et surtout les actions du tripot de Monte-Carlo.

Le 2 juillet 1882, la princesse Bonaparte donnait le jour à une fille qu'on appelait comme elle, Marie.

L'accouchement avait eu lieu dans d'excellentes conditions. Comme on dit en pareille occurrence, la mère et l'enfant se portaient bien.

11

Le 1ᵉʳ août 1882, Edmond Blanc, le même qui est maire de La Celle-Saint-Cloud, vint dîner chez son beau-frère à Saint-Cloud dans sa propriété de la rue du Calvaire. Sa sœur Marie Bonaparte célébrait ses relevailles en donnant un dîner où fut conviée la famille.

Elle avait joué du piano une partie de la journée ; elle était en parfaite santé et toute heureuse de reprendre sa vie quotidienne. Après le dîner, qui se passa gaiement, Roland accompagna son beau-frère à la gare ; son absence ne dura pas un quart d'heure.

Quand il rentra, sa femme était morte.

Oui, morte subitement, sans cause.

L'opinion publique accusa très nettement Roland Bonaparte d'un coup de carbonari. Le parquet voulut intervenir, mais de hautes influences entravèrent la marche de la justice.

Je ne prétends pas que le prince ait empoisonné sa femme, ni même qu'il ait su qu'on l'empoisonnât, encore que cette dernière hypothèse soit vraisemblable.

Quel était son intérêt, en effet ?

D'avoir un enfant, il l'avait : *la fille de Roland*, parbleu.

Ainsi il conservait la fortune de sa femme et prétendait à l'héritage de Mme Blanc, sa belle-mère.

Quand la petite Marie atteindra sa majorité, Roland Bonaparte, après lui avoir restitué sa fortune, se trouvera riche d'une vingtaine de millions sagement économisés.

Mais si Roland Bonaparte ne peut être accusé : si
le parquet n'a pas continué son enquête ; si l'affaire
a été classée, comme on dit en termes de police,
s'ensuit-il que la malheureuse jeune femme soit
morte de mort naturelle ?

Demandez à la mère du prince Roland, à Justine
Ruflin.

Demandez-lui comment elle s'y est prise pour faire
étouffer l'affaire, quelle somme elle a versée dans ce
but et à qui ?

Dame ! ceci est de l'histoire et de l'histoire du
prince Roland.

Elle n'est pas sans analogie, vous en convien-
drez, avec celle des Borgia.

Justine Ruflin n'avait-elle pas, dès le jour du
mariage, indiqué ses projets d'avenir ?

« Tu seras empereur, avait-elle dit à son fils,
« puisque maintenant tu es riche. »

Il était riche.

Sa femme gênait.

Elle la supprimait.

Pourquoi ?

Parce que Roland, veuf et riche, pouvait préten-
dre à l'empire en épousant, par exemple, la princesse
Lœtitia, fille du prince Jérôme-Napoléon, veuve
maintenant du duc d'Aoste.

Et quelque démenti — faux d'ailleurs — qu'on
puisse m'opposer, j'affirme que tel fut le projet de
Justine Ruflin en 1886-1887.

Sans Mme X..., dont j'ai précédemment parlé,
qui ouvrit les yeux du prince Jérôme, et un très

haut personnage italien, qui demanda à certaine personne habitant Paris des renseignements à ce sujet, le mariage était conclu. On achetait le prince Victor et Louis Napoléon et le tour était joué. Roland était prétendant.

Mais Justine Ruflin n'a-t-elle pas essayé naguère encore de reprendre les pourparlers et d'unir à son fils veuf, la veuve du duc d'Aoste ? C'est un cauchemar.

Je sais bien qu'on va me répondre : « Ce n'est pas vrai. »

Nier, nier de parti pris ; c'est la seule défense de ces gens-là ?

Je vais même plus loin.

J'affirme que Justine Ruflin a songé à faire élire son fils prince de Monaco.

On achèterait Honoré Iᵉʳ pour une grosse somme il abdiquerait et Roland serait souverain.

Enfin, régnerait un Bonaparte !

Je crois qu'un complément de commentaires est inutile pour éclaircir ce point de l'histoire de Roland Bonaparte jusqu'à ce jour demeuré obscur, et que ce prince sans principauté, mais non sans peur et sans reproches, ce Roland sans terre, vice-roi de la Roulette, feint d'ignorer.

Un dernier mot. Depuis le mariage de Roland Bonaparte jusqu'au jour de l'accouchement de sa femme, les relations furent rompues avec la famille Blanc.

Pendant deux ans *on* ne dîna pas en famille. A peine échangea-t-on quelques visites.

Or, précisément, le jour des relevailles de la jeune femme, on convia Edmond Blanc, son frère, à dîner avec elle.

Simple coïncidence, dira-t-on, que ce dîner suivi de mort subite.

Que non pas !

On a invité Edmond Blanc pour *justifier l'accident*, pour pouvoir dire : « Vous voyez bien que la mort de la princesse est accidentelle. Car s'il s'agissait d'un coup de Borgia on n'eût pas choisi le jour où son frère était présent, ou on les eût supprimés tous les deux. »

J'ajouterai que l'autopsie de la princesse Bonaparte fut faite *avant* que le parquet s'émût. L'autopsie pratiquée, allez donc chercher des preuves ?

Le principal aujourd'hui, pour la maman et le fiston, c'est, en attendant mieux, d'être riches.

Mais, comme tous les parvenus, ils ont la haine du pauvre, le mépris de qui vit avec peu d'argent. En vain, le malheureux peut frapper à la porte du somptueux hôtel que la mère et le fils habitent, 22, cours la Reine.

En vain, G... — qui habite aujourd'hui l'île Rousse (Corse) — essaya, quand il sut Justine Ruflin riche, de se faire rembourser des sommes qu'il lui avança, au temps ou elle fut sa pensionnaire à l'Hôtel International du boulevard du Temple :

La Ruflin refusa tout payement.

Quant à Roland, digne fils d'une telle mère, un ancien camarade d'école peut venir lui demander un service d'argent, si mince qu'il soit.

14.

Il est éconduit, jeté à la porte plutôt, comme le dernier des mendiants.

Roland Bonaparte — qui n'a pas d'histoire — ne se souvient donc plus qu'il fut jadis à la mendicité.

Un fait, entre mille.

C'était un dimanche matin, en 1878, rue Corneille, 5, à l'Hôtel Corneille.

Roland Bonaparte y déjeunait avec deux camarades de promotion : MM. de V... et Adam de V...

Après le déjeuner, ceux-ci lui proposèrent une promenade. Roland Bonaparte refusa en ces termes dont je garantis l'exactitude : « Je n'ai pas un louis devant moi. »

Il a dû, le même jour, passer rue Cambon. Mme L... le lui aura donné sans doute.

Aujourd'hui, Mme X... qui leur donna autrefois à manger par pitié, est dans la misère à son tour. Si elle compte sur la reconnaissance de ces gens-là, la pauvre femme, elle ne les connait guère.

Justine Ruflin est néfaste à qui l'approche.

La preuve qu'elle a le mauvais œil, c'est qu'aujourd'hui elle est borgne.

Roland Bonaparte, depuis qu'il est millionnaire, a bouché les trous de son panier jadis percé.

Il a choisi pour tenir ses comptes un ancien commis aux vivres de Saint-Cyr, le sous-officier Bonneau (Jean) — de la charcuterie sur pied. — Bonneau, au temps de la pauvreté de Roland, fournit au prince quelques subsides.

Celui-ci en fut reconnaissant — par exception — et l'improvisa, pour défendre ses intérêts, président

du conseil de surveillance du Casino de Monte-
Carlo.

Pour lui, modeste ainsi qu'il sied aux grands
esprits, il s'est sacré savant avec des allures d'un
Stanley philanthrope. L'exploration des pays inconnus n'a plus de secrets pour lui, et l'anthropologie
comparée peut être étudiée par lui mieux que par
par tout autre. N'a-t-il pas sous la main les squelettes et les crânes des innombrables suicidés qui
ont contribué à sa fortune ?

Mais l'anthropologie comparée ne suffit pas à sa
vaste intelligence. M. Ruflin sait tant de choses qu'il
ne sait plus laquelle étudier.

Il en fut réduit cette année à observer la marche
des glaciers des Alpes !

Dame, on est savant ou on ne l'est pas.

Lui, dit qu'il l'est !

Et, pour le prouver, autant que pour épater le
groupe d'admirateurs naïfs et béats qui lui sert de
cour, notamment au cercle Saint-Simon, il emploie
quelques bribes de ses phénoménaux revenus à sub-
ventionner telle invention, à encourager telle décou-
verte. Il voudrait être le Wallace de la science.

Non qu'il trouve plaisir à dépenser l'argent de
Monte-Carlo. Mais, de même que son beau-frère
Edmond Blanc guigne une place au Jockey-Club,
le prince Ruflin guigne un strapontin à l'Académie
des sciences.

Mais, même un strapontin, n'est pas réservé à son
auguste pile.

L'Académie des sciences ne se déshonorera pas,

en prenant au sérieux les invites de ce pion manqué, entré à Saint-Cyr par surprise et dans la famille Blanc par misère.

Depuis l'alliance bonaparto-boulangiste, le prince Roland Bonaparte a fait répandre adroitement le bruit qu'il n'avait plus, par suite de vente de ses parts, que de très faibles intérêts dans les bénéfices de Monte-Carlo.

C'est adroit, mais ce n'est pas exact.

Aux termes mêmes de son contrat de mariage et du testament de François Blanc, déposé chez Me Bazin, notaire à Paris, Roland Bonaparte n'a pas le droit de se défaire de parts qui ne lui appartiennent pas.

Voyez le triste sort de ce prince. Il peut prendre le bien d'autrui, mais il lui est interdit de le rendre... Il est de l'école de son beau-père, l'échappé de la Cour d'assises de Tours.

Telle est, aussi résumée que possible, l'édifiante histoire du prince Roland, qui se targue de n'en pas avoir.

Fils d'assassin et de faussaire ; fils de drôlesse et d'escroqueuse, il est ce qu'ils furent ; il est ce qu'il est : rameau pourri du bonapartisme, avili par la canaille.

Marquis DE VILLENEUVE

Député de la Corse

Nos portraits, nos instantanés, comme on dit aujourd'hui, sont terminés.

Le marquis de Villeneuve représente l'arrière-garde, ou mieux encore une patrouille d'arrière-garde.

Sa place n'est marquée dans notre musée que par sa parenté toute fraternelle avec Roland Bonaparte, dont il épousa la sœur Jeanne le 22 mars 1882.

Gendre de Justine Ruflin, neveu lui aussi du gabelou Boudin, propriétaire, de par sa femme, d'un certain nombre d'actions du tripot, mon devoir est d'en parler, au moins sommairement.

..... Christian, marquis de Villeneuve-Esclapon, descend — quelle chute ! — d'une honorable et vieille famille provençale.

Voyons son histoire :

M. de Villeneuve fut, à ses débuts, un légitimiste intransigeant, au point de s'engager dans les rangs de l'armée carliste, où il fut, lors du siège de Bilbao, l'un des officiers attachés à l'état-major du Bourbon espagnol. Il était encore royaliste, quand il devint, après le 24 Mai, secrétaire particulier du préfet de l'ordre moral dans l'Hérault, M. de Vallavieille.

Félibre convaincu et militant, il fonda à Aix, en 1878, un journal entièrement rédigé en langue d'oc : *Lou Prouvençau* ; il est resté cigalier et ardent félibre parisien. Les nobles Provençaux du dîner du *Roi René* en on fait leur secrétaire.

C'est le félibrige qui l'a orienté vers la nouvelle politique.

Il se lia d'amitié littéraire avec Bonaparte-Wyse, disciple de Mistral et auteur du *Parpaüm blu* (Papillon bleu). Bonaparte-Wyse fut la cause indirecte de son mariage avec Jeanne Bonaparte, sœur du prince Roland.

Ce mariage décida le marquis de Villeneuve à brûler ses anciens dieux légitimistes.

Il devint, sans transition, bonapartiste *convaincu*.

Plus tard, nous le retrouvons mâtiné de boulangisme. Aujourd'hui, le boulangisme est mort. Demain, les adeptes de cette religion politique auront vécu.

Voici la lettre qu'écrivait le marquis de Villeneuve, le 8 octobre 1889, après son élection comme député de Calvi (Corse) :

Calenzana, 8 octobre 1889.

Je suis élu par 400 voix de majorité, malgré la pression la plus violente que j'aie jamais vue. Tous les fonctionnaires ont été appelés chez le sous-préfet et menacés d'être révoqués, si leurs parents et amis votaient pour le candidat revisionniste.

Le sous-préfet a écrit une lettre officielle, déclarant qu'il révoquerait immédiatement les gardes champêtres qui ne voteraient pas pour le gouvernement.

Des menaces d'arrestation ont été lancées contre moi. Une instruction est ouverte sur l'inculpation de diffamation envers le gouvernement dans une réunion publique ; la comparution devant le juge a été exigée l'avant-veille de l'élection, de façon à effrayer les électeurs et gêner ma tournée dans l'arrondissement.

La corruption électorale à l'aide de dons et de promesses a été pratiquée sur la plus vaste échelle.

Tous les fonctionnaires originaires de l'arrondissement avaient été envoyés du continent et faisaient des tournées avec le candidat ministériel confirmant les promesses de places et de faveurs faites par ce candidat : promesses d'exemption de service militaire ; menaces contre les électeurs récalcitrants ; enfin tous les fonctionnaires même gradés, obligés par le sous-préfet, sous menace de révocation, de prendre un bulletin à la porte du lieu de scrutin et de voter à bulletin ouvert.

Les douaniers vinrent voter en corps sous la conduite de leurs chefs.

Marquis de Villeneuve,
député.

Faut-il que le député marquis de Villeneuve ait des qualités, puisque, malgré cette pression extraordinaire, les mécontents de l'époque l'ont élu.

En 1890, le marquis de Villeneuve osait écrire à M. le président Carnot la lettre suivante.

Il écrit trop, le marquis de Villeneuve.

La littérature, même française, le perdra.

Monsieur le président,

J'ai refusé de prendre part au banquet et aux réceptions officielles qui ont eu lieu pendant votre séjour à Bastia, et je tiens à vous faire connaître les motifs de mon abstention.

Vous aviez dit, à mon collègue Gavini et à moi, que vous ne vous occupiez point de politique dans vos voyages, et qu'en vous recevant, les départements recevaient, non le chef d'un ministère, mais le premier magistrat du pays, celui auquel l'esprit de la Constitution de 1875 impose le devoir de rester étranger et supérieur aux querelles des partis.

En présence de ces déclarations, et quelque doute que j'éprouvasse sur leur mise en pratique, j'ai voulu montrer que je ne faisais point, au gouvernement, une guerre de parti-pris.

Je me suis mêlé à mes collègues opportunistes ou radicaux pour vous recevoir à Ajaccio, et, dans cette ville aux trois quarts conservatrice, mes amis vous ont fait un accueil respectueux.

Une demi-heure après, la distribution des croix de la Légion d'honneur et des autres distinctions honorifiques donnait un premier démenti à vos paroles. En effet, elles étaient accordées pour la plupart, non à des hommes que recommandaient de longs services reconnus par tous, mais à des agents électoraux dont on payait les complaisances souvent coupables.

Le lendemain, un nouveau fait accusait plus nettement encore la signification de votre voyage. Vous admettiez dans le train officiel le concurrent que j'ai battu aux dernières élections, et qui n'est ni conseiller général ni même conseiller municipal.

J'estime, que sa présence dans votre suite constituait une inconvenance vis-à-vis de mes électeurs, dont on affectait de tenir le verdict pour non avenu.

Je sais, monsieur le président, que vous n'êtes pas individuellement responsable de ces faits, et je me plais à reconnaître la courtoisie de vos rapports personnels avec les deux députés conservateurs de la Corse.

Mais, du moment que vous consentez à récompenser vous-même les services rendus au ministère et que vous n'imposiez pas à l'organisateur de votre voyage, M. Brugère, une attitude correcte envers l'élu et les électeurs de l'arrondissement de Calvi, il ne me restait plus qu'à me retirer.

Veuillez agréer, monsieur le président, l'assurance de ma très haute considération.

Marquis de VILLENEUVE,
Député de la Corse.

Le journal l'*Autorité*, du 2 mai 1890, faisait suivre cette lettre du commentaire suivant :

« Cette lettre est fort bien. Elle n'a qu'un défaut : c'est de montrer que son auteur a positivement manqué de flair. »

Ainsi, même par ses coreligionnaires politiques, M. le marquis de Villeneuve est lâché.

On lui reproche de manquer de flair.

En politique, peut-être.

Dans la vie courante, que non pas.

Ce n'est pas, que je sache, manquer de flair, que d'avoir épousé, à l'instant psychologique, la sœur de

Roland Bonaparte : Jeanne. Roland déjà marié, rêvait de mettre à son tour sa sœur dans ses meubles. Mais la jeune Ruflin n'était pas d'un placement facile, sans dot.

On eut recours à la mère Blanc, avec qui cependant les Ruflin-Bonaparte étaient en froid depuis longtemps déjà.

Roland la pria d'assurer à sa sœur une dot de un million. On avait trouvé le futur mari ; la dot seule restait à verser. Pour une misérable question d'argent, laisserait-on Jeanne Ruflin coiffer sainte Catherine.

La mère Blanc ne voulut rien entendre ; elle connaissait les personnages. Jeanne faillit rester fille, le marquis de Villeneuve refusant la femme sans l'argent.

Juste à point, Mme Blanc mourut.

La princesse Roland Bonaparte hérita de sa part de succession, et désormais, sans conseils et sans soutiens, cédant aux sollicitations de son mari, finit, de lassitude, par se dessaisir du million qui constitua la dot de Jeanne Ruflin-Bonaparte, et décida de son mariage avec Christian, marquis de Villeneuve-Esclapon.

Le mariage fut célébré le 21 mars 1882, à la mairie du VIIᵉ arrondissement de Paris.

Les témoins du mariage furent : François-Richard du Page ; Joseph-Alexandre de la Berrurière, comte de Saint-Laon ; Jean-Victor Duruy, ancien ministre, et Roland, prince Bonaparte, sous-lieutenant d'infanterie.

JEANNE RUFLIN
Marquise de Villeneuve

Roland fut un bon frère, mais il devait bien à
sa sœur un petit cadeau. S'il était curieux de savoir
pourquoi, il serait aisé de lui répondre en évoquant
certains souvenirs de l'appartement que Mme X...
partagea jadis avec la Ruflin. L'infamie, à laquelle
il est fait allusion, fut commise le 8 septembre 1874.
Le beau Roland s'en souvient-il ?

Avec une femme riche d'un million, un félibre,
même marquis, peut facilement faire de la bonne
politique légitimo-boulangiste.

C'est ce que tâche de faire le marquis de Villeneuve, mais bonne volonté et succès sont deux.

LA PRINCIPAUTÉ

Les valets de cour

———

Nous avons vu le Prince Rouge et Noir et sa cour. En quelques mots montrons les valets de la bande. Leur rôle vis-à-vis des étrangers est plein d'intérêt.

Mais, d'abord, deux mots de préface.

Le tripot de Monte-Carlo, le Casino, les salles de jeux, appelez-le comme bon vous semble, n'est, en théorie, qu'une annexe de la *Société des bains de mer de Monte-Carlo*.

Est-il assez joli cet euphémisme ?

Quelqu'un a-t-il jamais pris un bain de mer à Monte-Carlo en plein hiver, autre que les malheureux qui s'y précipitent pour en finir avec la vie ?

Mais il fallait trouver un titre qui n'effarouchât pas le touriste et le joueur lui-même. La *Société des bains de mer* vous a une allure proprette et un parfum familial, qui permettent aux personnes les plus collet-montées comme à celles qui se montent le plus le cou, de s'aventurer dans ce bouge doré sur tranches.

La *Société des bains de mer* qui était au début la seule propriété de François Blanc, puis de ses enfants, fut, sur l'initiative d'Edmond Blanc, mise en actions. Edmond Blanc, maire de La Celle-Saint-Cloud et chevalier de la Légion d'honneur, n'eut pas comme son père la crânerie d'avouer qu'il était propriétaire d'un tripot.

Une fois le capital divisé en actions, il put dire : je n'ai plus aucun intérêt dans la maison.

Il n'y manqua pas et Camille Blanc avec les princes Roland Bonaparte et Constantin Radziwill firent chorus.

Les héritiers de François Blanc, fils et gendres, sont toujours les propriétaires du tripot de Monte-Carlo, et les seuls *responsables* des atrocités de tous genres qui s'y commettent.

En vain Roland Bonaparte, exhibera la minute de certain jugement du tribunal de Versailles, qui l'autorise à vendre pour le compte de sa fille un certain nombre d'actions du tripot.

C'est ce qu'on appelle un *jugement de justification*, destiné à donner le change aux seuls jobards qui ne demandent qu'à se laisser convaincre.

Non, quand des hommes aussi honorables possèdent une poule aux œufs d'or, ils ne sont pas assez sots, instruits qu'ils sont par l'expérience, pour la tuer, encore moins pour la vendre. Ils recueillent sa *ponte*.

Peut-être est-ce de ce mot que vient le sobriquet qui désigne le joueur ?

Roland Bonaparte, Constantin Radziwill, Camille

et Edmond Blanc auront beau déclarer qu'ils sont étrangers au tripot monégasque, nul ne le croira, et il s'agira seulement d'un mensonge de plus.

Il est vrai qu'Edmond Blanc, maire de la Celle-Saint-Cloud, a affirmé à la commission d'enquête, qui lui demandait raison de sa croix, qu'il ne possédait aucun intérêt dans les jeux de Monte-Carlo ! Vous vous souvenez du crédit qu'on accorda à cette affirmation... Toutefois, il n'est pas absolument inexact que le quatuor Blanc-Radziwil-Bonaparte s'est défait d'un certain nombre d'actions.

Mais cette vente n'a rien de commun avec un désintéressement moral. Il s'agit, c'est à prévoir, d'une opération purement financière.

D'une part, les actions ont monté. Donc il fait bon en vendre. D'autre part, les patrons du tripot, quelque peu inquiets des rapports franco-italiens, ont songé qu'en cas de conflagration, le tripot serait sérieusement menacé. Il paraît évident en effet que le vainqueur — France ou Italie — s'annexerait sans phrases la principauté et que, par suite, la concession accordée au père François Blanc serait retirée.

Il y a donc intérêt, pour ces dignes croupiers, à ne pas conserver plus de parts de suicidés que de raison. Mais, comme il fallait ne pas faire baisser les titres par une vente trop précipitée, on chercha un officier ministériel de facile caractère qui consentirait à présenter à ses clients des titres provenant soi-disant d'une succession.

Le courtier intéressé de la transmission de ces

12.

mauvaises valeurs est un sieur V***, notaire à Monaco, Français, hélas !

Le nombre est grand des gogos qui se jettent sur ces titres dont le prix moyen est de 1.800 francs.

Pour le cas de dissolution de la *Société* dite *des bains de mer* — sans doute parce qu'on y douche les joueurs malheureux — il a été constitué un fonds de réserve destiné à rembourser chaque action au prix de 850 francs.

Cette disposition prouve que la Société n'est pas certaine d'une grande longévité. On craint que la France, écœurée des spectacles qu'elle tolère à sa porte, n'y mette un jour le holà.

On a eu tort jusqu'à présent, puisque notre Gouvernement n'a pas osé nettoyer ces écuries d'Augias.

Donc il reste bien avéré que le prince Albert-Honoré est toujours sous la tutelle des héritiers Blanc, notamment du prince Roland Bonaparte et d'Edmond Blanc, maire de la Celle-Saint-Cloud, les deux plus gros actionnaires de la Société.

Donc les représentants des héritiers Blanc à Monte-Carlo sont les vrais Souverains de la principauté.

Donc enfin, le gouvernement général, les tribunaux, la police, le clergé, sont aux ordres d'Edmond Blanc, maire de La Celle-Saint-Cloud, et du prince Roland Bonaparte.

Il n'était pas inutile de faire définitivement cette constatation pour l'intelligence de ce qui va suivre.

D'autre part, un journal parisien publiait le 1er septembre 1890, l'information suivante. Elle présente assez d'intérêt pour que je la copie *in extenso* :

La réaction que nous avions prévue sur les actions du cercle de Monaco n'a pas tardé à se produire. De 2,025, les cours ont fléchi à 2,000 et l'on termine lourdement à 1,980, sans espoir de reprise.

Dans notre dernière *Revue*, nous avions signalé le mutisme obstiné, gardé par l'administration de la Société et, par contre, l'unanimité avec laquelle les détenteurs de titres réclamaient les explications auxquelles ils ont un droit incontestable.

« Jusqu'ici, nous n'avons obtenu de la Société qu'une note laconique, dont voici la phrase essentielle : « La concession de la Société (privilège des jeux, etc...) est assurée jusqu'en 1913. »

Or, nous rencontrons dans les statuts un certain article 2, qui s'exprime d'une manière sensiblement différente. En voici le texte :

« La Société a pour objet l'exploitation des droits et « privilèges qui ont été concédés par ordonnance de son « Altesse Sérénissime, Monseigneur le prince de Monaco, « en date du 2 avril 1863, *sous les réserves, conditions* « *et obligations imposées par le cahier des charges du* « *19 octobre 1882.* »

Si donc, la Société se décide à répondre nettement aux questions qui lui sont posées de toutes parts et qui dénotent de la part des capitalistes une appréhension extrême, elle n'a qu'à publier son cahier des charges. Elle agirait ainsi comme toutes les entreprises régies par des conventions de cette nature, notamment les Sociétés de chemins de fer.

Par conséquent, si cette publication vraiment nécessaire pour calmer les inquiétudes n'a pas lieu, on recherchera les raisons de ce mystère.

« Il nous semble que la principale réserve inscrite au cahier des charges du 19 octobre 1882 porte sur les désordres et les scandales qui peuvent se produire dans l'exploitation du Privilège des jeux. Nous irons même plus loin, et nous affirmons que cette clause existe par la bonne raison qu'une affaire de cette nature ne saurait se traiter autrement avec le Chef d'un Etat, pour peu que celui-ci — et nous n'avons aucune raison de penser le contraire — n'entende pas abdiquer tous ses droits à la considération publique.

La question doit donc se poser de la manière suivante. Le contrat qui accorde le privilège des jeux à Monaco est essentiellement *conditionnel*. Le privilège durera autant que la concession, c'est-à-dire jusqu'en 1913, s'il ne survient aucun désordre grave.

Mais chacun sait que les scandales de tous genres, inhérents d'ailleurs à l'exploitation du jeu, se font de jour en jour plus fréquents et, quelque soin que l'on prenne de les dissimuler, plusieurs Etats d'Europe les ont connus et seraient assez disposés à obliger le Prince de Monaco à y mettre fin.

Or, en vertu du cahier des charges, le privilège *peut être supprimé du jour au lendemain*. Voilà la vérité que la Société tient obstinément dans l'ombre et qu'il est bon de mettre de temps à autre en pleine lumière, afin que chacun sache que les actions de Monaco constituent une valeur fort aléatoire. Ajoutons qu'il est nécessaire d'amortir le capital de l'action d'ici l'expiration de 1913, époque où finit la concession. Cette opération diminue d'autant le rendement. Si l'on tient compte, en outre, des risques que présente ce placement, nous ne serons pas taxés de pousser les choses à l'extrême en assignant à ces titres le prix de 1,890 et même de 1,700 francs. Ils ne valent pas davantage, et la cote ne tardera guère à justifier nos prévisions de baisse.

*
* *

Marie-Anatole de Véron, baron de Farincourt, chevalier de la Légion d'honneur, a aujourd'hui soixante-quatre ans.

Il a été sous Napoléon III préfet de l'Ardèche et du Doubs. Resté fidèle à la cause bonapartiste, c'est lui qui fut chargé par l'impératrice Eugénie de retenir ses appartements à San-Remo, lors du récent séjour qu'elle fit en cette petite ville.

Le gouverneur général de Farincourt est l'exécuteur des basses œuvres d'Albert-Honoré et de la Société des jeux.

Est-il une complaisance à demander ou à accorder, M. de Farincourt s'y entremet avec empressement sur le seul désir de M. de Thézillat, le directeur du tripot, qui fut sous l'Empire, lui aussi, préfet du Doubs. Il est officier de la Légion d'honneur.

Ces deux anciens compères sont faits pour s'entendre.

Nous montrerons tout à l'heure qu'ils n'y manquent pas.

Les autres valets de marque de la cour du *Prince Rouge et Noir* sont l'évêque Theuret, le comte Bertora et Jean Bonneau.

J'ai déjà présenté au lecteur ces trois Chevaliers de la triste figure. Je n'ouvrirai donc pas un chapitre spécial à l'amant de la tante Florestine, au riz-pain-sel de Saint-Cyr, prêteur à la petite semaine, ni au bel Antoine Bertora qui aima la mère Blanc jusqu'à sa mort.

Je me bornerai à signaler le rôle de chacun d'eux.

L'évêque Theuret se rend, avec son clergé, complice muet de toutes les infamies qui se passent à Monaco.

Bertora surveille les intérêts des Blanc et du prince Radziwill.

Jean Bonneau défend les droits de Roland Bonaparte.

*
* *

C'est l'honorable (?) de Thézillat qui distribue à son gré les cartes d'entrées dans les salles de jeux. Car vous ne voudriez pas qu'une société qui se respecte, laissât tout venant entrer dans ses salons. On n'y reçoit pas n'importe qui..... en principe.

Ainsi les femmes, ces êtres de perdition, ne pénètrent pas, *en principe*, dans les salles de jeu.

Mais, il n'est si bon principe qui ne se puisse excepter et l'exception fortifie la règle.

Les femmes n'entrent donc pas dans les salles de jeu à moins que... — *à moins que* forme à lui seul un volume.

A moins qu'elles ne jouent ; le commerce avant tout !

A moins qu'elles ne soient jolies et qu'elles jouissent, de ce fait, d'immunités spéciales. J'entends par là que le bel Antoine comte Bertora, le Thézillat des salons ou le Jean Bonneau des fumoirs relèvent quelquefois... de la défense d'entrée celles qui ne leur ont point été inhumaines.

Elles entrent, mais à la condition de se rendre utiles, en *allumant* les joueurs, en désignant à l'administration ceux qui essayent de ne pas perdre,

en ramenant aux tables ceux qu'une suprême lueur
de raison en éloignerait. Les femmes laides qui ne
jouent pas sont expulsées, impitoyablement, même
de force, au nom de la morale monégasque. *Celles-
là ne servent à rien.*

Cependant, si d'avanture elles amènent un *pigeon*
à plumer pour le compte d'Edmond et Camille
Blanc, des princes Constantin Radziwill et Roland
Bonaparte; si les suppôts de ces gens sentent la
chair fraîche d'un joueur à saigner, on les laisse
entrer, fussent-elles même balafrées en travers ou
défigurées d'une tache de vin. Ce sont des alliées.
On leur compte la forte commission; ensuite, les
honoraires dus pour leur collaboration antihono-
rable.

D'ailleurs, l'administration sait bien que cet argent
qu'on leur verse, elles le joueront et le perdront.

La commission est, en réalité, une simple avance.

Toutes, jolies ou non, sont en relations cons-
tantes avec Sellier, le roi des usuriers, d'une part,
et Emile, le vice-roi, d'autre part.

Ce sont les auxiliaires de ces deux hommes et,
par suite, du quatuor Blanc-Radziwill-Bonaparte et
du souverain de la principauté, Honoré 1er.

Nul d'entre ces *honorables* n'ignore que leurs
bénéfices sont décuplés par la collaboration quotidienne des *ambulantes* du tripot monégasque. A
Paris, il y a un nom pour désigner les hommes de
cette espèce-là.

Mais s'il est fait quelquefois, le plus souvent,
toujours même, exception en faveur des femmes,

jamais on ne transige avec la règle, pour ce qui concerne le sexe dénommé laid.

Dans les salons de Monte-Carlo, l'*homme doit jouer ou moucharder*. Il n'est pas pour nous d'autre fonction. Le touriste n'étant ni mouchard ni croupier *doit* jouer sous peine d'être expulsé du Casino, d'abord, de la principauté ensuite, s'il se rebiffe.

Pendant les sièges, il ne faut pas de bouches inutiles. *Ici il ne faut pas de porte-monnaie inutiles*. C'est une nuance.

Qui ne joue pas est spectateur; qui regarde se méfie, comprend et parle ensuite. Or, c'est à Monte-Carlo surtout que *le silence est d'or*. Vous ne jouez pas, vous êtes immédiatement signalé, on vous laisse sortir sans embarras. Lorsque vous voulez rentrer, les deux inspecteurs qui gardent la porte demandent votre carte. Vous la leur montrez; ils vous la prennent, sous le prétexte qu'elle doit être changée, précisément ce même jour, pour raison administrative.

Au commissariat du tripot où vous vous rendez, on vous répond avec une exquise politesse — la politesse des rois... des grecs :

— Vous n'en aurez pas... Ça ne nous regarde pas... Sortez... Foutez cet homme-là dehors !...

Si vous regimbez, deux policiers vous empoignent et vous conduisent au bureau du commissaire central. Celui-là ne relève plus du tripot, mais du gouvernement monégasque. Poliment, aussi poliment que son confrère du tripot, il vous demande :

— Vous avez un permis de séjour ?

Vous répondez: « Non, » et demeurez ahuri. Alors, les deux argousins qui vous ont amené vous remmènent, vous jettent dans le premier train en partance, et vous abandonnent au-delà de la frontière en vous signifiant que nul n'a le droit de séjourner dans la principauté sans être muni d'un permis de séjour.

Le prix en est d'ailleurs de 50 centimes.

· Le permis de séjour sanctionne donc tout simplement le droit du tripot de Monte-Carlo de se débarrasser, sous le couvert d'Albert-Honoré, des joueurs qui gênent, soit parce qu'ils gagnent, soit parce qu'ils surveillent, soit parce que leurs pertes aux tables de jeu font craindre à M. de Thézillat un suicide toujours possible.

Le permis de séjour a encore pour le tripot — pour Edmond Blanc, chevalier de la Légion d'honneur, maire de La Celle-St-Cloud, ses frères et beaux-frères et le prince Honoré Ier, — une autre utilité.

La police signale-t-elle la venue dans la principauté d'un *ponte* qui paraît cossu ?

Vite on lui dépêche un mouchard qui le prévient charitablement de se mettre en règle.

Quand il a décliné ses noms et qualités, on télégraphie à tous les correspondants que le tripot entretient de par les deux mondes.

Les renseignements demandés sont-ils favorables ? le voyageur est-il riche ? on l'accueille avec empressement.

Est-ce au contraire un faiseur ? On lui laisse

entendre qu'il ferait mieux de retourner chez lui, et, au besoin, on lui retire son permis de séjour.

Ainsi le permis de séjour sert à s'assurer de la valeur monétaire et marchande du touriste.

Ce n'est pas une précaution de gouvernement mais un renseignement de cercle.

On dit cependant et on crie bien haut que c'est par principe et au nom de la cause sacrée de la morale publique qu'il a été décidé que tout étranger, pour résider sur le territoire de la principauté, doit être muni de ce passeport spécial.

Or, Pranzini, Pranzini lui-même qui fut exécuté sur la place de la Roquette, l'obtint. Et il l'obtint sous son vrai nom; et chaque soir, à l'heure de l'apéritif, on put le voir déguster son absinthe à la Condamine au Café du Siècle, avenue de la Gare, et faire sa partie de manille avec Fioup, l'un des propriétaires du café. Son associé s'appelle Justin.

On savait parfaitement à Monaco *qui* était Pranzini; mais comme il avait de l'argent à perdre, on se fût bien gardé de l'arrêter, et de le remettre aux mains de la prévôté française.

A Monte-Carlo, rendez-vous des voleurs, on est pour eux, tant que leur porte-monnaie n'est pas vide, d'une indulgence inouïe.

Ce n'est qu'après les avoir allégés du produit de leur vol, que M. de Thézillat représentant direct, émanation des héritiers Blanc, autorise le baron de Farincourt, gouverneur de la principauté, son ancien collègue du Doubs, à répondre aux demandes d'extradition qu'adressent à Albert-Honoré les gouvernements étrangers. Ces demandes restent d'ailleurs vaines. On n'extrade aucun criminel de la principauté. Il est de principe que Monaco ne donne asile qu'à d'honnêtes gens.

Si un gouvernement étranger réclame un criminel, le gouvernement l'expulse et répond ensuite avec une naïveté qui semble sincère :

« Oui, il a passé par ici, mais il est parti. »

Je puis encore citer un autre exemple de l'utilité, pour le tripot, du permis de séjour.

Dernièrement, un jeune docteur, aucien interne des hôpitaux de Paris, eut la funeste idée de s'établir à Monaco. Il pensait, l'innocent, que la principauté n'était pas inférieure, au point de vue de l'hospitalité, aux autres États civilisés du globe.

Grande fut sa déception, quand il se vit interdire le droit d'exercer son art dans la principauté.

On avait pris en haut lieu des renseignements sur le docteur, et on craignait de ne pas trouver en lui le valet complaisant qui signerait tous les certificats *post mortem* qu'on lui tendrait.

Quoi qu'on dise, les réclames à rebours que font à la principauté les suicides ont le don de déplaire absolument au prince Honoré Ier ; son souci le plus sérieux est, de complicité avec le quatuor Blanc-Radziwill-Bonaparte, d'escamoter les cadavres. Pour cela, il a besoin de la discrétion et de l'art des médecins. Aussi, de par son droit souverain, a-t-il résolu de ne tolérer sur son (?) territoire que des praticiens muets sans rémission, et tenant avec une étrange conscience le secret professionnel ou celui de la confession.

Je crois que pas n'est besoin d'insister davantage sur ce sujet. La police est achetée ; le gouverneur général est vendu. La preuve en est indéniable.

Le tribunal hybride de la principauté est-il plus probe ?

Voyons.

Les vrais Monégasques — race qui sera dans quelques années préhistorique — ne forment pas une population sédentaire suffisante pour alimenter la principauté. Aussi — et je ne les en blâme pas — recherchent-ils avec empressement toutes les affaires dans lesquelles leur ministère peut être utile, même de loin, tant à Roquebrune qu'à la Turbie, à Beaulieu et même à Nice.

En 1886, M. Clériot, notaire à Monaco, bien posé dans la ville, à l'étude fort bien achalandée, fit un pouf dépassant 500,000 francs.

Le Prince — dit le Juste — dépêcha son gouverneur, qui lui-même dépêcha des carabiniers, et le notaire fut incontinent arrêté et incarcéré dans la prison de Monaco. La veille du jour où M. Clériot devait être jugé, il ne fut bruit dans la principauté que de son audacieuse évasion.

Les curieux purent constater de *visu* que ce notaire avait, à lui seul, arraché du mur de la prison des blocs énormes de pierre pour se frayer un passage par où il avait gagné la frontière.

La vérité est que, par ordre supérieur, les portes de la prison s'étaient largement ouvertes devant le prisonnier : qu'une voiture l'attendait, qu'il y était monté et qu'on l'avait reconduit avec de grands gards jusqu'à la frontière française.

Quant au trou de la muraille, il avait été exécuté par des ouvriers, sur l'ordre du gouverneur, pour sauver l'accusé, le principe et les apparences.

Actuellement, M. Clériot vit de ses rentes à Nice, en parfait bourgeois. Les autorités monégasques ne l'ignorent pas, mais se gardent sagement de solliciter du gouvernement français son extradition.

M. Clériot n'est pas, en effet, sans savoir bien des histoires qu'il est de l'intérêt d'Honoré Ier et de ses associés de ne pas répandre dans le public.

En résumé, et au risque de me répéter, tout ce qui précède me paraît expliquer avec une lucidité parfaite l'attitude servile du *Prince Rouge et Noir* envers les héritiers du père Blanc.

Il est payé pour leur obéir et se taire. Ses gens, ses fonctionnaires de tous ordres sont payés pour obéir et se taire.

Il règne, et ce sont Edmond et Camille Blanc, les princes Constantin Radziwill et Roland Bonaparte qui gouvernent.

M. de Thézillat, comme directeur de la *Société des bains de mer* (?), touche un appointement annuel de 60,000 francs. Son loyer, ses domestiques, ses dépenses, tout est payé en sus.

Bertora et Bonneau touchent chacun 20,000 francs par an. Ils sont, comme Thézillat, défrayés de toute dépense.

Ajoutez à ce revenu fixe et relativement honnête les bénéfices malhonnêtes de sources diverses que

peuvent leur procurer leurs fonctions, et vous pourrez, sans crainte d'exagération, affirmer que ces
valets en sous-ordre mettent tous les cinq ans, un
million de côté.

A quel chiffre doivent s'élever les bénéfices du
Prince Rouge et Noir, et de la Cour qui le subventionne?

LES JEUX

Les usuriers. — L'obligation de jouer

Mon intention n'est pas de décrire par le menu les splendeurs plus ou moins réelles du tripot de Monte-Carlo où, sous prétexte de bains de mer, la Société fait boire le suprême coup au joueur assez naïf pour hasarder sa mise. Il est des recueils et des guides aussi spéciaux que nombreux qui renseignent — avec fioritures largement rétribuées — le public à cet égard.

Il suffit de rappeler que le Casino de Monte-Carlo a été bâti sur les plans de Charles Garnier, l'architecte célèbre, et que la bâtisse est encore moins artistique, s'il est possible que l'Opéra.

Les salles des jeux sont confortables, assez confortables pour qu'on s'y sente à l'aise et qu'on y reste jusqu'à la fuite du dernier louis.

Je n'aurai pas la naïveté de crier après tant d'autres : « Le Casino vole le joueur ! »

Non, le Casino ne le vole pas ; il le dépouille de son argent avec toutes les apparences de l'honnêteté. Je ne vise ici que la Roulette.

Quant au trente-et-Quarante, nous verrons plus tard.

D'abord, pourquoi va-t-on à Monte-Carlo?

Parce que la réclame nous l'a fait connaître par vingt, par mille articles et qu'il faut pour se dire « gentlemen » avoir vu Monte-Carlo, y avoir joué et y avoir perdu.

Car, faites cette remarque, vous ne connaissez personne qui ait gagné à Monte-Carlo ou, du moins, qui ait gagné une forte somme.

Il n'y a, en effet, qu'un moyen de gagner dans le tripot ou, pour mieux dire, de ne pas perdre, c'est de risquer son argent au hasard et, s'il n'est pas ratissé, de ramasser le gain et de fuir le salon de jeu en toute hâte.

« Faire Charlemagne. » Telle est la seule formule qui peut empêcher la ruine du joueur.

Que si le ponte n'a pas cette force de caractère, qu'il soit au moins assez courageux, assez entêté pour résister à l'offre qui lui sera indubitablement faite de s'asseoir à la table de jeu.

Nous verrons pourquoi tout à l'heure.

Une dernière remarque.

Chaque année, à la même époque, vous pourrez lire dans les journaux stipendiés par le tripot des annonces de ce genre :

MONTE-CARLO Professeur X..., auteur du *Problème de la Roulette et sa Solution*, est à.... pour huit jours et reçoit hôtel.... rue....

ou bien :

On parle beaucoup à Monte-Carlo d'un Anglais, M. Wells, qui vient, paraît-il, de gagner, au Trente-et-Quarante, près d'un demi-million.

M. Wells est un adepte du « coup de trois » qui consiste, on le sait, à laisser son argent sur le tapis jusqu'à ce qu'on ait gagné trois fois.

On dit que M. Wells envoie tous les soirs ses bénéfices à Londres pour n'être pas tenté de les reperdre.

Ce serait la conduite d'un sage !

Ou bien encore, comme par hasard, est déposée sur la table de café où vous allez assez régulièrement boire un bock, une petite feuille ainsi libellée :

M. X''', en possession d'une marche infaillible, garantit à la personne qui lui confiera cent francs, le doublement de ladite somme dans les 24 heures. — La Roulette sans hasard.

Ces annonces, publiées et lancées par les soins de l'administration du tripot, servent à allumer les joueurs sceptiques. Et la bonne foi nous oblige à reconnaître que, par ce moyen déloyal, la Société attire les pigeons...

Voyons tout d'abord ce qu'est la Roulette. Tout le monde parle de ce jeu, bien peu sauraient l'expliquer.

13

LA ROULETTE

La Roulette comporte tout un attirail.

Notre prétention n'est pas, en style de fabricant d'ébéniste ou d'ingénieur, de définir par le menu cette infernale machine, symbole du mouvement perpétuel, où roule, en même temps que la fortune des joueurs, la fameuse petite bille d'ivoire qui galope, saute, s'arrête, rebondit, entre ici, semble flairer là, hésiter plus loin, se demander si sa course circulaire s'arrêtera dans une case noire ou rouge, au numéro 8, au 0 ou au 27.

Tout le monde, même ceux qui n'ont jamais mis les pieds dans les salles de jeux du Casino de Monte-Carlo, surtout ceux-là peut-être, parlent des tables de Roulette comme la tribu d'Israël autrefois parlait des tables célèbres où sur le mont Sinaï la loi divine leur fut donnée.

Puisqu'on parle de *tables*, c'est donc qu'il faut, pour jouer à la Roulette, des tables, comme pour faire un civet de lièvre, il faut un lièvre.

Sur cette table est tendu un tapis vert.

Sur le tapis vert, la machine proprement dite : la Roulette.

Supprimez la table, le tapis ou la Roulette, cela

équivaut à supprimer le joueur ou son argent : le jeu devient impossible.

.·.

LA TABLE

La table est comme toutes les tables : presque complètement circulaire, comme dans les cercles, aussi grande que possible pour permettre aux nombreux candidats à la ruine éventuelle de s'en approcher à l'aise et de faire ratisser leur argent.

.·.

LE TAPIS

Le tapis vert est divisé en deux et partagé en cases.

Au milieu trois colonnes longitudinales côte à côte. Au sommet le 0. Au-dessous, allignés par ordre dans 36 cases, les 36 premiers numéros.

A droite du tapis, trois divisions :

Manque,

Impair,

Rouge.

A gauche, trois divisions disposées symétriquement aux trois autres :

Passe,

Pair,

Noir.

Les expressions, *Rouge*, *Noir*, *Pair*, *Impair*, *Passe* et *Manque* s'emploient pour désigner :

Rouge, qu'on joue sur la rouge ;

Noir, qu'on joue sur la couleur noire ;

Pair, qu'on joue sur un nombre pair ;

Impair, qu'on joue sur un nombre impair ;

Manque, qu'on joue sur les 18 premiers numéros de 1 à 18.

Passe, qu'on joue sur les 18 derniers numéros de 19 à 36.

CHANCE SIMPLE

La chance simple consiste à jouer, comme on dit en termes de course, *à égalité*. C'est-à-dire que la mise placée par le joueur a simplement la chance d'être remboursée.

LE ZÉRO

Le *zéro* n'est pas un numéro comme un autre. Il est maître ; il est Roi. Sa place au sommet, en tête des autres numéros, indique qu'il a, sur ses pareils, une prépondérance, une supériorité.

Le joueur joue le zéro ;

Le zéro sort.

Que se passe-t-il ?

Au lieu de vous restituer simplement votre mise

13.

ainsi que la valeur du zéro semblerait, de prime abord, l'indiquer, la caisse vous rend :

1º Votre mise ;

2º En outre, trente-cinq fois votre mise.

C'est donc en réalité non pas un zéro, une nullité, un chiffre qui n'existe pas, qui ne compte pas, mais bien un trente-septième numéro avec lequel il faut compter d'autant plus qu'il est, de par sa valeur personnelle, ou plutôt qu'il paraît être plus dangereux.

Le joueur joue donc contre trente-sept numéros.

S'il gagne, le plus qu'il puisse toucher, c'est trente-six unités. Donc, il combat contre trente-sept numéros sans autre espoir que d'être, au maximum, remboursé de 36 au cas de chance.

Il risque donc, bien mieux, il est certain à l'avance, de perdre une unité par coup.

Pour la banque, elle est donc, de son côté, certaine, avant toute lutte, avant toute chance de gain ou de perte, d'encaisser la trente-septième partie de la mise totale.

Ce prélèvement avant tout jeu, avant tout règlement de partie assure de manière absolue à la Banque, un bénéfice *quotidien* de 3 pour 100 environ sur les enjeux ; soit un intérêt annuel de 1,080 pour 100 environ.

Il faut avouer, une fois de plus, que le prince Roland Ruflin et ses beaux-frères s'y entendent pour placer leur argent à un taux largement rémunérateur.

Mais le zéro a encore une autre fonction. Il n'est

— étant zéro — ni *Pair*, ni *Impair*, ni *Passe*, ni *Manque*, ni *Rouge*, ni *Noir*.

Supposons que le zéro sorte.

Les joueurs qui ont misé sur lui touchent leur mise, plus trente-cinq fois leur mise, soit au total 36.

C'est fort bien.

Mais les autres, tous les autres, tous ceux qui ont joué sur les chiffres, sur les couleurs, à *Pair*, *Impair*, *Passe*, *Manque*, *Rouge* ou *Noir* ?

Que deviennent les mises de ces joueurs qui forment l'immense majorité en nombre et en importance de valeurs ?

Régulièrement — si, à Monte-Carlo, il pouvait être question d'opérations régulières — quand le zéro sort, les joueurs devraient ne pas perdre ou ne pas gagner. Le zéro devrait être considéré comme coup nul.

Mais une telle façon de procéder, par cela même qu'elle serait équitable, ne ferait pas l'affaire des croupiers-chefs de Mont-Carlo.

Non, le *zéro* n'est un coup nul pour personne.

Pour ceux qui ne l'ont pas joué, c'est la condamnation à la prison temporaire ; une sorte de détention préventive pendant laquelle on attend — malheureux reclus — le verdict du coup suivant.

Ainsi, par exemple : Je joue cinq louis sur Pair et le zéro sort. La Banque garde momentanément ma mise.

Le coup suivant amène le numéro 12 : j'ai gagné mais on ne me paye pas ; on m'accorde seulement le droit de prendre part au coup suivant. Si ce troisième coup est 8, alors j'ai définitivement gagné et enfin, oh! enfin la Banque consent à me payer.

Je suppose maintenant que le zéro sorte deux fois de suite.

Non seulement il me faudra pour gagner, moi joueur à *Pair*, que *Pair* sorte deux fois, mais bien trois fois.

Ce n'est plus de la détention préventive, non plus même de la prison, c'est trois ans de travaux forcés auxquels la déveine et la Banque du Casino me condamnent.

Je n'entreprendrai pas — ce serait à la fois de la fatuité et de l'inutilité — la discussion, même l'exposé du jeu de la roulette, dans ses grandes lignes ou ses détails.

Il n'y a pas cinquante façons de pratiquer le jeu de la Roulette comme il n'y a pas cinquante façons de jour au Piquet, à l'Écarté ou à la Manille.

Il n'y a pas une façon ni cinquante façons de jouer; chacun joue comme il veut, comme il croit devoir jouer, d'après des principes absolus, immuables, qui constituent une RÈGLE en même temps qu'ils en découlent.

Au surplus ne manque-t-il pas de livres techniques, de traités spéciaux, qui mieux que je ne saurais le faire édifieront le lecteur.

Sans compter les brochures de commande, publiées dans le but inavoué mais certain de prendre au miroir les gogos qui, comme les alouettes, en temps de neige, viennent bêtement se faire prendre, puis plumer et enfin rôtir.

Pourtant, succinctement, j'indiquerai comment, d'habitude, on joue à la Roulette.

Jouer les colonnes signifie : miser sur les 12 numéros de haut en bas. Ainsi :

Du nº 1 au nº 34
» 2 » 35
» 3 » 36

La mise se place dans la case vide au-dessous de ces trois derniers numéros : 34, 35, 36.

On gagne le double de sa mise lorsqu'il sort un des numéros de la colonne sur laquelle on a joué.

On peut aussi faire la mise des deux façons suivantes :

1º Sur deux colonnes à la fois ; dans ce cas, il faut doubler la mise qui se place sur chacune des colonnes choisies ;

2º Sur la ligne de séparation de deux colonnes ; dans ce cas on joue sur les numéros inscrits dans ces colonnes.

Que dire encore pour parler l'argot du cru ?

Qu'on peut jouer les douzaines, le carré, le sixain, la transversale simple, la transversale double, à cheval, au numéro plein ? Que sais-je ?

Mais, ce qui est important, c'est de bien remarquer que la seule invention du zéro, ce trente-septième numéro, cette trente-septième chance contre le joueur est plus que suffisante pour assurer à la banque un gain *certain* dans un temps plus ou moins long.

Irai-je aussi vous expliquer par le menu ce que sont et ce que font les croupiers, ce que sont et ce que font les inspecteurs, les chefs de partie ? Comment la bille est lancée dans le cylindre de la roulette et avec quelle dextérité ?

A quoi bon tout ce fatras ?

Qu'importe au lecteur qui m'a suivi jusqu'à cette page de savoir comment on joue à Monte-Carlo puisque ce qu'il a lu le fait certain à l'avance de perdre.

Il s'offre au joueur deux moyens seulement de ne pas laisser son argent au tripot.

1º Qu'il ne joue pas, d'abord ;

2º Que s'il a la faiblesse — comme tant d'autres — de jouer, il refuse de s'asseoir à la table de la roulette.

S'il ne fait pas Charlemagne et s'il s'assied, il est perdu.

Je le prouve.

* *

Il est de règle, dans la principauté monégasque, que tout le monde est usurier.

L'usure est l'atténuation du vol, ou, si vous le préférez, le bouillon de culture — comme dit le docteur Koch — dans lequel se développe le bacille du vol.

Les principaux établissements de Monte-Carlo, hôtels ou cafés, ont à leur service des gens qui pratiquent la lucrative industrie au grand jour. Tout le monde le sait et personne n'y prend garde.

Entrez dans les salles. Autour des tables, les joueurs sont assis sur un seul rang.

Derrière eux, la foule des autres, debout.

Il va de soi qu'il vous est difficile de jouer, même de suivre le jeu.

Si vous avez été signalé à l'administration comme un *ponte calé* — c'est le terme — ou bien, si l'un des mille surveillants qui vous coudoient s'aperçoit que vous pouvez présenter quelque surface, immédiatement il vous est fait une place.

On procède ainsi :

Un monsieur placé au premier rang se lève, vous salue, vous offre galamment sa chaise. En même temps on vous pousse, on vous assied presque de force. Si vous avez le malheur d'accepter la place, si vous vous asseyez devant la table, vous êtes perdu.

Le joueur debout peut s'en aller, le joueur assis ne le peut plus. Ceux qui sont derrière et qu'il dérangerait s'y opposent. Et puis, il est trop près de la fournaise pour pouvoir s'en éloigner. Elle l'attire invinciblement et il ne s'en retire que brisé, fou, ruiné.

L'administration le sait bien et par ordre de MM. Edmond et Camille Blanc et des princes Constantin Radziwill et Roland Bonaparte, l'honnête Thézillat et le doux comte Bertora (le bel Antoine) s'arrangent pour faire asseoir le joueur sérieux, c'est-à-dire le *pigeon riche*.

L'obligeant personnage qui cède sa place au nouveau venu c'est Sellier, le roi des usuriers de Monte-Carlo, ou l'un de ses complices.

Chaque jour, un certain nombre de places sont

retenues dans ce but par Sellier ou quelqu'un de sa bande.

Le jeu de Sellier, son rôle, est double.

D'une part, il fournit à l'administration qui l'emploie, qui lui donne même des gratifications, un portefeuille à vider.

D'autre part, ce même Sellier avance des fonds à un taux d'intérêts invraisemblable au ponte, s'il se décave.

En tout cas, par conséquent, c'est une bonne affaire, sauf pour le joueur.

Et que MM. Edmond et Camille Blanc, que les princes Constantin Radziwill et Roland Bonaparte ne viennent pas dire qu'ils ignorent ces turpitudes, et ne s'avisent pas de renier cet homme.

Ils l'encouragent, ils en profitent et ils ont fait souvent à Sellier des avances de fonds à un taux usuraire, eux aussi.

D'ailleurs, ils ne sont pas gens à se confier au premier venu.

Ils n'ont pas conféré de telles prérogatives à Sellier sans le connaître et sans en tirer avantage.

Sellier est un enfant de la balle.

Il fut domestique de leur père, François Blanc, puis prêteur sur gages à Hombourg. Quand François Blanc, chassé d'Allemagne, installa les jeux à Monaco, Sellier l'y suivit et continua son commerce qui a prospéré.

Actuellement, Sellier est le seul usurier — reconnu et salué — qui ait l'accès des salles de jeu.

Quelqu'un des mouchards de l'honorable tripot

lui a-t-il signalé un portefeuille à dégarnir ? l'ancien domestique de François Blanc se lève, lui offre sa place et l'oblige à s'y asseoir.

Voici maintenant comment il s'y prend pour le perdre et quelle aide il apporte à l'administration que dirigent avec tant de succès MM. Blanc et les princes Constantin Radziwill et Bonaparte.

Sellier se place derrière le joueur et pointe les coups, ce que le ponte ne saurait avoir le calme de faire. Obligeamment il lui indique les coups passés et l'influence sur ceux à venir.

Le malheureux joue, le malheureux perd... toujours. Quel que soit le jeu, que rouge ou noir sorte, c'est toujours *Blanc* qui gagne.

Le joueur perd, perd encore, perd toujours. Les louis ont roulé, son portefeuille est vide. Chancelant il se lève pour partir.

Mais Sellier qui ne l'a pas quitté, qui lui a donné des conseils, lui tend une liasse de dix billets de 1.000 francs, puis dix autres encore, selon la fortune du pigeon.

Quelle que puisse être l'honorabilité ou la volonté du joueur, il accepte d'emblée et la somme empruntée tombe dans le gouffre à son tour.

A la sortie du Casino, Sellier tend un reçu tout préparé à son client.

La somme qui y figure est-elle bien celle qu'il a prêtée ? Evidemment non. A quoi bon être usurier, si on ne fait pas d'usure ?

A partir de ce moment, le joueur signalé à tous les mouchards de la principauté – et ils sont nombreux — n'en peut plus sortir.

14

Il est prisonnier de son banquier d'occasion de par la collaboration autoritaire du baron de Farincourt, gouverneur, et du prince Albert-Honoré Ier.

Tous ces gens-là s'entendent comme larrons en foire. C'est le *Syndicat du dépouillement*.

Que si, vingt-quatre heures plus tard, un mandat ou une lettre chargée est adressée au joueur déveinard, Sellier, prévenu par la poste elle-même, est la première personne qui se trouve, comme par hasard, à l'ouverture de la providentielle missive.

Si après avoir remboursé son dû, le ponte manifeste l'intention de regagner la France, Emile alors, le vice-roi des usuriers, entre en scène.

Emile n'a pas la fonction officielle d'usurier des Jeux et de la Cour. C'est un prêteur de moins haut **vol** que Sellier. Il n'a pas, comme ce dernier, l'accès des salles de jeu. Il s'en console d'ailleurs en y faisant pénétrer quelques amis dont la fonction consiste à lui signaler les déshérités pouvant avoir besoin de ses services (?).

Emile tient ses assises au café de Paris (qui appartient à la famille Blanc), ou se promène, comme un marchand de contre-marques, devant la porte du Casino, en quête de victimes.

Avec son complice Sellier, ils se renvoient la balle. Les reçus du joueur *allumé* par Emile sont signés dans la salle du restaurant, au café de Paris ou sur la terrasse qui s'étend derrière.

On amène le joueur dans l'antre, de la façon la plus simple. Deux femmes, jolies autant que possible, sont lancées sur le jobard et l'enjôlent, car il n'est pas de bois. Quelques minutes plus tard, le malheureux est amené à Emile, qu'on lui présente.

On lui explique alors une marche certaine, infaillible pour faire fortune, se *refaire* au moins.

Au besoin, on lui montrera un rastaquouère quelconque qui a gagné, la veille, cent mille francs à la roulette et on l'abouchera avec un professeur, inventeur d'une méthode qui ne faillit jamais.

La plupart du temps, la leçon est suivie d'effet.

Le pauvre jobard, escorté des femmes, suivi des amis, pénètre à nouveau dans les salles de jeu. On lui fait une place à la table, et il ne quitte le casino, cette fois, que définitivement *nettoyé*.

Quant à Sellier, ou à Emile, ou à celles ou à ceux qui ont ramené cette brebis égarée au tripot d'Edmond et Camille Blanc, des princes Constantin Radziwil et Roland Bonaparte, l'administration des jeux paye une commission proportionnelle à la perte subie par le *pigeon*.

A deux reprises j'ai prémuni le joueur contre le danger de s'asseoir aux tables de jeux.

S'il était besoin, pour fortifier cet avis, nous répéterions, l'une des mille anecdotes qui courent les tables d'hôte méridionales, vieilles rengaines qui depuis si longtemps qu'elles passent de bouche en bouche sont tombées dans le domaine public.

Nous éviterons au lecteur cette nomenclature fastidieuse et facile.

Toutefois nous donnerons un exemple qui nous est personnel.

C'était du temps du père Blanc, voici déjà quelques années par conséquent. Un brave homme de tournure aisée, d'allure un peu gauche, au milieu de ce clinquant et de ce faux luxe, entra dans les salles de jeu.

L'administration savait qui était ce nouveau client : un commerçant enrichi, que des *allumeurs* avaient arraché à son comptoir.

On lui croyait une fortune de plusieurs centaines de mille francs. On était en tous cas certain qu'il ne connaissait ni le jeu, ni les mille trucs à l'aide desquels on sait influencer l'aveugle hasard en faveur de la Caisse Blanche.

A peine dans la salle, on le poussa, sans affectation, vers une table de Roulette où — toujours par hasard — une place lui fut aussitôt laissée, au premier rang. Il s'assit et joua.

La comédie quotidienne, vieille comme le tripot, fut jouée une fois de plus.

Le malheureux joua, doucement d'abord, puis sollicité par l'un, déconseillé par l'autre, s'emballa. Comme un insensé, il misait n'importe où n'importe quelle somme, poussant son gain et sa perte, sans distinguer si le rateau du croupier ratissait ou non ses billets.

En deux heures, son portefeuille fut vidé.

Deux heures plus tard, son crédit, sa fortune à venir, ses héritages éventuels étaient fondus dans la poche des usuriers.

C'était la faillite, le déshonneur pour lui, pour les siens.

La poche du pauvre homme était vide ; on l'expulsa des salles et on le fila pour s'opposer à un suicide que la police du tripot supposait probable. L'aventure vint aux oreilles du père Blanc.

Il était dans une bonne veine ce jour-là, avec des tendresses d'alcoolique qui pleure la mort d'un rat.

Il fit venir sa victime dans son cabinet et lui tint un long discours où, dans une improvisation *à coté*, il lui montra les dangers inéluctables du jeu.

« Voyez-vous, mon ami, conclut le vieux croco-
« dile, quand on est commerçant, on ne joue pas,
« car si on joue on perd, et vite on devient, sans le
« vouloir, un malhonnête homme..... Mais je veux
« que vous conserviez bon souvenir de moi. Vous
« avez perdu une dizaine de mille francs ; les voici,
« vous me les rendrez aussitôt que vous le pourrez.
« Mais vous allez me donner votre parole d'honneur
« de ne plus jamais jouer de votre vie. Allez et ne
« péchez plus. »

Le jour où Edmond Blanc, maire de La Celle-St-Cloud, et ses associés en feront autant, je les propose pour un prix Monthyon.

Mais, s'il est nécessaire que le joueur soit assis devant la table pour être brûlé à petit feu par la fournaise, il est indispensable qu'il ne quitte pas la salle de jeux.

Il peut sortir pour trois raisons :

Soit parce qu'il est décavé. Et, dans ce cas, l'intérêt de l'administration est de l'expulser sans retard de la principauté. Gare aux suicides !

Soit parce qu'il a gagné. C'est aux femmes et aux mouchards du Casino à le ramener au bercail, et je vous ai montré comment on s'y prend dans la circonstance.

Enfin le joueur peut être forcé de sortir de la salle parce que, momentanément décavé ou voulant ralentir son jeu, il désire convertir en monnaie ses billets de banque ou ses valeurs.

Les mouchards de l'administration avaient remarqué que le joueur, une fois sorti de la salle de jeu pour ce motif, réfléchissait sur sa situation, se raisonnait lui-même, et neuf fois sur dix prenait immédiatement le train pour fuir la tentation et quittait la principauté. La nouvelle administration des jeux de Monte-Carlo décida alors, pour empêcher le joueur de quitter la salle, d'établir, dans le Casino même, un bureau de change de monnaies. Cette idée, qui paraît au premier abord anodine, est sans contredit la plus machiavélique invention d'Edmond Blanc, chevalier de la Légion d'honneur et maire de La Celle-Saint-Cloud. Grâce à la création de ce bureau de change, l'administration est certaine que le joueur, n'ayant pas le temps de se reprendre, ne lui échappera pas. En outre, elle arrive assez facilement à connaître, au moins d'une façon approximative, la fortune de chacun de ses clients..

Enfin transformés en banquiers cambistes, les Blanc-Radziwill-Bonaparte réalisent avec les seuls droits de change plusieurs millions de bénéfices par an.

Au surplus ne faut-il pas se lamenter plus que de raison sur la ruine des gens du monde assez sots pour se laisser prendre aux pièges grossiers qui leur sont tendus.

Depuis le temps qu'ils ont appris à connaître en quelle forêt de Bondy ils se promènent, ils auraient dû se munir d'un revolver avant de s'y aventurer.

Notre surprise n'a plus de bornes quand nous voyons par exemple des syndicats constitués entre gents intelligents dans le but de faire sauter la Roulette.

Autant vaudrait pour eux confier leurs fonds à un Macé quelconque qui filerait ensuite avec la caisse après leur avoir promis, payé même parfois, des intérêts invraisemblables.

Ainsi, M. C., curé de Cocumont — un nom malheureux pour les ménages — arrondissement de Marmande (Lot-et-Garonne), fit perdre bien involontairement sans doute, 25,000 francs à ses ouailles.

Un allumeur quelconque l'avait persuadé qu'il était en possession d'une marche infaillible qui devait, tout simplement, faire sauter la banque.

Le brave curé ouvrit l'œil, et les plus riches d'entre ses paroissiens ouvrirent leurs porte-monnaie ; l'évêque lui-même donna l'exemple.

On réunit ainsi 150.000 francs, qu'une personne de confiance fut chargée de jouer par paquets.

A la fin de la première séance, la caisse du Casino avait déjà englouti 25,000 francs.

Le syndicat prit peur et rappela son caissier en toute hâte, persuadé qu'il avait été dévalisé à Monte-Carlo comme à la corne d'un bois.

L'évêque, très peu satisfait de l'aventure, crut devoir déplacer le curé, qui est actuellement pourvu d'une cure supérieure dans ce même arrondissement de Marmande..

Le Trente-et-Quarante

Ici, nous avons l'air d'écrire un chapitre à l'usage des couturiers pour dames.

Le personnage principal, l'acteur qui tient et remplit le premier rôle, dans cette tragi-comédie du jeu s'appelle, en effet, un *tailleur*.

Et il a cette supériorité sur ses congénères, confrères, et autres coupeurs généralement quelconques que le *tailleur* du *Trente et-Quarante* est à la fois tailleur pour dames, pour hommes, pour rastaquouères et autres Radziwill.

Sur le boulevard, à Paris, en des magasins fastueux, le tailleur prend des mesures de costumes ou de robes.

A Monte-Carlo, dans le Casino, le tailleur prend aussi des mesures. Mais ce sont des mesures de *vestes*... pour les joueurs.

Et pourtant, Dieu sait que ce tailleur *à façon* n'en a pas l'air.

14.

Il prend en mains six jeux de cartes complets qu'on appelle, en argot de jeu : une taille.

Il dispose, carte par carte, ce jeu en deux rangées : la première qui appartient à la *noire*, la seconde qui appartient à la *rouge*.

Selon que sort *rouge* ou *noire*, en couleur, les mises placées sur le tapis, à couleur semblable, gagnent ou perdent.

La couleur qui perd est celle qui, en comptant les figures pour dix chacune fait le plus faible point.

A égalité de point, le coup est nul et le *tailleur* recommence à donner.

Personne ne gagne et personne ne perd.

Mais la Banque, me direz-vous ? A la Roulette elle s'assure à l'avance et certainement, un bénéfice à l'aide de l'éventualité de sortie du zéro.

Est-il croyable qu'elle ne se soit pas réservé, par un moyen analogue, un bénéfice analogue, au taux de 1,080 pour 100 l'an dans le jeu du Trente et Quarante ?

Lecteur, tous mes complinoents. Vous raisonnez juste et je vois avec plaisir que vous commencez à bien connaître les plans de ces illustres tenanciers du tripot monégasque.

Au *Trente et Quarante*, le zéro n'existe pas, c'est vrai. Donc, le joueur n'a pas à craindre ce que j'appellerai le coup du zéro.

Mais... mais — à Monte-Carlo il y a toujours un *mais* ou un *toutefois* ou un *cependant*, comme dans les *Faux bonshommes* — si le joueur au Trente et

Quarante n'est pas *refait* par le zéro, il est *refait* par le *Refait*.

Le *Refait* consiste à faire, aux deux couleurs, le point égal.

Si, en même temps, à rouge et à noire, le point égal sort, personne ne gagne.

Los mises sont garées, mises à l'ombre, jusqu'au coup suivant.

C'est la répétition du coup du zéro, comme on voit.

Mais, au Trente et Quarante, le joueur peut se garer du Refait, au moyen d'une assurance : l'assurance du Refait.

Comme pour toute espèce d'assurance, il faut payer une prime. Cette prime est de cinq francs pour cinq cents francs, soir un franc pour cent francs.

Moyennant le paiement de cette prime, le joueur s'assure à l'avance contre la chance contraire au Refait.

Il n'assure pas un gain : il s'assure contre une *arrestation* de sa mise.

Tout comme à la Roulette, on joue au Trente et Quarante la *couleur*.

Pas n'est besoin d'une explication pour ce genre de jeu.

Le miseur peut jouer aussi l'*inverse*, c'est-à-dire le contraire de la couleur qui sort.

Le joueur joue, dans ce cas, non pas *pour lui*, mais *contre* la banque.

Pour la *technique* du jeu de Trente et Quarante,

je répéterai ce que j'ai dit précédemment du jeu de la Roulette.

Ceux d'entre mes lecteurs qui m'ont fait l'honneur de me suivre jusqu'ici n'auront qu'à se reporter aux traités spéciaux que des rêveurs ou des industriels ont fait imprimer dans un but qui m'échappe.

Je pourrais même ajouter que le traité le plus complet du Trente et Quarante coûte, au dire des fanatiques de combinaisons plus ou moins chimériques, une quinzaine de francs.

Et de même que pour la Roulette, mais sans entrer davantage dans la discussion des systèmes choisis et suivis par les forcenés du jeu, j'indiquerai, en style télégraphique, comment le commun pratique d'habitude le Trente-et-Quarante.

L'un des inventeurs les plus anciens et les plus illustres fut d'Alembert qui détermina scientifiquement, paraît-il, une *montante* et une *descendante* infaillibles.

Je crois volontiers que ceux des habitués du tripot qui, aveuglément s'en rapportent à la méthode de d'Alembert perdent leur argent suivant des règles mathématiques. C'est une consolation, mais avec moi, vous avouerez qu'elle est bien platonique.

Le *tiers et tout* est un système non moins suivi, non moins scabreux aussi.

Car, il convient ici de faire cette remarque, s'il est des systèmes infaillibles en *théorie*, il n'en est pas d'infaillible en *pratique*.

Le joueur joue contre une machine ou contre le hasard, autre machine.

Peut-il, quelle que soit son attention, quel que soit son sang-froid, être certain de ne commettre aucune erreur ? La moindre inattention suffit pour amener sa perte et avec sa perte, sa ruine.

D'ailleurs, le simple bon sens indique que si un système quelconque pouvait assurer, je ne dirai pas le gain du joueur, mais seulement contre-assurer sa perte, le Casino de Monte-Carlo serait ruiné en deux mois.

Or, il gagne de l'argent.

Donc, les systèmes ne valent rien.

Ce qu'il — comme dirait d'Alembert lui-même — ce qu'il fallait démontrer.

Terminons par quelques termes de boutique.

Paroli.

Paroli ! terminaison italienne d'un couplet d'opéra-comique.

Faire paroli consiste à remettre en seconde mise le bénéfice du coup précédent plus la première mise. Faire paroli ou martingaler, c'est tout un.

Il est indiscutable qu'en poussant le paroli jusqu'à extinction, le joueur du *Trente et Quarante* est sûr de rentrer dans sa mise. Mais, il faut réfléchir un peu avant de s'emballer, comme on dit.

Le minimum de la mise étant un louis, voici la progression du paroli dans le cas où le joueur perdrait dix coups de suite, ce qui n'a rien d'impossible.

1er coup............	1 louis.	
2e »	3	»
3e »	7	»
4e »	15	»
5e »	31	»
6e »	63	»
7e »	127	»
8e » a..........	255	»
9e »	611	»

Vous avouerez qu'il faut — on croirait entendre parler le comte romain Bertora — *avoir de l'estomac* pour jouer longtemps un jeu pareil.

Au neuvième coup, après avoir débuté par 20 francs, risquer 611 louis, peste ! Ce qui attire le maximum.

Il y a aussi — que n'y a-t-il pas ? — le coup de deux, et les malins vous diront qu'on en rencontre en moyenne quatre-vingts par jour.

Je n'en disconviens pas. Encore faut-il ne pas passer au travers de ces quatre-vingts coups qui, par hasard, recèlent votre fortune.

Les *professeurs*, il y en a presque autant que de joueurs, vous expliqueront qu'il faut, soit attendre la chance, soit jouer contre elle, soit attendre qu'elle passe deux fois, soit passer outre.

Quand la chance passe deux fois, on vous dira qu'il faut prendre parti pour *Couleur* ou *Inverse* contre *Rouge* et *Noir* ou réciproquement.

Que sais-je ?

Rien de ceci n'a d'importance.

Un point seulement est certain : jouez comme bon vous semblera, selon le système que vous choisirez ; avec tel ou tel bouquin dans la main. Usez cent crayons de couleur, une grosse d'épingles, sans compter les manches de votre redingote ; munissez-vous des porte-veine, des gris-gris, des amulettes les plus invraisemblables : têtes de vipères, griffres de fauves, médailles saintes, dents de belles-mères heureusement mortes.

Aucune de ces multiples précautions ne vous servira de rien.

D'avance, indubitablement, certainement, infailliblement, vous avez la vocation de la ruine.

Le *Refait*, sans compter les autres déveines, vous nettoyera, comme le zéro a nettoyé votre camarade à la table de la Roulette.

* *

Les tailleurs — ce sera le mot de la fin — sont tout simplement d'une habileté merveilleuse. Ils élèvent leur obscur métier à la hauteur d'un art.

Filer la carte, en *plaquer deux*, sont pour ces honnêtes gens jeux d'enfant.

Jouent-ils pour leur compte, à l'aide de comparses, contre la Banque ?

Evidemment. Comment, sans tripoter, pourraient-ils vivre comme ils vivent ?

Un exemple entre mille :

En 1888, un syndicat s'était formé entre plusieurs individus qui, ayant mis en commun leurs apports, avaient réalisé un capital d'environ 60.000 francs. Ce capital était destiné à *faire un coup*.

L'acteur principal était un sieur Gardane, croupier du tripot aux tables du Trente et Quarante.

Les associés de Gardane étaient :

1º Le sieur C..., ancien croupier, tenancier de jeu, ami de Gardane ;

2º Le nommé B..., sans profession.

3º Le tenancier d'une maison de la rue Saint-Michel, à Nice ;

4º La maîtresse de Gardane ;

5º Cinq autres individus de la même moralité.

Vous voyez que je précise.

Voici comment le *coup* fut opéré : l'argent fût distribué entre eux tous et la bande se rendit au tripot.

On attendit que Gardane fut en banque et, sur un signe convenu, trois ou quatre de ses associés demandèrent en même temps aux trois autres croupiers la monnaie de 1,000 francs en pièces de 20 francs.

Au même instant, la femme qui était restée debout, laissa tomber sur le parquet une poignée d'or d'un millier de francs. La partie fut arrêtée net, car chacun dut se déranger pour permettre aux domestiques de service de ramasser les pièces d'or.

Au moment précis où l'attention de tous était attirée par le bruit de la chute des louis, un des associés de Gardane lui posa prestement dans la main, sur les autres cartes, une portée de huit coups à rouge. La partie reprit; la bande ponta ferme et, en l'espace de quelques minutes, il fut enlevé à la banque une somme de six à sept cent mille francs.

Le chef de partie, qui avait remarqué que toutes les grosses masses étaient à rouge, fit, après la taille, compter les cartes et en trouva une trentaine en trop.

Gardane fut immédiatement conduit chez le directeur par un inspecteur, et, après interrogatoire, arrêté. Traduit ensuite devant le tribunal monégasque, il fut condamné à 18 mois de prison... pour la forme.

A sa sortie de prison, Gardane reçut pour sa part une soixantaine de mille francs...

Ce qui est curieux, c'est que Gardane n'en était pas à son coup d'essai. Une fois déjà il avait été pris la main dans le sac et, pour éviter le scandale, on avait fait passer ce croupier de la troisième à la première classe.

Je dédie ce qui va suivre à M. le grand chancelier de la Légion d'honneur.

Pour donner meilleur aspect au tripot et ébouriffer les naïfs, tous les employés de l'administration, du directeur au dernier des larbins, portent à la boutonnière une décoration quelconque.

Il m'importe peu de savoir à quel ordre appartient tel ruban vert ou tel ruban bleu.

Mais, quand je vois, à la boutonnière des croupiers, des inspecteurs ou des directeurs, le ruban de la Légion d'honneur ou de la médaille militaire, je m'indigne.

C'est prostituer notre ordre national et le signe de l'honneur de l'armée que de les trainer autour des tables de jeux, dans cet antre d'infamie où la rapacité ne le cède qu'au vol et le vol au meurtre.

A bas votre rosette d'officier, M. de Thézillat! Votre profession de directeur de la Société vous rend indigne de la porter, et un ordre de la chancellerie vous défend d'en orner votre boutonnière à l'intérieur du Casino. A bas votre ruban de chevalier, M. Bertora! Votre vie tout entière insulte l'ordre de la Légion d'honneur!

C'est à ne pas croire.

Dieu sait comment et pourquoi il a été décoré.

Si vous consultez les contrôles de la Légion d'honneur, vous y verrez qu'il y figure un nommé Bertora, sans prénoms, nommé chevalier par décret du 13 août 1861 en qualité de secrétaire du service des chambellans.

Au moins, lui, Edmond Blanc, maire de La Celle-Saint-Cloud, l'a-t-il bel et bien payée, sa croix (100,000 francs).

Sachant fort bien qu'on ne le décorerait pas *à l'œil* il a profité d'un vendeur sans scrupules, l'a payé avec l'argent des suicidés et a fait ainsi décorer la Roulette.

Bertora, le bel Antoine Bertora, le comte romain Bertora, le Bertora du cabinet noir impérial, le Bertora am...i de sa mère a été plus malin que son patron.

Eh! oui, ce bon majordome de la famille Blanc a tout simplement surpris cette même croix vers laquelle si longtemps loucha Edmond Blanc, maire de La Celle-Saint-Cloud.

Non seulement Bertora est décoré — ce qui est déjà excessif — mais encore, en dépit des ordres de la Chancellerie, il porte ostensiblement son ruban rouge dans les jardins de la villa Louise et dans l'atrium de Monte-Carlo.

J'entends bien l'objection qu'on va me faire.

« Prouvez donc ce que vous avancez. »

La preuve? La voici. Il est inutile de discuter. Mon habitude n'est pas d'avancer quoi que ce soit sans document.

GRANDE CHANCELLERIE

DE LA   Paris, le 22 août 1891.

LÉGION D'HONNEUR

—

DIRECTION
1er bureau

Monsieur,

J'ai l'honneur de vous informer, en réponse à votre lettre du 20 de ce mois qu'il n'existe sur les contrôles de la Légion d'honneur, qu'un nommé Bertora (sans prénoms), qui a été nommé chevalier, par décret du 13 août 1861, en qualité de secrétaire du service des chambellans.

Recevez, monsieur, etc.

M. P. Dumont, publiciste à Paris.

Qu'en pensez-vous? Supposiez-vous ; M. le grand

Chancelier supposait-il qu'il fût possible de décorer quelqu'un sans, au préalable, s'enquérir de ses états de services, de son âge, de ses prénoms, de faire un dossier, enfin.

Et si M. Bertora de Lyon ou M. Bertora du Havre, demandait aujourd'hui un duplicata de son brevet à la chancellerie, que ferait la chancellerie ?

Tout ce qui s'appelle Bertora — sans prénoms ni autres renseignements — est chevalier de la Légion d'honneur. Dame ! c'est pourtant ainsi.

En conscience, est-il possible de rencontrer un patron et un valet plus tarés ?

Le premier achète sa croix ; le second se l'offre.

Allons, allons, messieurs les croupiers, amants de la roulette, mangeurs de cadavres, à bas vos croix !

Une vache à lait, on la médaille, on ne la décore pas... à bas la croix de la roulette !

Les honnêtes gens, les légionnaires qui ont gagné leur croix, qui n'ont pas volé leur médaille, rougiront de honte à la pensée que la distinction que leur a valu une vie toute d'honneur et de probité, est prostituée par les croupiers et les directeurs du tripot de Monte-Carlo.

Ils uniront leur voix à la mienne, afin que M. le grand chancelier de la Légion d'honneur donne les ordres les plus précis pour faire respecter la défense édictée, voici quelques années, de porter dans les salles du Casino, et même dans la principauté, les décorations françaises.

Autant porter sa décoration dans un lupanar. En

France, quand un légionnaire entre dans un mauvais lieu, il cache son ruban.

.
. .

Nous avons parlé des croupiers ; nous avons omis de parler de leurs appointements.

Les plus anciens croupiers, les plus fidèles, touchent 600 francs par mois. A peine en compte-t-on une dizaine. Les autres débutent à 1,800 francs par an pour arriver à un maximum de 3,000.

Il va de soi que, pour faire des économies, on se débarrasse autant qu'on peut des anciens croupiers, les plus coûteux à l'administration.

Pour Edmond Blanc, maire de La Celle-Saint-Cloud et chevalier de la Légion d'honneur, l'économie, est, d'ailleurs, un principe quasi religieux.

Ne vous apitoyez cependant pas trop sur le sort du croupier monégasque.

Si petit que soit l'appointement qu'il touche, il meurt toujours dans la peau d'un propriétaire.

Ce qui prouve que, si la Société des jeux l'exploite, il applique la loi du Lynch en la volant.

LES SUICIDES

La conséquence la plus commune d'une séance de jeu à Monte-Carlo est le suicide.

Le joueur est décavé ; les inspecteurs, les mouchards de tout ordre le signalent immédiatement.

Dès, lors, le seul but de l'administration est de l'empêcher de se tuer.

Afin de le mieux surveiller, on lui interdira d'abord l'accès des salles de jeu ; à son hôtel il sera mouchardé nuit et jour ; dans les rues, sur les promenades, il sera filé.

Que si ces moyens préventifs ne paraissent pas suffisants, on l'empoignera avec l'aide de la police, qui, comme je vous l'ai bien fait remarquer, dès le début, est aux ordres absolus d'Edmond Blanc, maire de La Celle-Saint-Cloud, et de sa bande.

A tout prix, même à prix d'argent — gros sacrifice — l'administration doit éviter un suicide.

Songez donc à la réclame à rebours qu'une mort violente fait au Casino de Monte-Carlo !

Des sbires saisissent le pauvre diable et, comme
un voleur, le mènent au commissariat. Là, de Thézillat, l'intègre directeur, s'enquiert de sa perte et
du lieu de sa résidence. Il lui fait signer un reçu
d'une somme variable, signale le joueur à tous les
surveillants et l'expulse ensuite de la principauté.
Il n'aura le droit de rentrer dans les salles de jeux
qu'après le remboursement de sa dette.

Au-delà de la frontière, libre à lui de se tuer. Le
suicide aura lieu en France. On ne pourra pas le
mettre au compte de Monte-Carlo.

La somme d'argent qu'il a *empruntée* au Casino,
c'est-à-dire les quelques louis que ses voleurs lui
ont restitués s'appelle le *viatique*.

Voici le tarif des viatiques : pour Marseille,
50 francs; pour Lyon, 100 francs; pour Paris,
150 francs. C'est pour rien. Mais où que le fugitif se
rende, le sbire qui l'accompagne lui remettra, non
pas la somme même, mais un billet de troisième
classe, et seulement à la frontière.

Il est à remarquer que si, à l'aller, les wagons de
première classe sont pleins, au retour, ce ne sont
pas ceux de troisième classe qui sont vides. Preuve
que le Casino de Monte-Carlo fait bien ses affaires
et que la roche tarpéienne est toujours auprès du
Capitole.

« Monsieur, monsieur... circulez... on ne reste
pas ici. Qu'est-ce que vous regardez? »

Ainsi s'exprime le mouchard qui dérange de sa
rêverie le promeneur qui considère la « grande
bleue. »

On a peur du suicide ici... On s'en gare... avant la lettre de faire-part... qui du reste n'est jamais imprimée ni envoyée.

Car — chose curieuse — jamais on ne voit d'enterrements à Monte-Carlo.

On y meurt cependant, comme partout, plus que partout même, puisque le fort contingent des décès est fourni par les suicides.

Est-ce à dire que, à part les morts violentes, la longévité des Monégasques est quasi-providentielle?

Albert-Honoré Ier et la douce Alice, Edmond Blanc, Constantin Radziwill et Roland Bonaparte savent bien que la mortalité à Monaco est supérieure à la mortalité à Paris. Mais ils sont payés — c'est le cas ou jamais de le dire — pour cacher les enterrements.

A Monte-Carlo, on vient pour jouer, pour s'amuser, blaguer, rire, ne songer qu'à *claquer* son argent, chasser toutes pensées lugubres, oublier tout ce qui peut être triste.

Voyez-vous un corbillard déambulant les rues et les promenades? Immédiatement, tous les fétichistes, et ils sont nombreux, verront tout en noir.

Les habitants, cependant, passent de vie à trépas, dans la principauté, avec autant d'empressement que dans les autres villes. Pour eux, l'enfouissement est précédé d'une cérémonie religieuse sommaire qu'on célèbre au petit jour, vers six heures du matin. Pour les joueurs qui se détruisent, l'enterrement est encore plus simple. Un trou et quelques mottes de terre sur quatre planches de sapin.

C'est tout.

15

C'est ainsi que le quatuor Blanc-Radziwill-Bonaparte reconnaît les *services* rendus par les pontes qui se sont ruinés à leur profit.

J'affirme, et je suis prêt à engager un pari de cent louis, que le chat adoré de la princesse Roland, ce chat qui joua un si grand rôle dans sa vie, fut inhumé avec moins de cynisme que le plus riche macchabée de la principauté. J'ai vu l'an dernier un jeune homme qui, en pleine salle de jeu, se fit sauter la cervelle. Il avait perdu trois cent mille francs. C'était le fils d'un architecte de Réthel.

A l'instigation de deux femmes payées par l'administration — par l'intègre Thézillat — le jeune homme, presque un gamin, était rentré dans la fournaise.

En une heure, les râteaux avaient ratissé sa fortune.

Dès qu'on le sut ruiné, on lui tourna le dos dédaigneusement. Ainsi l'ordonne la règle.

Ahuri par dix coups de perte successifs, le jeune homme s'était assis dans un coin, sur un fauteuil et rêvait, les regards perdus au plafond doré de la salle. Le quadrille des louis qui dansaient sur les tables voisines accompagnait ses pensées.

Tout à coup, et sans que rien eût pu faire prévoir sa détermination, il appliqua le canon d'un revolver sur sa tempe et fit feu.

Ce fut un sauve qui peut général. On crut que le Casino sautait à la dynamite. Les portes n'étaient pas assez larges pour livrer passage au flot des joueurs en fuite. Seuls les croupiers, fidèles par force à leurs râteaux, restèrent en place.

On enroula le pauvre garçon dans le tapis vert d'une table, et pendant que le médecin de service — par précaution, l'administration enrôle toujours un médecin de garde — donnait à très haute voix l'ordre de transporter le *malade* à l'hôpital, on le transportait dans la chambre des suicidés.

C'est une vaste salle, morgue des malheureux qui font la fortune des Blanc-Radziwill-Bonaparte.

Elle est située juste au-dessous du salon des jeux.

On y descend directement par un escalier spécial qui s'ouvre auprès du commissariat des jeux.

On descend les cadavres, soit par le commissariat des jeux, si le ponte s'est occis dans le Casino, soit par un escalier dérobé qui s'ouvre derrière le Casino, dans les soubassements de l'édifice.

C'est par cet escalier qu'on remonte, à la nuit, les victimes du quatuor Blanc-Radziwill-Bonaparte.

Vers deux heures du matin, au moment précis où les noctambules sont rentrés et où les matineux dorment encore, on enlève le corps dans une *boîte à dominos* ; on le descend à la mer, où un canot le reçoit et le transporte jusqu'au cimetière de la Turbie, à la frontière française. Ainsi, nul ne peut croiser en chemin le lugubre cortège.

Je dis « cortège » à dessein, car quelques mouchards à toute épreuve, même à l'épreuve de l'eau, leur élément naturel, l'accompagnent pour en écarter les curieux, fût-ce à coups de triques.

Le monsieur emballé, habillé de quatre planches de sapin — costume d'été peu coûteux — sans l'ombre d'une cérémonie quelconque, religieuse ou civile, est enfoui comme une charogne dans un trou creusé en hâte. Puis on nivelle le sol et tout est dit pour l'éternité. Pas la moindre inscription ne peut rappeler le nom ni l'âge de celui qui s'est tué pour la Princesse de la Roulette. Le fossoyeur lui-même, deux jours plus tard, ne pourrait plus retrouver son client nocturne de l'avant-veille.

Vous allez m'objecter : « Et les actes de l'état civil ? »

Vous voulez rire, sans doute.

Ne vous ai-je pas dit que tout, l'administration, la justice, la police, appartient au Casino de Monte-Carlo.

On n'inscrit sur les registres des décès que ceux qu'il est impossible d'escamoter, parce que les promeneurs les connaissent, et que l'un ou l'autre les a vus se tuer.

Les autres, ceux que les surveillants découvrent dans le creux d'un roc, la tempe trouée d'une balle ou écrasés par une chute de quarante mètres, on les emballe gentiment pour l'autre monde sans souffler mot, sans faire figurer leurs noms sur aucun livre. Vous expliquez-vous maintenant ce mystère quotidient de la disparition de jeunes gens de famille, que nul ne revit jamais et que recherche la police des deux mondes.

Questionnez Edmond Blanc et sa bande; c'est là qu'il faut vous adresser, si vous désirez des renseignements exacts.

L'apologie du fameux *tombeau des secret s* pou

rait être fort exactement figurée par les Blanc-Radziwill-Bonaparte.

Car ils n'ont garde d'oublier ce conseil jeté au pied de l'échafaud par un assassin illustre — leur maître — « N'avouez jamais. »

Pas n'est besoin je pense de vous dire qu'avant de jeter le cadavre à la fosse commune, on l'a consciencieusement fouillé, non pour le voler, c'est depuis longtemps chose faite, mais pour s'assurer de son identité et prendre, contre sa famille, les précautions qu'exige l'impérieuse moralité du tripot.

Quiconque, dans la principauté, signale un cadavre, touche de l'administration des jeux de Monte-Carlo une gratification.

Quant à chercher à approcher, à savoir qui peut bien être la malheureuse victime du prince Honoré Ier, d'Edmond Blanc, maire de La Celle-Saint-Cloud, des princes Constantin Radziwill et Roland Bonaparte, ne le tentez pas. Vous risquez l'expulsion, après l'emprisonnement sans phrases.

On ne saurait trop répéter aux naïfs qui mettent le pied dans la principauté que le Prince, son gouvernement, sa justice et sa police sont vendus à Edmond Blanc et à sa bande.

C'est l'autorité absolue dirigée par le bon plaisir. Vous pourrez crier : nul n'entendra.

Avant que le fossoyeur n'ait fait son œuvre, le très honorable et non moins sentimental Thézillat a pris connaissance des papiers du malheureux. Si c'est un pauvre diable quelconque, étranger venu de loin pour apporter son obole aux Blanc-Radziwill-

15.

Bonaparte, s'il est au moins fort probable que jamais personne ne le réclamera, on escamote le macchabée, comme le prestidigitateur une muscade. On l'enterre dans un coin quelconque et, comme on dit, « ni vu ni connu ». Le tripot garde la *galette*, c'est le principal.

Quant à l'administration monégasque, à la police, au bureau des décès, encore une fois ils ne peuvent élever la voix, quand bien même un sentiment de révolte les envahirait. Le prince a ordonné qu'il en fût ainsi ; Honoré Ier le Généreux et l'Alice sa compagne — ça rappelle une fable de Lafontaine — ont décidé qu'il convenait d'abdiquer tout pouvoir entre les mains — je dis mains pour être poli — de Mme Edmond Blanc, ex-femme Thomas, et de ses intègres associés.

On fait ou non mention du décès sur les registres de l'état civil, selon que l'intérêt du tripot Blanc est de cacher et d'avouer le suicide.

Si l'administration a quelque doute, si le Thézillat craint d'engager son honorable (?) responsabilité en signant trop vite de sa qualité de croque morts un permis d'escamotage funèbre, on en réfère aux patrons. Ainsi fait-on, dans les maisons Tellier provinciales, lorsqu'un différend s'élève entre la sous-maîtresse de l'établissement et un bourgeois bien posé de la ville.

Après le conseil tenu par les rats — j'entends par là les Blanc-Radziwill-Bonaparte — au cours duquel, comme en conseil des ministres, la question est discutée, on invite télégraphiquement le célèbre Thézillat à avouer ou à nier le malheur.

S'il est nié, tout va bien pour la Roulette. S'il est avoué, rien ne va plus pour l'administration jusqu'à ce que Edmond Blanc, chevalier de La légion d'honneur, maire de La Celle-Saint-Cloud, et les princes Constantin Radziwil et Roland Bonaparte aient dans un nouveau conseil — le conseil des sinistres — arrêté la marche à suivre pour prévenir la famille du suicidé et la museler.

A cet effet, un inspecteur du tripot est désigné pour aller annoncer aux parents ou à la veuve du macchabée la bonne fortune survenue à ses honnêtes patrons. L'inspecteur a toujours quelques dehors. C'est un vieux sous-off retraité, chevalier de la Légion d'honneur; allure militaire, brusquerie bienveillante.

Il va, il arrive, et raconte aux vieux parents, que le fils a déshonorés pour Edmond Blanc, maire de La Celle-St-Cloud, à la veuve, que le mari a ruinée pour le prince Radziwill, un boniment quelconque. Le malheureux n'a pas joué bien certainement... c'est un accident... un suicide? quelle idée! Aux premiers mots du drôle, stupeur bien compréhensible. L'absent était parti, trois jours plus tôt, en parfaite santé et en belle humeur. En vérité ce serait à croire que le quatuor Blanc-Radziwill-Bonaparte tue plus vite et mieux que le choléra.

Mais bientôt, les infortunés questionnent, veulent tout savoir, menacent même d'esclandre, lorsqu'ils comprennent la moitié de l'horrible vérité.

Voici l'instant psychologique. Avec force réticences, mille périphrases et des consolations sans

fin, le messager offre la restitution de la prétendue
perte subie par le joueur. Ce sera, suivant l'homme,
sa famille, la perte réelle, cinq mille, dix mille,
vingt mille francs même, c'est-à-dire rien, en comparaison de la somme que se sont partagée le prince
Albert-Honoré et ses associés du tripot.

Souvent, trop souvent — car si les intéressés éle-
vaient la voix, les pouvoirs publics l'entendraient
sans doute — la famille du suicidé, brisée de douleur, inconsciente de la mauvaise action qu'on lui
fait commettre, se range aux avis de l'envoyé du
tripot Blanc. On accepte la somme et on en donne
reçu. Par ce reçu, qu'on ne lit pas — a-t-on le cœur
à lire, dans ces circonstances ? — on s'engage à tout,
vis-à-vis de l'administration des jeux et de la principauté, qui ne font qu'un. Par ce reçu, on s'oblige
à ne jamais rien réclamer ; en d'autres termes, *on
vend une seconde fois* le corps de son fils ou de son
mari à ceux qui ont causé sa mort. Ces gens-là
vivent des cadavres.

Si on manifeste le désir d'assurer une sépulture
convenable au malheureux, de ramener sa dépouille
dans le caveau familial, l'inspecteur objecte les
difficultés administratives, l'autorisation nécessaire
— et difficile à obtenir — de la France et de la
principauté, les énormes frais auxquels on s'expose...

On réfléchira donc. Cependant la cause est gagnée
et l'inspecteur, tout fier du succès de sa mission,
regagne Monaco en songeant que la profession de
commis-voyageur pour cadavres n'est pas le plus
sot des métiers.

Il arrive quelquefois que, la première douleur
passée, la veuve du pauvre fou qui se tua entreprend
le voyage pour voir au moins la tombe de celui qui
l'a quittée.

Sa robe de laine noire, son voile de crêpe, la dési-
gnent immédiatement à tous les regards des mouchards ; son nom fait le reste. A peine arrivée, elle
est conduite au commissariat. Brutalement on lui
demande le but de son voyage. Elle l'expose, simplement, comme vous feriez dans un pays civilisé
où le culte des morts est sacré. Elle demande, la
malheureuse, à connaître la tombe de son mari pour
y porter des fleurs. On lui répond qu'elle ne la
connaîtra pas, qu'elle ne saura jamais ni dans quel
cimetière ni où on l'a enfoui, comme une charogne.
Si elle insiste, on la fait taire ; si elle menace, on la
saisit, on la chasse et, comme une voleuse, on l'expulse de la principauté.

Voici ce que fait le gouvernement du prince
Albert-Honoré Ier le Philanthrope! C'est invraisemblable et c'est vrai. Quelle honte !

Jamais, entendez bien, *jamais la famille d'un
joueur qui s'est tué dans la principauté ne peut
avoir son corps. Jamais elle ne peut même connaître le lieu de la sépulture.*

Et ces gens-là, prince et valets, Honoré Ier, Alice,
Edmond et Camille Blanc, les princes Constantin
Radziwil et Roland Bonaparte osent revendiquer le
droit à l'honneur !

Je fais l'opinion publique juge de leurs crimes et
j'espère que l'heure sonnera bientôt, qu'ils tombe-
ront sous la réprobation du monde civilisé.

*
* *

Venons-en aux faits.

Quelques histoires véridiques sur une des victimes du tripot de Monaco.

Nous compterons ensuite le nombre des suicides
que l'administration a été dans l'impossibilité de
nous cacher.

C'est tout au plus la vérité au dixième.

. .

L'année dernière, une jeune dame, bien connue,
originaire d'une ville du Nord, entraînait chaque
jour son mari à la Roulette. Le jeune ménage se
reprochait cette passion un peu partagée, mais ni
l'un ni l'autre des époux n'avait la force de résister. Les pertes au jeu survinrent, et la jeune femme
en devint folle. On l'emmena à Paris où on dut la
mettre dans une maison de santé.

Un autre exemple : un commerçant de Paris, retiré
des affaires, était venu hiverner à Nice. Le malheureux était célibataire, il n'avait jamais joué ; mais
c'est là le danger du tripot.

Il y joua, pour débuter, un louis — il le perdit.
Les jours suivants, il revint jouer : les pertes se
succédèrent. Il s'y ruina complètement — comme
tant d'autres — au point qu'il s'était endetté dans
son hôtel. Un jour, le maître de cet hôtel réclamait
avec insistance sa note à son client décavé : « Hélas !
répondit celui-ci, si j'avais seulement vingt sous,

j'achèterais un sac de charbon pour me suicider... »
Tête de l'hôtelier, qui mit dehors, en toute hâte, son
insolvable client, en le priant poliment de *porter
ailleurs sa charogne (sic)*.

Un capitaine en retraite de l'armée italienne,
adjoint au maire de Vintimille, M. Antonio Cassano,
s'est suicidé à Menton, en se précipitant de la pointe
du port dans la mer. Le pêcheur Gordolon a découvert le cadavre de ce malheureux et l'a ramené à la
côte.

Le commissaire central, ayant été prévenu, s'est
rendu aussitôt sur le lieu du suicide et a procédé à
une enquête *sommaire*. Il a été établi que M. Cassano avait été rencontré la veille, se promenant, et
ne paraissant pas jouir *de la plénitude de ses fa-
cultés*. On a trouvé dans une de ses poches une
carte à son nom et sur le dos de laquelle il avait
écrit et signé au crayon ces mots : « La personne qui
retrouvera mon corps est priée de faire parvenir la
montre que j'ai sur moi au syndic de Vintimille. »

*On attribue cet acte de désespoir à des chagrins
de famille et à une responsabilité morale très
relative*. La mère, la femme et la fille de ce malheureux sont alitées depuis longtemps en proie à une
maladie des plus graves. Cassano laisse deux fils,
l'un capitaine aux bataillons alpins, l'autre lieutenant d'infanterie.

Le cadavre a été transporté à l'hôpital où le docteur Ciais a procédé aux constations médico-légales.

Le secrétaire du syndic de Vintimille, prévenu
par dépêche, est arrivé à Menton dans la journée

d'hier pour se faire remettre la dépouille mortelle de Cassano.

Telle est la note officieusement reptilienne que la principauté fit paraître. La vérité vraie est que le malheureux Cassano a perdu à la Roulette du quatuor Blanc-Radziwill-Bonaparte et a, en outre, gravement compromis des fonds qui ne lui appartenaient pas. Le prince Albert-Honoré — sérinissimo et ignorantissimo — et Edmond Blanc, le bien-aimé d'Alice Marot, l'autre Alice, ont dû, ce soir-là, boire le vin d'honneur à la mémoire du malheureux qui a rempli leur portefeuille.

* *

J'ai vu, à une table de Roulette, un brave garçon qui, jouant toute la soirée le n° 25, gagna par un mystérieux hasard, à la fin de la soirée, la somme de 197,000 francs. Il avait, comme on dit, fait trois fois sauter la Banque.

C'est alors qu'il fallut voir la tourbe de directeurs, commissaires et valets, sous-Bertoras, doublures de Thézillat et demi Jean Bonneau, entourer cet homme phénomène, lui prodiguer les plus basses félicitations, s'enquérir au plus vite de son nom, d'où il venait et où il habitait, pour, à tout prix, ne pas le perdre et le faire revenir au pigeonnier.

Il partit le soir pour Nice, étroitement surveillé et accompagné de deux femmes qui avaient reçu de l'administration la consigne de le ramener. Il habitait, à Nice, Hôtel National, dans les environs de la gare.

Le lendemain il revint à Monte-Carlo par le train de midi, escorté de ses deux amies. On le reçut comme un grand seigneur. Partout, sur son passage, le personnel des employés lui prodiguait force coups de casquettes et gracieux sourires.

En entrant dans les salles de jeux, quoiqu'il n'y eût pas une place vacante à la table de la Roulette, sur le signe d'un directeur au chef de partie, un Sellier quelconque se leva immédiatement et lui offrit fort gracieusement sa chaise. Une des femmes se tenait debout à sa droite, l'autre se plaça à sa gauche (il était bien chambré).

Comme la veille, il joua le n° 25, mais cette fois sans gagner. Il jetait l'or et les billets par poignées, ne comptant plus. Il perdit ce jour-là près de 100,000 francs. Il revint de nouveau le lendemain, toujours en même compagnie, et continua le même jeu mais toujours sans veine. Ayant tout perdu il se leva et partit comme un fou, sans cette fois être suivi des deux femmes qui s'éclipsèrent aussitôt et allèrent recevoir des directeurs le prix de leurs bontés.

A quelque temps de là, je revis le pauvre garçon à Monte-Carlo, errant dans les jardins, hâve et défiguré. Il me dit qu'il était revenu la veille essayer une dernière fois sa veine, que maintenant c'était bien fini, qu'il avait, hélas ! perdu tout ce qu'il possédait.

Le lendemain, j'appris qu'il s'était empoisonné dans une chambre d'hôtel à Nice.

Cet homme était un habile ouvrier mécanicien,

16

marié et père de trois enfants. A force d'économies et de travail, il avait fondé un magasin de quincaillerie à Strasbourg, son pays natal.

Il était parti de chez lui en emportant tout l'argent, faisant croire à sa malheureuse femme qu'il allait pour affaires à Paris.

Lors de son deuxième voyage à Monte-Carlo, il avait emprunté sur son établissement ; engageant ainsi le dernier morceau de pain de sa femme et de ses enfants, qui, depuis, sont restés dans la plus profonde misère.

L'hiver dernier, une dame russe, nouvellement mariée, en attendant son mari, se mit à jouer et perdit environ 300.000 francs.

C'étaient le déshonneur et la misère. Elle alla alors se précipiter du haut des rochers dans la mer entre Villefranche et Beaulieu.

Mme de L..., noble et riche, passa toute une saison d'hiver à Monte-Carlo et finit par y perdre sa fortune d'abord, son honneur ensuite. Son mari la surprit en flagrant délit d'adultère, et l'aventure se termina par un drame. On se souvient encore de ce double suicide dans une villa bien connue aux environs de Cannes.

Une autre femme, Lady W..., non pas noble, mais riche de ses vingt-cinq ans et de sa beauté, et célèbre par ses nuits d'orgies.

La Roulette n'a pas cédé à ses caprices, car elle y perdit tout ce qu'elle possédait. Elle se jeta du haut d'un rocher dans la mer entre la Turbie et Beaulieu.

Cet autre Anglais, T., qui tous les quinze jours

allait de Monte-Carlo à Londres et revenait chaque fois avec 50,000 francs, qu'est-il devenu ? Après avoir perdu au Trente-et-Quarante et à la Roulette toute sa fortune, s'élevant à près de 3 millions, le malheureux s'est brûlé la cervelle !

Mme veuve D. perdit au tripot d'Edmond Blanc toute sa fortune. elle aussi. Elle avait acheté une ravissante villa près de Nice, qu'elle habitait avec sa petite fille. La fortune de Mme D. s'élevait à près de 700,000 francs qui furent dévorés par la Roulette et les usuriers. Elle retourna à Lyon dans sa famille, désespérée. Quelques mois après, elle devint folle et mourut dans un asile d'aliénés. Son enfant fut élevée par les soins de l'Assistance publique.

Cet autre, baron G., le *Bienfaiteur des Dames* comme on l'appelait, a disparu lui aussi, après avoir tout laissé sur les tables du Trente et Quarante et de la Roulette. Il erra longtemps à Nice, vivant d'expédients et il partit pour l'Amérique. A New-York, on l'employa comme garçon, à bord des bateaux faisant le service du New-Jersey.

Il fut compromis dans une affaire de vol de marchandises, fut condamné et mourut à l'hôpital de Blackwell's Island.

Qui n'a également connu, à Monte-Carlo, Adeline Mark... la belle Hongroise ?

Elle occupait, à Paris, un hôtel aux Champs-Elysées.

Sa fortune est passée dans les poches du prince Albert-Honoré et d'Edmond Blanc, maire de La Celle-Saint-Cloud. Aujourd'hui, elle vit aux envi-

rons de Vienne, où elle traîne, une existence de
honte et de misère, tendant la main, et se plaisant à
raconter à qui veut, pour quelques florins, l'histoire
de tous ses anciens adorateurs.

Inutile d'ajouter, je pense, que je tiens à la disposition des incrédules les noms de ces malheureuses
victimes.

Je ne me fais pas l'écho de racontars. J'écris, malheureusement pour les héros, une histoire vraie.

L'année dernière, au sortir du Casino de Monte-
Carlo, par une tiède soirée, un monsieur se prome-
nait dans un de ces parterres qui dévalent jusqu'aux
bas-moulins dans l'enchantement de leurs fleurs et
de leurs parfums. Arrivé sous un superbe olivier
qui fait le centre d'un rond-point, il s'arrête figé
d'étonnement, il venait de recevoir un coup de pied
dans le nez. Revenu de sa stupeur, il lève les yeux,
et voit au haut d'une branche un pendu qui gigotte.
Pris d'une émotion dont il fut très longtemps à se
remettre, il appelle, crie au secours. Des gardiens
arrivent : — Chut! Pas de bruit! Ne dites rien! —
On décroche gentiment le pendu qui n'était plus
qu'un cadavre ; on vous l'emporte mystérieusement.
Le lendemain, avant le jour, le mort allait rejoindre
dans le cimetière de Monaco, le vaste champ des
suicidés où dorment, côte à côte, enfouis nuitam-
ment, en cachette, sans même que la famille et les
amis aient été avertis, les victimes désespérées de
la Roulette et des honnêtes gens qui s'en font vingt
millions de revenu annuel.

Personne n'a connu le secret qu'a emporté dans la

fosse commune des suicidés le malheureux pendu.

Cependant, toutes les victimes n'en finissent pas sans bruit, le soir, dans un coin. Il y a des agonies, des râles qui se font dans le palais même du bonneteau, au milieu de la foule grouillante déjà décavée ou qui va se faire décaver ; des gens qui tiennent à se tuer sur le théâtre de leur ruine, d'autres à la table même où leur dernier écu s'est engouffré.

Il y a quelques années, la mort tragique d'une dame aurait eu un retentissement énorme sans la façon savante dont un infernal silence est organisé autour de tous ces drames.

Elle était venue à Monte-Carlo munie de beaucoup d'argent pour y jouer. Elle le perdit ; voulant se rattraper, elle fit venir petit à petit, non seulement toute sa fortune, mais aussi celle de ses enfants.

Tout fut englouti.

C'était une veuve : Seule au monde, en face de sa ruine complète et celle de ses enfants ! Elle courut à Nice consulter un avoué, se disant qu'on ne pouvait lui prendre ainsi tout ce qu'elle avait, que c'était une chose infâme que de l'avoir dévalisée, grâce à une série d'entraînements inévitables. Hélas ! l'avoué lui fit comprendre qu'il y avait peu de choses à faire et ne voulut pas se charger d'intenter un procès contre l'inviolable Caverne.

Elle consulta le consul de France qui conseilla d'accepter la somme de 20,000 francs que la maison Blanc lui offrait. Ces gens-là voyant la ténacité de cette infortunée, ayant peur du scandale, s'étaient décidés à rendre quelque chose.

Elle refusa, et folle de désespoir et de remords, un beau soir elle s'empoisonna et tomba raide morte dans l'atrium. Comme toujours son cadavre ne traîna pas. Il fut enlevé par les gardes de l'antre de la Roulette, et l'affaire fut étouffée.

Un honnête homme qui serait pour quelque chose, même de la façon la plus indirecte, dans une mort ou un suicide en serait affecté.

Aux princes et aux chevaliers de la Roulette, à tous ceux qui s'en engraissent, ces vulgaires accidents importent peu !

Qu'est-ce que cela leur fait qu'on se tue, pourvu qu'ils ne rendent pas l'argent et qu'on ne le sache pas trop !

Si on les éclabousse de sang, ils s'essuyent et la danse recommence !

Il y a quelque temps, à une table de Roulette, un joueur venait de perdre le dernier louis de sa fortune. Comme la pauvre dame de tout à l'heure, il ne lui restait plus rien. C'était la ruine complète, horrible, sans issue, et en face de lui, comme pour insulter à son désespoir, le flot des pièces d'or et des billets s'en allaient rejoindre les siens dans la profonde de l'honnête établissement.

Il ne prit même pas la peine de se lever. Assis où il était, stupéfié sur sa chaise, il tira tranquillement un revolver de sa poche, et d'un seul coup se fit sauter la tête. Son sang et sa cervelle inondèrent le tapis ; comme si tout ce qu'il avait, jusqu'aux profondeurs de son être, tout devait appartenir à la Roulette !

Ses voisins effrayés s'enfuirent. Les gardes se précipitèrent, on enleva le cadavre d'un tour de main. On s'empressa de nettoyer le tapis, ainsi qu'à un banquet dont la nappe vient d'être rougie par un convive maladroit. Deux heures après on rejouait à la même table, comme si de rien n'était, et l'honnête maison continuait à encaisser !

M. Sicard et son fils se sont suicidés dans les circonstances suivantes :

M. Adolphe Sicard, ancien directeur de banque, ruiné par la Roulette, s'en alla à Saint-Jean, où il possède une villa, et mit fin à ses jours.

En attendant l'arrivée de Mme Sicard, absente, son fil Jules, âgé de vingt-quatre ans, qui était impotent, s'occupa, avec l'aide d'amis, de mettre en ordre les papiers de son père ; puis, harrassé de fatigue, il demanda à être laissé seul.

Au matin, lorsqu'on entra dans sa chambre pour l'informer que les obsèques de son père allaient avoir lieu, on fut surpris de le trouver immobile dans son lit. On souleva la couverture qui recouvrait sa tête. Le malheureux s'était tué dans la nuit en se tirant un coup de revolver dans l'oreille. La mort avait dû être instantanée.

L'ordre de surseoir aux obsèques du père fut aussitôt donné et, à dix heures, les cadavres du père et du fils étaient descendus côte à côte dans le même caveau.

Quant à Mme Sicard, arrivée de Vichy le matin, en apprenant le nouveau malheur qui la frappait, elle a eu une crise épouvantable.

On m'a dit que, depuis ce double deuil, Mme Sicard était devenue folle.

Le 28 décembre, le cadavre d'un homme bien vêtu était trouvé sur un tas de pierres, au-dessous du pont du chemin de fer, près de l'église de Sainte-Dévote. Le cadavre était complètement défiguré.

On croit qu'il a dû se précipiter du haut du pont, c'est-à-dire faire une chute de plus de cent pieds. On n'a trouvé aucun argent sur la victime, qui sortait du salon du Casino.

La police refusa tous renseignements, bien entendu.

Une autre victime du jeu, cet hiver, et non des moins intéressantes, est un officier en garnison dans les environs de Nice, qui s'est rendu à Monte Carlo avec 12,500 francs, destinés à la paye de sa compagnie.

L'officier a d'abord gagné 50,000 francs, puis il a tout reperdn, y compris les 12,500 francs appartenant à son régiment. Mais il avait encore confiance, et il a écrit au directeur du Casino en disant que si cet argent ne lui était pas rendu, il se brûlerait la cervelle dans la principauté de Monaco, et qu'il en résulterait un effroyable scandale.

Cette lettre a vivement impressionné le directeur, M. de Thézillat, qui a conféré avec les administrateurs, MM. Bourdoncle, Bornier et Bertora. Ces messieurs ont longuement discuté; en raison du cas particulier de l'officier, ils ont décidé que celui-ci serait remboursé de l'argent qu'il avait perdu à la condition de signer une reconnaissance par laquelle il s'engageait à rendre la somme au Casino par versements mensuels.

Peu de temps après, l'autorité militaire a eu vent de l'affaire et a expédié l'officier en question au Tonkin. Ainsi s'est terminé le scandale.

Le 8 janvier 1891, Monte-Carlo a fait une nouvelle victime.

On a trouvé, tout près de San-Remo, le corps d'un homme bien vêtu et de belle apparence, que l'on avait à plusieurs reprises remarqué dans les salons de jeu. Il s'était tué d'un coup de revolver.

On trouva sur le cadavre un billet ainsi conçu :

« Huit cent mille roubles perdus. Je ne possède plus rien... Que mon nom demeure ignoré. »

Ce qu'on ne dit pas, c'est que ce jeune Russe qui possédait fort bien notre langue avait parmi ses papiers le sonnet que voici : Je vous le donne pour ce qu'il vaut :

Pour payer votre garde, ô reine de féerie,
Et les nouveaux décors de votre vieux château,
J'ai perdu mon honneur, ma fortune et ma vie
Enlevés brusquement par un coup de râteau.

Princesse, on vous dira : « C'est un coup de folie ! »
Vous vous en moquerez comme d'un verre d'eau.
Mais vous aurez un jour aussi votre agonie...
Ni l'or ni les croupiers ne sauvent du tombeau.

Qui sait ce que la mort aux trépassés réserve
Et ce que vous serez dans un monde meilleur
Et si, là-bas, le ponte à son tour est railleur ?

Mais s'il faut que ma mort à quelque chose serve
Vous femme, vous princesse, ayez quelque remords,
Et ne vous dites plus : « Vive l'argent des morts ! »

16.

Pauvre garçon, qui comptait sur les remords de la princesse de la Roulette ! Digne associée d'Edmond Blanc, maire de La Celle-Saint-Coud, des princes Constantin Radziwill et Roland Bonaparte, Alice Ire est une épouse obéissante. Son mari lui ordonne d'encaisser, elle encaisse.

Si jamais la débine vient pour elle, une place de caissière chez Duval me paraît devoir lui être réservée. Elle l'aura bien méritée, la pauvre !...

.

Suicide sur la terrasse au Jardin des Tuileries le lundi 24 avril 1892

Voici dans sa navrante simplicité, le roman de cette victime de Monte-Carlo. Nul n'en a parlé ; nul n'en parlera...

.

Miecislas Ostoja de Blociszewski est né le 1er juillet 1862 à Smogovzewo, grand-duché de Posen, d'une vieille et noble famille polonaise.

Il était, comme son frère l'est encore, grand propriétaire foncier à Maryanowo, dans le grand-duché de Posen.

En 1889, les hasards de ses voyages l'amenèrent en Amérique où il se maria ; sa jeune femme et sa fillette habitent actuellement New-York.

Certains journaux ont dit que M. de Blociszewski avait abandonné sa femme et son enfant pour venir jouer en Europe.

C'est faux.

Dès 1885, M.^{lo} de Blociszewski avait joué, en Europe — précisons, à Monte-Carlo, où tout le monde l'a connu, où je l'ai connu moi-même.

Pourquoi il était à Monte-Carlo?

Parce que l'un des nombreux *allumeurs* de Monte-Carlo-Tripot, avait été expédié auprès du jeune homme pour l'*amorcer*. Et M. de Blociszewski, ébloui comme tant d'autres, avait rêvé sur un *système*.

Il vint à Paris, puis à Monte-Carlo, expérimenter le fameux *système*.

Naturellement, il perdit, perdit encore, perdit toujours. Sept ans de suite alléché par d'officieux agents du tripot qui réchauffaient son courage, il revint vider dans les coffres de la famille Blanc-Radziwill-Bonaparte, sa fortune, celle de sa femme, celle de sa fille... *huit cent mille francs* !

Au mois de mai 1891, M. de Blociszewski débarquait en Europe. Il avait pris passage sur le paquebot *Augusta-Victoria*, d'une compagnie de Hambourg, s'arrêtait à Southampton, gagnait le Havre, traversait Paris et arrivait à Monte-Carlo.

Il avait sur lui 30,000 dollars (150,000 francs).

Après avoir habité Beaulieu, à la Réserve, il se fixa à Monte-Carlo, à l'hôtel des Colonies.

Dès son arrivée, il joua un *système*. La chance et... la horde de gens au service de l'administration et de ses patrons se liguèrent contre le joueur. En quelques jours les cent cinquante mille francs du malheureux, sa dernière ressource, le dernier espoir de sa femme, la dot de sa petite fille avaient fondu dans les coffres du prince de Monaco et de ses complices, Edmond Blanc, chevalier de la Légion d'honneur, maire de La Celle-Saint-Cloud, le prince Radziwill et le prince Bonaparte-Ruflin.

Voici où les étapes de la vie du pauvre joueur deviennent navrantes.

Quand M. de Blociszewski se vit sans ressources, regardé partout avec défiance, traqué par tous les argousins de la principauté — des idées de suicide hantant déjà son esprit, à la pensée que sa jeune femme et sa fillette étaient vouées à la misère — il sentit son cœur de père se déchirer.

Et foulant aux pieds tous les préjugés, tous les sentiments délicats qu'il tenait d'une noble souche, il alla, le rouge au front, sentant la faim lui tenailler les entrailles, se souvenant que là-bas aussi, sa femme et sa fille étaient dans la gêne, trouver M. de Thézillat, le directeur des jeux, pour lui demander non pas de l'argent, non pas le *viatique*, mais un emploi, une place quelconque, si infime qu'elle soit. Ainsi il pourrait, à force de sacrifices, vivre et faire vivre les pauvres exilées de New-York.

M. de Thézillat se récusa. Il n'avait pas, disait l'ancien préfet impérial, assez de puissance pour faire obtenir le moindre emploi à celui que la Roulette avait ruiné. Au dire du directeur des jeux, le seul homme capable de combler les désirs de M. de Blociszewski était M. Bonneau, le factotum du prince Ruflin-Bonaparte. Tout ce que put faire M. de Thézillat fut de lui offrir 50 louis.

M. de Blociszewski se résigna. Le comte de S⁗ adressa en sa faveur une lettre de recommandation à la princesse Bonaparte.

Bonneau reçut le jeune homme et je dois à la vérité de dire — quoique cela me surprenne fort — que ce fut de tous ceux à qui il s'adressa, celui qui se montra le moins ignoble.

Bonneau conseilla à M. de Blociszewski d'adresser à l'administration une demande d'emploi, *pour la forme* dans laquelle il exposerait sa malheureuse situation et de lui adresser cette demande au mois d'octobre ou novembre 1891.

Au mois d'octobre, M. de Blociszewki portait sa demande à Bonneau.

Et le susdit se déclarait alors impuissant, lui aussi, à la faire accueillir. Il ajoutait que, *dans son propre intérêt*, il devait s'efforcer d'obtenir du prince Radziwill une lettre de recommandation, voire même une simple carte, ne portât-elle que ces simples mots : « *Cela m'est indifférent* ».

Mme la baronne de R. de K... et Mme la comtesse de S. A... qui connaissaient M. de Blociszewski écrivirent à la princesse Radziwil pour solliciter son appui.

La fille du père Blanc, devenue princesse, ne répondit pas.

Le prince répondit pour elle. Dans la lettre qu'il daigna prendre la peine de répondre, il disait :

« Madame, je tiens à vous répondre moi-même à la lettre adressée à la princesse ma femme. Ni moi ni la princesse, *nous ne connaissons personne à*

Monte-Carlo. Il nous est donc impossible de rien faire en faveur de votre protégé. »

M. de Blociszewski rapporta cette réponse aussi mensongère que cynique à M. Bonneau.

Celui-ci s'écria : « L'imbécile ! Ça m'étonne qu'il « ne dise pas aussi qu'il n'a pas épousé une fille « Blanc. »

En novembre 1891, M. de Blociszewski retournait à Monte-Carlo dans l'espoir d'obtenir de vive voix la situation qu'il sollicitait.

L'un de ses compatriotes, le comte Z..., ami du prince Radziwill, lui donna une lettre de recommandation pour le comte romain Bertora.

Ce dernier le reçut bien, à la villa Louise et l'aspergea abondamment d'eau bénite de cour.

— Non seulement, lui déclara-t-il, je ne ferai pas d'obstacle à votre candidature, mais je souhaite qu'elle soit agréée, car nous avons besoin d'hommes qui, comme vous, parlent l'anglais, l'allemand, le polonais et le français.

L'assemblée des actionnaires du tripot avait lieu le 3 décembre. Il dépendait, disait-on, de cette assemblée d'accorder à M. de Blociszewski la place qui devait lui permettre de vivre et de faire vivre sa famille.

Le jeune homme avait espoir puisque personne ne lui était hostile, si du moins personne ne le recommandait.

Le lendemain de l'assemblée, alors qu'avec anxiété M. de Blociszewski attendait l'issue de sa démarche, cette réponse brutale lui parvint :

« On ne donne pas de place à des gens qui ont reçu de l'argent de l'Administration. »

L'Administration généreuse avait restitué, on s'en souvient, 1,000 fr. sur les 800,000 qu'avait perdus M. de Blociszewski.

Il se dit qu'on ne pouvait pas se montrer à ce point impitoyable et se décida à retrourner chez Bertora.

L'illustre comte romain ne le reçut pas. M. de Blociszewski se représenta à la Villa Louise. Bertora le fit menacer par son domestique de le faire expulser de la principauté.

Le pauvre joueur osa protester ; voyez-vous cette audace !

Alors, deux agents de police survinrent qui flanquèrent M. de Blociszewski et le conduisirent chez le commissaire de police qui dressa procès-verbal pour menaces contre Son Excellence Bertora.

M. de Blociszewski protesta. Ce qu'il demandait c'était ou une place ou une somme suffisante pour payer son hôtelier et se faire rapatrier à New-York où l'attendaient — où l'attendent encore dans les larmes sa jeune femme et sa fillette.

On fit espérer cinq cents francs au malheureux, puis 1,000 francs qu'il finit par accepter sachant qu'un arrêté d'expulsion était pris contre lui.

Mais la ruine de M. de Blociszewshi, sa situation lamentable, les amères réflexions qu'il faisait sur l'avenir de sa femme et de son enfant avaient altéré gravement sa santé.

Le Dr Collignon, médecin de l'administration le

fit admettre d'urgence à l'hôpital de l'Hôtel-Dieu où il resta seize jours.

« Ah! allez-vous dire, vous voyez bien qu'on n'est « pas si méchant que vous le dites, dans la princi- « pauté d'Honoré Ier. »

Vous allez en juger :

Chaque jour, un agent de police se présentait à l'hôpital pour demander si M. de Blociszewski était guéri.

Enfin, le 17e jour, comme on trouvait que son rétablissement était trop lent à venir, on expulsa de l'hôpital, puis on conduisit à la gare M. de Blociszewski, très souffrant, intransportable.

Il faut être d'une férocité de loup pour traiter un malade comme ces gens traitèrent celui qui avait versé 800,000 fr. dans leur caisse.

Mais on avait peur de le voir mourir à l'hôpital ou se suicider en sortant.

Et on ne meurt pas dans la principauté; il ne faut pas qu'on y meure.

A la gare on lui remit 1,000 fr., mais, en même temps, l'administration monégasque toujours infâme et toujours prévoyante lui présenta une note de 128 fr. pour 16 journées d'hôpital.

M. de Blociszewski arriva à Nice intransportable, mourant.

Un compatriote charitable, le Dr T... le soigna et lui interdit, sous peine de mort de quitter Nice avant le mois d'avril, l'hiver passé.

Il garda pour vivre, pour manger, la plus faible part du billet que le tripot avait eu la magnanimité de lui rembourser et envoya le reste à sa femme.

Il y a quelques semaines, exténué, défaillant, manquant de tout, désespéré, M. de Blociszewski arriva à Paris résolu à demander une suprême fois au prince Radziwil lui-même, ou la place de 1,200 francs qu'il avait sollicitée, qu'on lui avait promise et qu'il ne dépendait que de lui de lui faire obtenir, ou son passage jusqu'à New-York.

Pour joindre plus facilement le prince invisible qui habite l'hôtel Meurice, il descendit lui aussi à l'hôtel Meurice.

Le lendemain il lui demanda une audience. Le prince ne répondit pas.

M. de Blociszewski, lui écrivit alors et jura que s'il ne lui accordait pas ou un emploi ou les moyens de rejoindre sa femme et sa fille, il se brûlerait la cervelle en sa présence.

Le prince s'adressa au Commissaire de police, lui raconta ce qu'il voulut et fit chasser de l'hôtel, comme un malfaiteur, le malheureux qui s'était ruiné pour payer des robes à sa femme.

Vainement la comtesse Cz... et le comte Sz... s'entremirent auprès du mauvais riche. Il fut inexorable et jura de faire expulser de tous les hôtels qu'il habiterait le malheureux jeune homme.

C'est ce qu'il fit.

Bien mieux, on lui conseilla officieusement et ironiquement, s'il voulait se tuer, de pousser de préférence pour se suicider jusqu'au bois de Boulogne.

Samedi dernier, comme il quittait l'hôtel Burgondi où il s'était réfugié, on lui signifia d'avoir à chercher un gîte ailleurs.

Il se rendit aux Tuileries, sur la terrasse Rivoli, s'arrêta devant l'hôtel Meurice, fit face aux fenêtres de l'appartement du prince Radziwill, se visa soigneusement à l'aide d'une petite glace de poche se logea deux balles dans la tête et deux balles dans le flanc.

Il avait montré au prince Radziwill qu'un honnête homme tient sa parole.

.
. .

Par un miraculeux hasard et bien que les deux balles qu'il s'est tirées dans la tête ne soient pas encore extraites, M. de Blociszewski a survécu à ses blessures et y survivra peut-être... Que Dieu le veuille pour sa fillette !

J'ai relaté par le menu, la confession du malheureux jeune homme, confession d'un mourant. Et à cette minute suprême, l'homme ne ment pas.

Je ne porterai aucune jugement sur le prince Radziwill au sujet de cette dernière infamie que je ne qualifierai pas plus durement.

Je laisse au public, aux honnêtes gens le soin de juger qui des deux, de la victime ou de... l'autre est l'honnête homme.

L'*Intransigeant*

NICE, 15 septembre. — Une jeune héritière américaine, miss Jane Armstrong, s'est suicidée après avoir perdu toute sa fortune s'élevant à 250,000 dollars.

Arrivée de New-York au commencement d'août, elle avait loué une villa dans les environs de Nice. A la première visite qu'elle fit à Monaco, elle ne put résister au désir de tenter la fortune et commença par gagner 100,000 francs en un jour sur le numéro 24 de la roulette.

Le lendemain, elle retourna ponter son numéro favori qui, malheureusement, n'était plus en forme.

En plus de la somme gagnée la veille, elle perdit en l'espace de trois jours plus de 200,000 dollars.

Continuant sa combinaison, elle retourn encore au Casino et parvint à ressaisir ses 200,000 dollars, en jurant qu'elle ne reviendrait jamais à Monaco.

La passion du jeu étant plus forte que sa volonté, on la vit apparaître de nouveau au Casino lundi dernier et jouant encore très gros sur son numéro 24. Le soir, elle avait perdu 250,000 dollars, toute sa fortune.

En rentrant chez elle, hier matin, elle s'arma d'un revolver et se tua en se tirant droit au cœur.

Elle était âgés de vingt-six ans. Ce suicide cause une grande émotion sur le littoral.

Extrait de la *Libre parole* du 22 septembre 1892.

Les drames de la roulette

CANNES, 20 septembre. — Une jeune Américaine, miss Jane Armstrong, s'est suicidée après avoir perdu toute sa fortune, s'élevant à 250,000 dollars.

Arrivée de New-Yord au commencement d'août, elle avait loué une villa dans les environs de Nice.

A la première visite qu'elle fit à Monaco, elle ne put résister au désir de tenter la fortune et commença par gagner 100,000 fr. en un jour, sur le numéro 24 de la roulette.

Le lendemain, elle retourna ponter son numéro favori qui malheureusement, n'était plus en forme.

En plus de la somme gagnée la veille, elle perdit, en l'espace de trois jours, plus de 200,000 dollars.

Continuant sa combinaison, elle retourna encore au Casino et parvint à ressaisir ses 200,000 dollars, en jurant qu'elle ne reviendrait plus jamais à Monaco.

La passion du jeu étant plus forte que sa volonté, on la vit apparaître de nouveau au Casino lundi dernier et jouant encore très gros sur son numéro 24. Le soir, elle avait perdu 250,000 dollars, toute sa fortune.

En rentrant chez elle, le matin, elle s'est armée d'un revolver et s'est tuée en se tirant droit au cœur.

Elle était âgée de vingt-six ans. Ce suicide cause une grande émotion sur le littoral.

.·.

Terminons cette lugubre énumération par une lettre de M. le baron Nicolas de R..., dont voici quelques extraits.

Monsieur,

Le 13 décembre 1890 je suis arrivé à Nice. Je revenais de la Sibérie occidentale.

J'ai été témoin, au tripot de Monte-Carlo, de plus d'un suicide :

Si vous le permettez, je vais vous parler de quelques *morts subites.*

Le 22 mars 1876, au café de Paris, un jeune Russe, nommé Jourkoff, s'est tiré un coup de revolver dans la bouche. Ce malheureux venait de perdre tout ce qu'il possédait.

Le lendemain on est venu réclamer son corps.

Les autorités de Monte-Carlo ont feint d'ignorer ce suicide et ont renvoyé les parents du disparu en prétextant qu'aucun homme ne s'était tué sur leur territoire.

La famille de Jourkoff s'est alors adressée au consul de Russie.

Quelques jours après, le corps du suicidé était rendu, mais il était absolument méconnaissable, on l'avait défiguré avec du vitriol.

Afin que vous ne puissiez douter de ce que j'avance, j'ajouterai que les personnes qui, comme moi, ont été témoins de ces faits, sont M. le consul Patton, actuellement à Nice, rue de France, 76, et M. Théodore Goulaeff, attaché à l'église russe de Nice.

Autres suicides : En 1884, le prince Obolensky s'est tué à Monte-Carlo.

Toutes les recherches faites par le consulat de Russie pour retrouver son corps sont demeurées infructueuses.

En 1867, un capitaine russe, Nekracoff, s'est suicidé au jardin du Casino.

Les autorités monégasques ont transporté le suicidé au

cap Saint-Martin, après **avoir** eu soin de mettre *deux cents francs* dans **les** poches du mort.

Que dites-vous **de** ce petit truc ?

Est-ce assez **habile** ?

Un dernier mot.

Sous prétexte de rémunérer les *employés* français des postes et des chemins de fer, dont le service est rendu très pénible par l'affluence des visiteurs, l'administration du tripot de Monte-Carlo accorde une gratification de cent francs par mois.

O bons petits cœurs de croupiers ! allez-vous vous écrier tout ému. Gardez-vous d'un bon mouvement pour ces gens-là et ne faites pas de sentiment avec qui fait de l'argent.

Les Blanc-Radziwill-Bonaparte ne sont pas gens à donner des gratifications à qui ne les servirait pas personnellement. Au surplus, le mot *gratification* n'est-il que le déguisement qui cache la *prime à la malhonnêteté*.

On paye les employés des postes pour arrêter à la frontière les ballots d'imprimés soupçonnés et les lettres qui ne paraissent pas monégasques.

On paye les employés du chemin de fer pour s'assurer leur discrétion, chaque fois qu'un joueur désespéré se jette sous la locomotive, ou qu'un ponte ruiné est reconduit hors du territoire sacré — sacré territoire ! — par deux mouchards. La seule religion reconnue à Monte-Carlo, même par l'évêque

Theuret — connu pour ses pratiques austères avec B... - est la religion du silence.

Les frais de ce culte-là coûtent cher au quatuor Blanc sans doute. Qu'importe si l'argent habilement distribué produit des bénéfices au taux de cent mille pour cent !

Le principal est d'obtenir, pour l'accomplissement de leurs crimes, la complicité générale. Ils y parviennent par la puissance de l'or.

BILAN DES SUICIDES

De 1877 à 1885.........	1820
De 1885 à 1892.........	4212
Total......	6032

La population de Monaco n'atteint pas 4.000 habitants. C'est le cas de dire que le Prince Rouge et Noir règne sur plus de cadavres que de vivants.

CONCLUSION

Le lecteur qui m'a fait l'honneur de me suivre jusqu'à la dernière page de cette brochure, peut juger maintenant en toute impartialité.

Les pièces où j'ai puisé mes renseignements ont l'authenthicité indiscutable des actes de l'état civil, des rapports officiels de police et des lettres intimes. Je les tiens à la disposition des incrédules. Si besoin en était des témoins irrécusables m'apporteraient l'autorité de leur témoignage.

Le lecteur a pu suivre par le menu l'organisation de cette néfaste machine à fondre la fortune du malheureux qu'attire une réclame éhontée. Il a vu, en même temps, en quelle estime l'honnête homme doit tenir le prince de Monaco, les héritiers de François Blanc et les auxiliaires divers qui forment, dans cette cour des miracles, la meute de ces chasseurs d'or.

Le prince de Monaco vit de la Roulette.

Il a couronné les forfaits de sa vie privée du crime de bigamie.

17

Le prince Constantin Radziwill, dont je ne rappellerai pas les mœurs, a tenté d'extorquer à sa femme ses bijoux et de les faire vendre pour son propre compte. Jadis, à Berlin et à Bruxelles, il avait vécu des libéralités des filles galantes. Son mariage bâclé, il avait besoin d'assurer la discrétion de ses petites amies de la veille. L'argent de sa femme était bon pour cet usage.

M. Edmond Blanc, maire de La Celle-Saint-Cloud, est ce qu'il doit être :

Son père a volé l'Etat 121 fois et le public Dieu sait combien, outre ces 121 vols.

Son père a fondé Monte Carlo.

Que peut être le fils d'un tel père ?

Le fils a organisé en Société le tripot que le père avait créé.

Il a honte d'avouer sa honte.

Comme il se sait honteux, il achète sa croix d'honneur pour faire croire à un semblant d'honneur.

Comme il est dévoré d'ambition, il se fait élire maire de son village et nomme le maire qui démissionne pour lui, régisseur de ses propriétés, maintenant il rêve d'un mandat de député.

Mais comme il se sent peu brave, il se fait réformer du service militaire et laisse à d'autres le soin de se faire tuer pour une patrie qu'il ne connaît pas, étant de cœur monégasque.

Avant tout, selon la formule paternelle, il veut gagner de l'argent par tous les moyens.

Monte-Carlo ne lui suffit plus.

En France, il remplace la Roulette par les chevaux de courses.

Et selon la coutume de la famille, en France comme à Monaco, il veut encaisser les louis sans risques.

Avec Kapural et le Sphinx, il a triché.

Avec Clamart et Révérend, il a triché.

Avec Rueil et Marly, cette année même, il a triché.

Et il se trouve encore en France, des imbéciles et des gogos pour ne pas se défier de ce tenancier de tripot.

.   .
.   .

Le prince Roland Bonaparte, né Ruflin. n'est qu'un savant.

Il a appris ce qu'il sait en falsifiant la signature de son ancien professeur de français, M. M... Comme son beau-frère, le prince Radziwill, il tira profit de ses relations amoureuses, par la main gauche, avec la jolie L.... par la main droite avec sa seconde victime, sa femme.

Sous l'inspiration de ces quatre personnages, des sous-ordres aux origines douteuses, aux exploits malhonnêtes, Farincourt, Thézillat, Theuret, Bertora, Bonneau, jettent l'épervier sur la foule.

Les mailles en sont serrées ; le filet ramasse tout. familles, fortunes, honneur. La bande verse le tout dans la boîte de ses ordures, garde l'or et jette au fumier le reste.

Plusieurs centaines de millions roulent ainsi

par an, dans le coffre-fort des associés de Monte-
Carlo.

Et le prince s'engraisse ; et les héritiers Blanc
exultent ; et les femmes, compagnes assorties de ces
chevaliers d'industrie, se posent en reines.

Des milliers de familles sont ruinées par eux et
pour eux.

Les désespérés se tuent par centaines. Que leur
importe ! les affaires marchent, leur coffre-fort s'emplit, s'emplit toujours. La veuve peut tendre la
main, l'orphelin peut mourir de faim.

Qu'ils crèvent donc, et vive la Roulette !

Monte-Carlo, à la fin de notre siècle, est une
honte. Et le défi que jette au monde depuis
trente ans, la principauté de Monaco doit être
relevé.

Les honnêtes gens sont légion. Qu'ils se lèvent et
qu'ils marchent résolument sus au tripot. Leur cla-
meur d'indignation sera entendue. Qu'elle rende
gorge enfin cette poignée de forbans qui coûtent à
l'univers plus de misères et de larmes que les plus
meurtrières batailles.

Ce sera l'honneur de notre siècle et la plus pure
gloire de notre pays.

FIN

PÉTITION INTERNATIONALE

POUR LA FERMETURE DES SALLES DE JEUX
DE MONTE-CARLO

(¹) .... *Je soussigné :*

....

demeurant à...

*invite le Gouvernement français à sommer
le prince régnant de Monaco de défendre les
jeux de hasard sur son territoire et d'exiger
la fermeture immédiate des salles de jeux de
Monte-Carlo.*

Je donne à **M. P. Dumont** *mandat de transmettre la présente pétition à qui de droit.*

A........................, le................189.........

Signature :

(1) Noms et prénoms.

**Détacher cette feuille et l'expédier à M. P. DUMONT,
publiciste, 19, rue de Choiseul, Paris.**

17.

TABLE DES MATIÈRES

_____

_____

Imp. du Progrès. — Viau, 7, r. du Bois. Asnières

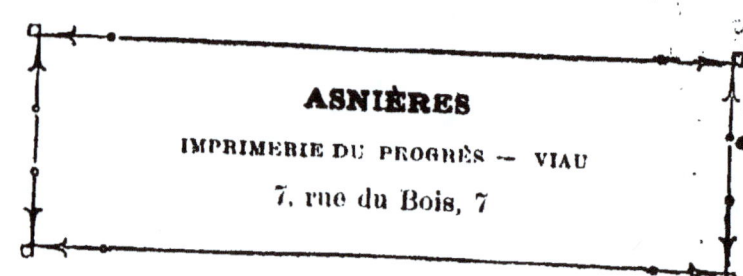

ASNIÈRES

IMPRIMERIE DU PROGRÈS — VIAU

7, rue du Bois, 7

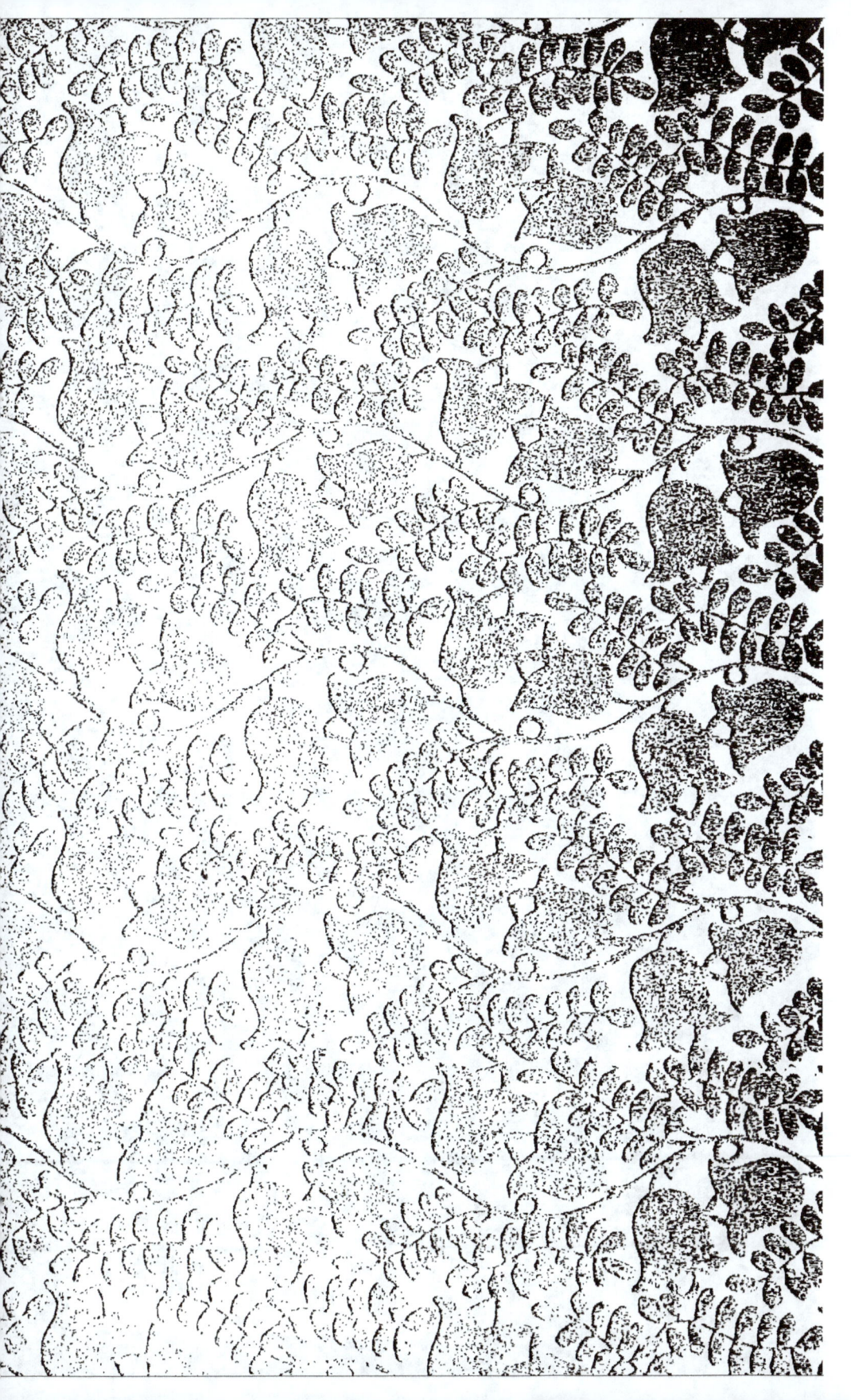

www.ingramcontent.com/pod-product-compliance
Lightning Source LLC
Chambersburg PA
CBHW070318030726
47505CB00004B/1019